U0137695

[法]弗朗索瓦·邦 著

大 宇

李建新　译

湖南文艺出版社

图书在版编目（CIP）数据

大宇／（法）弗朗索瓦·邦著；李建新译. —长沙：
湖南文艺出版社，2024.3
ISBN 978-7-5726-1278-7

Ⅰ.①大… Ⅱ.①弗… ②李… Ⅲ.①回忆录-作品
集-法国-现代 Ⅳ.①I565.55

中国国家版本馆 CIP 数据核字（2023）第 219182 号

著作权合同图字：18-2023-209

大 宇
DAYU

著　　者：［法］弗朗索瓦·邦
译　　者：李建新
出 版 人：陈新文　　　　**责任编辑：**唐　明　张　璐
特约编辑：陈美洁　　　　**装帧设计：**CANTONBON
出版发行：湖南文艺出版社
印　　刷：长沙超峰印刷有限公司
经　　销：新华书店
开　　本：787 mm×1092 mm　1/32
印　　张：10.25
字　　数：168 千字
版　　次：2024 年 3 月第 1 版
印　　次：2024 年 3 月第 1 次印刷
书　　号：ISBN 978-7-5726-1278-7
定　　价：63.00 元

（如有印装质量问题，请与本社出版科 0731-85983015
联系调换）

大 宇

FRANÇOIS BON
DAEWOO

目　录

这时我开始琢磨人们常说的，世界上一半的人不知道另一半的人是怎样生活的，这真是对极了。

　　　　弗朗索瓦·拉伯雷《巨人传》
　　　　　　　　1532 年

法梅克①大宇，工厂

拒绝。甚至要面对忘却。

如果希望这本书能够描述出一切事物的存在，有时甚至是令人不可思议的存在，又为什么要将它称为小说呢？站在一扇敞开的大门前却无法跨越，城区边缘片刻的宁静一时被限制在了远处，我希望世界上这个特定地点残酷地裸露，挽救这里被混凝土和水泥封闭起来的一切，可你，只是一个过客，一个见证人。

这些不引人注目而且不透光的符号再平常不过了。墙壁是蓝灰色的，几乎呈抽象的矩形排列，凸出部分颇具未来主义风格，嵌着反光玻璃，便于遮蔽经营者及管理者，而站在岗亭

---

① 法梅克（Fameck），法国东北部摩泽尔省的一个市镇。摩泽尔省得名于莱茵河的支流摩泽尔河，该河横穿省西部并流经省会城市梅斯（Metz）。（全书注解均为译者所加。）

3

窗口后面的保安，是在表明你被注意到了，任何人都不得在这里等候和窥视。要相信，现在这里寂静无声的一切，片刻之后就会发出尖厉的号叫。要知道，在别处，事件已经平息下来，最好还是随大流，不要站在失败者一边再来这里。

看不出什么。一道栅栏将没有铺沥青的人行道与四车道公路隔离开来，几辆重型隔热牵引卡车（雷诺 Magnum，梅赛德斯 Actros，沃尔沃 FH12 或达夫 XF，一连串的汽车品牌和型号不由自主地从你的大脑闪过）与你贴身而过，响声震耳欲聋。要相信故事讲述的古老魔法，即便它不能使栅栏那边，一动不动的、不可逆转的，从此被（对小说不屑一顾的）世界上所有卡车都无视的残存物有任何改变；当你想要其中产生一些可靠的东西甚至意义的时候，这种魔法能使你在这个地方，在长久的紧张关系中为沉默的事物和追问的词句获得荣誉吗？

尽管如此，你却还在走。一个圆形广场（他们称为环形交叉口，但这个词并不具有说服力），广场上的草地已被蚕食，还有一个招牌已然褪色的停车场。如今变身为空无一人的公共汽车停靠站，只有一个笨重的身影拖着超市的购物袋。还有一张报纸，风将它一直吹到了你的脚下（我记得自己曾用脚踩住了它，片刻之后又任它被风吹跑了），栅栏上的油漆完好无损，低矮的围墙上还看得见几个字母，那是从前工厂的名称。甚至就在这个时候，空中飞过一架旅游飞机，树枝间掠过一阵微风，远处的高楼大厦泛着淡紫色的光，呈极为规范的几何形状，你甚至可以用手指描绘。

又一次，在你第二次或第三次或第五次旅行时，你来到了从圆形广场后面的草丛中冒出的楼房中。人们再次陪同你走进其中一栋，上电梯时，人们像是要抓住最后一次机会似的，紧紧地握住你的手说："事情就是这样发生的。能告诉大家就好了。"而我对此几乎是惊恐万分，因为我以为，我探寻这些只是为了自己。

忘却：因为这里的一切，从表面上看，仍像以前一样继续运行，很简单。

每次到来，我都要先在工厂的大门前停留片刻（但现在这里的保安示意我不能通过），这是我的仪式，我想看看这些场地和建筑物的布局是否发生了什么变化。但在变成世界品牌的标准化过程中，它们不会有丝毫的改变。我第一次来这里时，就看到大宇的名字被骄傲地勾勒在空中。首先我掌握的东西有：报纸上刊登的照片，电视播放的瞬间摄影，画面就是现在我面前这幢与其他楼房一样的大楼，还有一个厂内机器三秒钟的掠影，横在大门中央正在燃烧的托盘的画面；此外当然还有一张特写的人物面部，正在述说事情发生的大致情况。但电视和报纸上的这些说法，事先就会料到。我当时并没想到我将要面对一些不可捉摸的事物。一些事实正在飞速增长：一个公司任由自身整个连根瓦解，这对那些以此为生的她们和他们来说，是要命的事。可困扰你的是，他们破坏那些东西，正是为了自己，为了自己的孩子和亲友们而争取，正是为了筑造自己的未来，驾驭自己的命运，正是自古以来人的使命引向的未来。而一些裂缝爬满了现实世界的表面将其解体。

整整几个星期都在接连播报有关这个事件的一些讲话、人物面貌、动作手势。声明、报道、报告。数字和评论。权贵们特有的嗓音平稳持重，措辞文明，可行为却不文明，不顾同胞平等的权利。还有那些随后无法发声的人们的讲话，他们处于再就业和失业之间的境地；还有那些在受到事件的打击之后努力坚持的可怜的城市标志，"未来驾校""美甲2000"的招牌一直没变 。在这里见到的所有事物与你家里餐桌上的食物、周六的购物、载运你的汽车或飞机、放学时等在学校大门前的脸庞，与你自己力图为自己填平的道路都有着联系。他们在这里生产的物品随处可见，在我们的厨房和卧室里，当我们晚上从火车站回来，坐在汽车里看到的那些亮着灯的窗户后面，都可以找到这里的产品。可能我们所有人习以为常的表层内里共有一些蕴藏着怒火的迸发点？在孤岛行走不听远处危险的响动，我们就不会受伤害吗？只需停下车步行上一百米，就会发现从报纸的图片和话语中获得的情况与目前的现实完全不符，不再有任何话语任何图片任何确定的东西：下了高速公路的匝道后在快车道上跑上两公里到了环形交叉口，就能看到指引人们去市中心和工业区的箭头标牌。但人们根本不需要这路标，蓝色的建筑物上用正楷大字写就的工厂名称还在空中飘浮着。我沿着工厂后面的铁丝网走着（听说城市边上这些保留下来的高高的铁丝网被栅栏制造商用在我们的学校和仓库，发了大财）。停着一辆卡车的柏油停车场紧靠着卸货台，卸货台后面不透光的尼龙门帘随风摆动。我第一次来时大门是开着的，我在无意间进了工厂：几辆轿车停在那里，我把自己的车也停在了旁边。我在走进工厂之前拿上了背包里的电脑。显然，这样要比一个戴着眼镜，双手插在口袋里，神情茫然的家伙显得正经多了。那些保安，在镶着玻璃的办公室里，只是出来问了问我来做什么，而我是来认识大字的。

忘却：因为在将牢固地建立在人和事物之间的联系剥离或摧毁之后，那些披露现实的报道便销声匿迹了，却并未考虑这样的后果。

我将本书最终称之为小说是因为我在某个上午，曾在这个大厅里走过，这里的一切，屋架、地面和电线，都变成了纯粹的几何形状（在工厂被拍卖、搬迁完之后，我又来过这里。最后那次，新的业主正入场，保安将我拒之门外），而我一步步走过的土地，遇到的各种面孔和声音，成就了这本小说。人们称之为叙事，是因为现实从其本身来说并不产生这些联系，需要通过一个愤怒或是克制的嗓音将之联系起来，去寻找匆匆记在一个黑色笔记本上的某个偶尔被人提起的名字。那些不在了的人的姓名，如同在呼喊着的亡灵。这便意味着要用形象来表现，来重塑人群：只有文学才能保守秘密。

拒绝忘却：当你转过身，你看见标明工业区的指示路牌上画着一些三角形的屋顶，屋顶上一个烟囱在冒烟，那是工业区的符号——也是现代化生活所排斥的过去。

洛林大宇，方位标

　　蓝色的大楼里空空荡荡，工厂更换了名称，那些被踢出了门的男人和女人真倒霉，要去再安置小组面谈，可他们重新安排不了多少人（我在2004年3月写道：再安置小组的任务在十五个月以前开始，于三个月前结束，但一直没有给出一个确切的数字）。

　　继续裁员。如果是不到五十人的企业——它们的企业名称神圣不可侵犯——甚至不会被统计。在法梅克，蓝色的厂房一直在那里，在白色的铁栅栏里鲜艳夺目。而城里那些停车场里的汽车的状况表明了这个世界其余部分大致的健康状况：不妙。但如今沿着古老世界表面延伸的严重裂隙，不会那么轻易地让人一眼看出这个世界的状况。

　　大宇的三个工厂几乎是呈直线排列在一条经由隆维①将梅斯和蒂永维尔②与卢森堡连接的四车道公路上。在芳兹河③流域，从前散布着一些大型炼钢厂，而现在只有一个幸存了下

---

　　①　隆维（Longwy），摩泽尔省邻省默尔特–摩泽尔省的一个市镇。
　　②　蒂永维尔（Thionville），摩泽尔省的一个市镇。
　　③　芳兹河（Fensch），摩泽尔河的一条支流。

来。就像于康热①的高炉停炉已经十二年了，已然冻结的庞大废墟证实了当年整个流域都以炼钢为生。

2002年9月16日，大宇正式宣布关闭位于维莱尔-拉-蒙达涅②的工厂。在维莱尔-拉-蒙达涅，就像在法梅克一样，大宇工厂就是一个突出在公路上的白色平行六面体，与其他更小一些的工业建筑物并列。1989年，这里开始生产微波炉。工厂雇用了229个女性员工：在1989年，微波炉这一标志着现代化的家用电器在厨房里显得有些奢侈。现在，它就像烤面包机一样常见，并且在超市里可以看到的微波炉（我核实过了），甚至来自15个不同的品牌，全都是中国制造。

再过去十五公里，是旗舰工厂。它是大宇建立的三个工厂中最大的一个，也是最新建立的一个。当大宇在洛林这片钢铁工业的废墟上大张旗鼓地建立新工厂的时候，现代化起居设备为自己的进步和受吹捧的产品找到了天然的肥料和现成的人力资源：另外两家工厂即将崛起在两个邻近的城市，其中一个将生产电视机

① 于康热（Uckange），摩泽尔省的一个市镇。

② 维莱尔-拉-蒙达涅（Villers-la-Montagne），默尔特-摩泽尔省的一个市镇。

的玻璃屏幕。蒙-圣-马尔丹①紧靠着隆维。这个城市，从前，当工厂的烟囱将其喷吐出来的橘黄色烟雾覆盖夜空的时候，没有人太注意它。而现在，它就像一个已经瘦了下来却仍然穿着肥大衣服的家伙。太多关闭了的门面。拉基耶河②沿着城市奔流。河上铺设了铁路。那时，沿着河流数公里都是工厂，金属拉丝厂、轧钢机厂，在找到临时职业介绍所派遣你去的工厂的门口之前，你看到的是一片贫瘠的土地，什么也不长的荒地，寸草难生的荒地。大宇厂建在高处。蒙-圣-马尔丹这个城市在受到三个炼钢厂倒闭的打击之后，在寻求新的发展。那三个炼钢厂，我曾经是那样熟悉。七十年代中期，它们日夜发出隆隆的噪声，整日烟雾弥漫，夜里，连天边也被它们照得透亮。那时每到夏天，我们便来这里打零工，支付大学时期的费用。我们听着齐柏林飞船③的乐曲，

---

① 蒙-圣-马尔丹（Mont-Saint-Martin），默尔特-摩泽尔省的一个市镇。

② 拉基耶河（la Chiers），发源于卢森堡，流经比利时，进入法国默尔特-摩泽尔省。

③ 齐柏林飞船（Led Zeppelin），成立于1968年的一支英国摇滚乐队。这支乐队在硬摇滚和重金属音乐的发展历程中占有相当重要的地位，是20世纪最为流行并拥有巨大影响力的摇滚乐队之一。

发现我们的音乐与工厂那抽象的几何形状以及威力很是协调。在蒙-圣-马尔丹，有 550 人生产显像管、装有电子负极和高频双层线圈的真空锥体。这是唯一一个男性占大多数的工厂，但技术性工种不多，尽管其生产是十分专业的。

人们常常会提及那时令人瞩目的流失率①，因为大宇的那些女工和男工一找到更好的工作就走了。由于工资太低，管理上太过压抑，缺勤人数令人苦恼。人们会采取已经通用的做法，比如，提供临时工的数字，可以避免雇用正式员工。

蒙-圣-马尔丹每天要生产上千个显像管。目前的问题是：光有生产储备金是不能使一个这样的工厂盈利的。但对于洛林大宇这艘旗舰，集团并不关心如何减少它的亏损：借口是要抓住其他的合作机遇，在北非那巨大且更为巩固的汽车发动机市场进行发展。韩国人需要法国市场吗？或者只是为了进行暗中的资金流动而暂时在此扎营落脚？这个工厂是三个工厂中最新建立的，一连串的部长都来参加了它的落成仪式。宣布关闭工厂后，工人们举行了罢工，工厂被占领。一些工人在查看电脑时，发

①　此处原文为英文：turn over。

现他们中有五十人拥有瑞士银行账户。工人们没有及时要求查封电脑。几天以后，一场大火将工厂及其仓库变为废墟。工厂的领导第二天就将电脑和账簿从幸免于难的行政大楼里转移了出来。机会错过了。

1998年，大宇集团决定清算在世界各地四十七个工厂中的三十二个。芳兹的三个工厂是用公共补贴买下的，为了向炼钢厂和矿场关闭后就了无生气的这片地区重新注入血液，提供工作。那么，这些工厂属于谁呢？那些地区行政负责人毫不迟疑地回答说，他们已经收回了投资（"我们已经收回了我们的钱"，地区执行主席热拉尔·隆盖简洁明了地抛出了这句话。用我写这篇东西时的总理的指令说，在我们"经济上方向正确"的社会里，这就够了）。这三个大宇姐妹厂在那时聘用了1200人。在维莱尔-拉-蒙达涅，当集团发出第一个警示信号时，工厂里五条生产线已经关闭了两条。

第二个建立的工厂也是第二个宣布要关闭的工厂。于康热之后，在法梅克芳兹河谷入口处，大宇兴建了一个电视机装配厂，聘用了260人，仍然是女工压倒性地占多数。1998年，这里的电视机年组装量达一百多万台。2000年，大宇的电视机出口到波兰，法梅克厂只生产了 60 万台。到了 2002 年，大宇决定再次降低产量，降至 45 万台。领导们在一月份宣布，初步的劳资计划是年内在自愿离职的前提下取消 90 个岗位。作为补偿，他们许诺说，将在法梅克大宇组装平面屏幕，这将使工厂恢复活力。2002 年 4 月，一位崔先生，集团的高层负责人，对工厂进行了神秘的视察。之后，工人们在城里举行了列队游行。大家要求的只是"公开透明"。12 月 13 日星期五，韩方厂长林权植①向剩下的 170 个女员工宣布，工厂将在一月份永久性关闭。就像在维莱尔一样，工人们占领工厂，扣留管理层，举行列队游行。一个办公室遭到洗劫。各地报纸相继报道。

2002 年 10 月 17 日，布里埃②商事法庭给了蒙-圣-马尔丹工厂三个月的时间，让它证明自己在经济上是盈利的。大宇从来不追求盈利，各种各样的社会援助从这里走账。有人发现工厂一直没有缴税而税务机关对此听之任之，他们拖欠了 340 万欧元的社会保险费，还要再加上社会保险及家庭补助金征收联合机构

---

① 此名为音译，原文为 Kwon Sik Im。

② 布里埃（Briey），2017 年以前为默尔特-摩泽尔省的一个市镇，后并入布里埃河谷镇。

40 万欧元的罚款。领导层假惺惺地回答说他们马上"通过内部重组和与供应商协商"来筹集资金。有人提到了一笔神秘的还款：国家将收到的增值税在产品出口时返还给工厂以处理这笔欠款。2003 年 1 月 9 日，布里埃商事法庭再次开庭，工厂提交了它的资产负债表，工人们决定占领工厂。工厂宣布破产清算前给出了期限，2 月 9 日为止。据估算，大宇获得的公共补贴高达 3500 万欧元。

自 2002 年 12 月起，维莱尔大宇共解雇了 229 名员工，他们的工厂关闭了。法梅克大宇宣布将于 2003 年 1 月 31 日关闭，在前一年的劳资计划中逃脱了被解雇命运的 170 名员工遭到辞退。1 月 23 日，一场大火摧毁了蒙－圣－马尔丹大宇工厂，那里自 12 月 19 日起便开始罢工，1 月 20 日工人们占领了工厂，但随后工人们就复工了。

完。但她们呢？他们呢？

戏剧片段一：周六晚跳舞

弗洛朗热①，2004 年 3 月。在芳兹河流域

---

① 弗洛朗热（Florange），法国摩泽尔省的一个市镇。

的郊区，靠近法梅克和艾昂热①，弗洛朗热最重要的剧院，栈桥剧院。裸露的水泥，红色的座椅，只有六十来个人，但这是我们第一次公开试演。从剧院差不多可以看见工厂。剧院大厅里有好几个工厂之前的女工。在法梅克和维莱尔两个工厂里，绝大多数是女工。有人告诉我，她们在撤出工厂前的最后一天举办了纪念晚会：大家竟然会为这样的灾难而跳舞？开始是洗拉一个人，然后亚大和拿玛②加入进来。

亚大：你不跳舞吗？

洗拉：我根本没有想到我们会跳舞。

亚大：周六晚上，想跳舞的人就来跳吧。

洗拉：周六，不要在周六。

亚大：一些姐妹，只有姐妹们，所有姐妹都在跳舞。

洗拉：就好像什么事也没有发生似的，就好像愤怒被抛在了脑后。

亚大：这就是我们想要的吗？见面，大家聚在一起，然后忘记，互相劝慰，为了接受这一切。

---

① 艾昂热（Hayange），摩泽尔省的一个市镇。

② 洗拉（Tsilla）、亚大（Ada）和拿玛（Naama）是《圣经》中的人名。本文均采用中文版《圣经》的译名。亚大和洗拉是《圣经》中亚当和夏娃的第四代孙拉麦的妻子，拿玛是拉麦和洗拉的女儿。

洗拉：我们是一个整体，我们就是工厂。工厂被夺走了，就不再有整体了。我们就成了一些被分散、被抛弃的人：每人都有自己的困难和创伤。

拿玛：你的生活全变了，时间，孩子，还有在人前的表情：人们对你们所说的一切，归根结底就是"不可避免"这个词。那么好吧，跳起来吧，转起来吧，笑起来吧，——就一次，我对他们说去你的。你不跳舞，就能疗好伤痛吗？就能减少痛苦吗？我，我说：庆祝的权利不属于他们。

洗拉：你也能摆脱惶恐？肚子疼又无事干。二十天后就是月底了。当你在上班时间去购物时别人看你的目光，当你再次去应聘面试时，有人问你住在哪里你是哪儿人的时候，你害怕说错一个字。你诚惶诚恐地暗自寻思：这是我的错，如果你没有做错什么事，这样的不幸是不会落到你头上的。

拿玛：他们把你们聚集在此，让你们住在工厂旁边，在这个已经不是城市的边缘地带。可是现在工厂没有了，周围荒无人烟，我们成堆地挤在这里有什么用？从前，我没有时间照料自己，但至少我是在为自己做事。现在天天无所事事，再也没有什么想头了。

亚大：你在床上一直躺到中午，你在公寓里整天不打开百叶窗，你喝着牛奶咖啡，你一说起这些就会感到很难堪，可大家都会对你说：这一切，我们已经知道了。或者说：大家都是这样的……你会意识到在你们中间已经有了隔阂，即使是最要好的伙伴也会觉得烦了。是时候了，不如割断一切，互相道别，然后各奔前程。

洗拉：谁会向往传送带那般的生活，突如其来的会是惊喜还是事故，只能听天由命。如果不能满足你对人生的期望，那么至少得让你时不时重新活跃起来，或是驱使你向前进。而我们受到的打击，那是理所当然的，和任何人都无关。在迷信方面我们没有深入。我们多么希望能相信，未来要做的事情里会有一些更多更好的东西，可正是这个愿望破灭了。然后，一切都变得黯淡了。天空和楼房，单色调的。有三只鸡或是四只兔子，肚子问题总是能够解决的，这是我的公公周日对我说的。不，你明白我的意思吗？

拿玛：正因为如此，今晚我参加舞会：我不再拿我们的不幸来让你们烦恼，我们邀请你们来和我们一起跳舞。如果脑中没有小窗户，我们就在墙上画一个……

亚大：为那些戴领带的先生们的健康干杯，他们在隔音室里，在演讲会和集会上拿着矿泉水瓶子："社会约束与经济需求并不是对立的"，要像他们说的——他们的话我们可以要他们收回去的，再给我倒一杯。

洗拉：那是去年，就在这个大厅，我们报名参加长途客车旅行……是谁出的主意去英国，为什么去英国？

拿玛：是谁最先有这个念头的？不错，是有点儿贵，但那些犹豫不决的人，我们是怎样嘲笑她们的：去告诉你的丈夫，这就是买一个电钻的钱，或是喝一杯开胃酒再加上一杯啤酒的钱，把勒克莱尔超市的小票保留六个月……一次专为我们妇女组织的旅游，甚至连客车司机也将是个女的，企业委员会的许可揣在口袋里呢。

洗拉：现在我们不会到英国旅游了。

拿玛：跟地中海俱乐部差不多。大家一起，去看看英国。他们报了价格。去那里很简单，英国，他们的车靠左行驶，他们喜欢喝茶。我们没有人去过那里。参观伦敦和斯特拉特福，下午购物，逛夜总会：已婚妇女就像单身女人似的，我们对此抱了多大的期望啊，我，我一直都在遗憾，长途客车旅行，可是我们没能成行。

法梅克，2003 年 5 月
等待邮递员以及西尔维亚

圆形广场旁，蓝色工厂还头顶着"大宇"两个字。向左过去两百米，就是小学。

主要是妈妈们（有几个男人，他们没有开车而是步行来的，然后又慢慢离开了：没有工作的人）。有几个妈妈只是将汽车稍稍减速了片刻，孩子们一下车，她们就匆忙开走了。

我走进了学校，跟几个女教师握了握手。玛莉丝·P 几乎是踩着铃声到的。她的两个儿子进了各自的教室，她向我提议到办公室交谈。我们进了办公室。我们先是就工厂、生产线、工长们、工作说明进行了交谈。然后，我问了一句能否录音之后，拿出了我的索尼迷你录音机。

"那么好吧，我来给您说一说西尔维亚。她去世了。那是上个月的事情。没人跟您提起过西尔维亚？

"我们这个城市太小了。有些事我们已经形成了习惯，我们延续着这些习惯。我们上街购物。从信箱里取出邮件。确切地说，不，我们是等着邮递员经过（我在厨房的窗户边守候着，习惯性地，只要轻便摩托车的铃声从一个楼梯间到另一个楼梯间响一下我就知道了），然后我下楼去，我知道他走了。我受不了他看到我们在等候，如果他，邮递员，事先已经知道是令人失望的结果。我在广告中挑拣着。有催款通知、发票、欠债票据：如果只有这些东西，还是只有这些东西，我就把它们留在信箱里。我回来时再把它们带上来。如果有那么一封信，一封有点儿内容的信，那我就上楼去看信。没有人在周围，默默地，我回到厨房，给自己倒点咖啡，坐下来看信。如果不是好消息，就待在那里，胳膊肘撑在桌上，双手托着脑袋。如果这时孩子回来进了房间，他就明白了：别担心，妈妈。而你，你还没有回过神来，刚才十一点现在是正午了，就这样足足待了三刻钟，头脑像灌满了铅似的，不是吗：这个铅脑袋把我指甲都抠疼了，我真想把墙刮掉一层，但在改变这个世界的任何状态之前都会先把自己弄疼。

"然而，在上午的这个时间里，你的厨房很安静。远处传来收音机的声音，阳台上的嘈杂声，还有一些气味，它在告诉你，你该开始准备饭菜了。

"至少孩子们，他们是要吃饭的（住在离学校仅三十米远的地方，不用让他们去吃食堂：自从大宇完了，我至少可以时时看见他们，我的孩子们）。要是万一你有一封信，信上有些给你带来一点点光明的词语，你就会站到窗户前，看着外面。在房顶上，你能看到的最远的地方，在那里有绿色也有蓝色。人们为自己的生活描绘了各种各样的蓝图，但哪一种不是自己能够决定的。但至少你在那里，在天际，为自己勾画可以成为自己生活的蓝图。你下楼去，拿着钱包，走得有点儿快。西尔维亚，就是因为这个：我，西尔维亚，每一天过去我都没有信，有多少天我都没有信啊。

　　"中午必须到历德（Lidl）超市给孩子们买点儿吃的东西。快速冷冻食品便宜一些，有一些特价商品，像他们说的贴了红色标签的，在过期之前赶快吃掉；回到家里，你撕掉塑料薄膜，你知道如果把它放进足够滚烫的锅里煮，它是不会有什么气味的，特价牛肉。特价，特别卖给我们这些人的吗？在历德，伙伴们从不一起去同一个收银处。姐妹们在把她们买的那些吃的东西放进塑料袋之前，是不大愿意碰见熟人的。大家打手势致意，会互相碰碰脸，但那是在商场外面。现在，大家都要精打细算过日子。

　　"而我有时提着历德的购物袋，到西尔维亚的墓地去。为什么不呢，她看得到什么呢。

　　"回去的时候，我在信箱里看到了免费品，宣传广告。下午再看吧，把它放在餐桌上。陪伴孤独老人。熟练掌握 Excel、会两种语言的领导秘书。西尔维亚，她给我们编故事。她喜欢看电影，她可以走上好几公里去看一场电影。然后我们就在工作时听她讲。女工长不会说什么：当她给我们讲故事的时候，我们看着前面，甚至都不看她。有时，她要讲上一个小时。我们嘲笑她：西尔维亚，你的故事可比电影还要长，西尔维亚，你瞎编，你添油加醋了……

"声音不大也不尖，是的，工厂的嘈杂声我们充耳不闻，而西尔维亚的低声讲述我们却能听见，她在对我们说话，而我们手里的工作并没有停下来。

"西尔维亚，她想象着，将来不在工厂工作了，我们开一辆卡车，到乡村去搜寻那些稀奇古怪的东西，一些不值什么钱但我们喜欢的漂亮的小东西，然后我们把它们拿去卖掉，从一个市场到另一个市场，我们五个人，即使非常远，我们也能想办法应付，总比在流水作业线上好得多，还能多晒到一些太阳。西尔维亚说，我要考驾照，拿到卡车驾驶执照，我们去看看世界。或是另外一回，她说我们去找一个地方，筹办一个协会——她喜欢说这些，就好像这能解决什么问题似的：我们要筹办一个协会……在她的想象中，我们接待一些别的妇女，安慰她们，帮她们出主意想办法。然后，然后……

"还有，西尔维亚曾有过一个男友。有几次我们取笑她。那个男友刚来的时候什么都好，然后，当她甩了他的时候，从他的剃须膏到他的日常生活，我们什么都知道了。

"在劳资计划（就是这么说的，初步的劳资计划，有限劳资计划，新劳资计划，西尔维亚和我，我们是第三次）后，她没有男友的时间比以前要长。西尔维亚说，是因为我不出去，你说是吧。在她自杀后，我们大家都一直陪伴着她：从医院运走遗体，我们开车去墓地。那上面，新墓地。我不看电影。当我想看某部电影的时候，我就听见她在那儿，她在跟我讲述这部影片。现在，在餐桌上，我常想：如果发生在我们身上的一切是一部糟糕的电影，我们可以将它倒回去。听西尔维亚讲，她会把故事编得比这要好得多。

"每天上午，我都要到她的墓地去。一开始我会跟她讲话。

"现在不讲了，沉默。我能听见，在她的头脑里，也是沉默。没有故事了，西尔维亚。我记得第一天，当我们来到工厂门口时，白色的大门紧闭着，不准进去，保安们把我们往后推。西尔维亚对其中一个小伙子这样说道：

我，我可以做你的妈妈了，小鬼。那天上午我们看到她，扎着红色的发绺，穿着皮外套，我们大家都感到好笑。显然，那个小伙子可能也感到好笑，但他转过身去了。人们不喜欢听这类的话。这是在告诉他我们是同一个世界的。回来时，这个怪人告诉我们，说什么她曾在《圣经》中读到过这么一段：你额头上的汗水现在是卖不出去的，当你吃面包时你就会知道你额头上的汗水是多余的。我们是多余的，她补充道。我想到了这个词，在她的墓地……"沉默，我关掉了录音。"'多余'这个词，后来就这样刻在了我的心里……"玛莉丝·P补充道。而我把它记了下来，写在这里。

小学校长把她的办公室让给了我们，因为是她安排的这个约会。这是我在法梅克的第一次约谈。我当时并不知道，西尔维亚（我在这里不引用她的姓，连名字我也改了）的阴影将会把后面所有的记叙串联起来，这些记叙将与她紧密交错在一起。

访谈：从蒙-圣-马尔丹大宇的火灾说起
从惶恐到日常琐事

艾昂热，2003 年 5 月，那位女工对我说了这句奇怪的话："'不安'这个词很美，它让人镇静。"艾昂热，比法梅克要远八公里，距离隆维有二十五公里。城市下方是索拉克大型炼钢厂①，在这个古老的工业山谷里，只剩下它还在继续生产。

"我丈夫曾在那里工作，在蒙－圣－马尔丹。当工厂着火时，我们马上就接到了电话。我也在大宇工作，不过我是在维莱尔。接到电话后，我们就开车，两人都去了那里。您见过正在燃烧着的工厂吗？我，自那以后，我为此感到害怕。

"然而惶恐不是我独有的。必须自己承担。在这个地方，当涉及工作，谈到孩子们、亲友们或是自己的未来时，谁能肯定地说他已经完全战胜了惶恐的阴影？就是这种空虚感，小小的虚无感。继续。你对自己说：继续，现在，你说……

"在很长的一段时间里，你的脑海里都是火。它发出的声音，噼里啪啦地响着。里面，他们说煤气瓶在爆炸，还有生产用的油罐。于是，有时在夜里，在你卧室的黑暗中，你还能

---

① 法梅克城在山上，工厂在山谷里。索拉克钢铁公司（Sollac）与后面提到的萨西洛尔钢铁公司（Sacilor），均为法国的钢铁骨干企业。

看见那些蓝色的火苗，绿色的火焰，红色的火舌：工厂着火，火焰不是黄色的，不是那种正常的火焰。有时突然一下子什么都没有了，然后是铁板墙在蜷曲、在伸展，就像是一堆柔软的材料，又收缩回来，然后黑暗中只剩下一副骨架。我一个人，在卧室里看着，我把这叫作照片。

"你在想什么，我丈夫问，你不睡，我丈夫说，你还在你的照片里？他问我。

"在脑海里，你的生活就像是一张照片。一张很大的照片。你看到它在墙上，被投影到墙上，就像在电影院里一样。在照片上，你所有的亲人都来了，站在你的房屋前，或在你喜欢的、对你来说很重要的某个地方，你站在中间。在你面前，地上，那些重要的小物品，它们在对你说话，因为它们让你想起你的某次旅行，想起某段情谊或你的某段爱恋、某首乐曲。头顶或是天空，或是城市，随心而定。然后你寻找熟悉的面庞，看那些将人隔开的物体，注视这个或那个没有待在自己位置的男人或女人，打量着这个或那个不大愿意盯着别人看的男人或女人，你知道他或她在掩饰着自己的忧愁，他或她在向你微笑，你看着悬垂的城市（我想到一座可以俯瞰的城市），关注着聚集在这条年代久远的通向矿山和钢铁厂的道路上你所有的亲戚朋友的整个未来。

"到那儿去的人不只我们。但已经太晚了，做什么都已经无济于事了。工会的那些人一直紧握手机，到处都是消防队员，他们跑来跑去推搡着人们，然后很快就来了一大拨与消防员数量相当的警察，他们说我们离得太近了，总是说我们离得太近了，还说这不关我们事。什么，我们的工厂着火了，这不关我们事？我想起了一个男人，我不知道他叫什么。他站在那里，那个男人，身子直直地站在寒风中，一动不动。在他的面颊上，我看到了泪水，泪水淌了下来，两行泪水一起淌着，两边面颊各一行。我相信那时我也哭了。要问那个时候我们是不是明白这一下全完了，当然明白。当我们知道着火了，当我们开着车从艾昂热赶到隆维，我们就已经全明白了。一路上我丈夫没有跟我说一句话。

"您问我惶恐是什么……您要我怎么回答呢，惶恐就是不知道。就是在人与人之间，在面孔背后，在人们对你闭口不谈的不确定的事物之中。当灾难来临时，我们身处其中，我们要面对什么和怎样面对。

"为什么女工不说内心的惶恐，而把这叫做不安。'不安'这个词很美，它让人镇静。我们为什么要将我们的状态称为惶恐，经历过

28

日常生活的各种事情和时时刻刻，我们根本不需要弄出什么复杂的词语，也不需要为此创造些什么专门的词汇。我，我站在那里，站在我的窗户前。我坚持做了很长时间的体操和瑜伽，有时是下班后做三十分钟，要知道，这并不容易。自从我们被赶出工厂，有了大量的空闲时间，时间太多以至于我不再做体操和瑜伽。亲友们，孩子们，我丈夫，不需要问都知道：当我站在厨房的窗前，转过背时，最好不要来烦我。当一个人想独自待一会儿时，我们尊重他的这一权利：不是害怕，害怕是因为你知道你要面对的那个事情要来了。而惶恐，则要更加模糊更加漫无边际。之所以惶恐是因为我们还不知道威胁从何而来。我认为时间就是一种类似传送带的东西。我们并不要求在上面轻松地走动，仅仅只想把双脚放在橡胶上，手扶着栏杆：我们并没有要求生活像传送带那般……啊，这个表达您喜欢，您会再用这个词的，是吗？随您的便吧……

"我做了努力，我有时感到负担很沉重。我在耗尽精力，我在奋力斗争，在感到有必要时我会去拼搏：孩子生病的时候，因为某件事你得去医院的时候，因为某个问题你得去银行坦诚说明原委的时候，所有这些我都会去做。我月复一月地坚持着，以绵薄之力支撑着，我坚持了，我这样做了。

"可现在，再也没有什么事可做了。会遇到的问题，就是两手空空，而意志却不那么坚强了。

"我站在我家厨房的窗户前，仿佛觉得有一股穿堂风。某样东西可能会在转瞬之间变成风把你带走。我突然转身，把双手放在地上，或者紧贴着窗玻璃，不，没有，没有穿堂风。我说的惶恐就是这个。我保持镇定。有些时候，在嗓子眼里，感觉吞下了一团羊毛，它堵在那里。我就这样撑着。我跟伙伴们说话，跟别人说话，我试着用正常的声音说话。可脑子里却不知道在想着什么：我人在那里，就在那个地方，可说的话却没有人能听得懂。或是在梦中，自己家的房子就在那里，只有三步远，可却怎么也找不到回去的路。或是最要命的，就是你和亲人们分开了，你不知道该怎么办，根本不知道他们去了哪里。也许别处的人们会想，女工，她们的命运就是当工人，工作停了，中断了，然后重新开始。她们会领取失业救济金或是接受收银员的培训，或是被养老院雇用，为了让她们不惶恐，人们做了应该做的一切。

"我常想：地位卑微，操心也少。女工，当然了：可是除了我们，还有什么人的谋生方式是被这样笼统地定义的?

"怎样走上了这样一条道路,来到了这样一个地方,这没有什么好解释的,只因为我生在这里,被祖辈带到了这里生活。您的父母也许不是这样,至少不是在这里的高地出生,周围是炼钢厂和煤矿:看看报纸的讣告版,您会在这里看到他们的名字,看到他们经历太多的旅途奔波,几经辗转来到这里。也许从我的厨房窗户望出去,只能看到人行道上的一个角落,三棵光秃秃的树和几个停车位,这就是这个世界留给你的空间。小学女教师,穿着白大褂每天晚上穿梭在医院急诊手术室里的女护士,她们的惶恐跟我们的不一样。

"我们的世界是建立在沙子上的。

"有时脚陷在里面,行走起来很困难,但毕竟还在前行。另一些时候,遇到了一块干硬的地皮,却极其脆弱,因为你一点儿也不知道这块干硬的地皮下面是什么。对,人们不再那样辛劳,那些轧钢工、铸造工、矿工,机器曾让他们疲惫不堪,损害他们的肺部或其他部位。而我们受到的损害是难以觉察的,是司空见惯的。你有中学文凭,你会使用计算机,可你是大宇的女工,或曾经是大宇的女工。大地塌陷了,沙子吞噬了你。

"大宇这个名词的意思就是广袤的宇宙。

当然，我那时没有想到这便是我们的全部生活：在维莱尔-拉-蒙达涅用螺钉固定微波炉的门。没有一个姐妹会认为，她就将这样一直生活到六十岁。可能我们的父亲和我们的母亲会。但我们不会，今天不会：女人这一生是要经历一些事情的，但除了工作以外还应当经历一些其他的事情，并不仅仅只有工作，尤其是不应该只跟螺钉打交道，用它们来固定微波炉的门，整天、整年只干这个活儿。我们想保留自我，生活在当下，对我们来说，变换工作，我们是同意的，我们等着换工作。可是，当工厂关闭时，人们告诉你：很大可能没有工作可换了。

"就是在这时，一下子，我和伙伴们，我们意识到了这是一个古老的文明进程。这一页翻过去了，可我们就在这翻过去的一页上。期待，是令人快慰的。比起男人来，女人做蠢事解脱的可能性要小一些。为了孩子，继续日复一日的生活：洗衣服，购物，关注天气预报。当孩子从学校带回来那张年底全班要去旅游的纸条，要你签字的时候，你便想象着，到年底还有四个月，四个月的日子堆积起来高得像幢楼房，四个月后这里会是什么样子，四个月的时间就这样过去了。

"你站在那里，站在厨房的窗户前，你思

考着，四个月，这意味着什么，它有多少天多少小时，又有多少个四个月要这样度过。一颗泪珠滚了出来，你感觉到了，你用手擦去，没有眼泪了。有时我想，总之哭还是有好处的。我甚至愿意哭得更多些，如果哭，或是跺脚，或是找什么事情做，或是找什么人报复，能有助于解决问题的话。但是不能：哭不能解决任何问题。

"某天，您编写一本有关惶恐的字典吧：它的表现形式，它的表现症状，它是怎样表现出来的，脓疱或是骨头疼痛。

"这就是我称之为生存的惶恐。如果您认为这对于一个女工来说过于钻牛角尖了，那么您想让我对您说些什么呢？"

戏剧片段二：论反抗的特性

弗洛朗热，2004 年 3 月，在栈桥剧院（这是芳兹河流域的城镇的公共剧场的名字）那毫无装饰的布景中，站着四位女演员，没有高台。我们想要的就是这样，演员们光着脚站在水泥地上，面对着阶梯座位。三位女演员待在舞台上，第四位女演员出现了，站定，一动不动，人们并没有看见她走近或是进来。

撒莱①：一个家伙决定打开阀门，通过这个阀门，酸水池的酸水将流进城里的污水系统，然后，从那里，流到河里。一个家伙在那里，他是工厂罢工纠察队的，夜里值班。他独自一人，他明白垮台意味着什么，他的打火机点燃了一张破纸片，他看着纸片在黑夜中燃烧，然后他把燃烧着的纸片扔到了那些纸箱上，纸箱点着了仓库：那些人硬说事情就是这样发生的。他们要因为这事而将一个人投入监狱，可是他们并没有证据：我，我说如果换作我，我也会扔这张纸片的。一个女人关上了她的门和窗，出于谨慎切断了电表，想到她的孩子们都在学校，直到晚上她都是独自一人，于是她结束了自己的生命，吞下了一些 Lexo-myl②药片，打开炉灶，点燃煤气。不，我不会像西尔维亚那样做，但是，在漆黑的隧道中，在不见天日的坑道里，怎样才能知道我们该怎样做呢：要创造一个新世界，可是人们给了你们什么来创造它呢？你们把我推到前面，你们对我说：说吧，你，说吧……当人们问到我们，谁代表我们去参加那些会议时，你们报出了我的名字。我，我当时想：她们泄气了，

---

① 撒莱（Saraï），《圣经》中亚伯兰（Abram）的妻子。
② 一种抗焦虑的药。

她们想要某个人在前面替她们挨打。

洗拉：我没有害怕，我的意见跟你的一样尖锐。这就像大家在一起跑步，总有一个人跑在前面，代表着我们所有的人。我，我并不愿意看到你受伤害。

撒莱：我属于这片天空，属于这个城市。我不欠任何人任何东西，我的付出是值得的。我站在那些楼房前面，张开双臂，比七层楼房都要高。直到现在你也没有乞求过一次救助吧？我们捍卫的不是工作，而是阻止他们进入我们喜欢的那片天地，那里有我们的梦想。当梦想不复存在时，一切都不一样了。甚至连做爱也走样了，或者说完全不同了。

亚大：我，我得走了，我走了。我正在卖我的那套房子，我的丈夫每天早上还要开六十公里去上班。

拿玛：周围是高大的楼房，二十五米远就是高速公路，那些工厂尽收眼底，你要把它卖给谁啊，你的平房？

撒莱：今天，姐妹们（你们所有人的愤怒会带来什么?），她们在气头上都做了些什么？气都消了吧。那个被关押的家伙，他，他倒是又找到了工作。那是因为该做的没有做，处理得不够严厉，不够有力吗？

亚大：我在《萌芽》中读到过，上高中

的时候。

洗拉：我们干的工作用不着读高中。

拿玛：多少姐妹们的衣袋里都装着她们的业士文凭。要她们干的那些工作，根本不需要业士文凭。她们甚至不会因为有业士文凭而多拿一分钱。

亚大：在《萌芽》中，那个人，他们割去了他的睾丸。我看过电影，后来，在那以后，我总是想起这个画面。这给一个小姑娘留下了深刻的印象，一个这样的故事。

洗拉：那个家伙是多么害怕啊。半夜在工厂里，广播开着，电话铃响着。我想，如果能够让别人害怕，就可以扭转自己的命运吗？

亚大：如果他也读过《萌芽》，我就知道他害怕的是什么……

撒莱：我们从来没有说过会这样对他，谁会用这个开玩笑？

洗拉：开始时，他对我们这样做感到好笑。当夜幕降临时，我们有四十个人而他是独自一人，他开始害怕了。他是谁啊，连老板都不是。老板，我们从来没有见过老板。在这里是他在指挥我们，他每月还得作一次汇报，因此对他来说，他也并非总是过得舒舒服服的。而我，我暗自寻思：他完全清楚，我们把主管扣留在他的办公室里，这并不妨碍大老板，股权公司的大老板，或是欧洲的负责人们睡觉。我们关押了一个我们熟悉的人，但把我们赶出工厂的集团的头儿却连个面都没有露。我们永远不会知道他们长什么样子。

拿玛：宿舍，房租由公司负担，这跟你有多少区别，到了月底。车也一样，不用买保险，不用付汽油费。人家以实物付给他们报酬。如果以实物支付让你担心，主管会去问其他姑娘的。

洗拉：你在指责谁，指责哪个姐妹？

撒莱：我们毕竟将他扣留了十五个小时，从上午十点到半夜，在办公室里，他不撒尿也不喝水。所有的报纸报道的都是：非法拘留。我们的女律师说：不要用暴力。那个家伙，他可真有胆量，甚至不去撒尿。

拿玛：第二天，我们在抽屉里发现了一个矿泉水瓶子：他喝了水并将之换成了尿。他不想向我们，一些女人，提出这些要求。

亚大：西服被揉皱了，平日里的派头一扫而光。

洗拉：那些姐妹的眼睛全都亮闪闪的，要我说他真是卑鄙。我对姐妹们说：今后就很难再这样待在一起了，就是这样。

亚大：他总是想要他的那管治疗湿疹的软膏。他把湿疹指给我看，在脖子上。这不好看，我告诉他。他回答我说："从初步的劳资计划起。自从制订了这项劳资计划后，我就得了这个毛病，你看……"

撒莱：如果说我们不应该半途而废，那错在谁呢。所有的报纸都在报道。他们感兴趣的，不是我们。但是如果你放了火，如果你往河里倒了酸性物，或者你把你的主管扣留在他的办公室里，马上他们就看到你的存在了。我，我一整夜都在说：现在我们抓住他了，我们不会放了他。在你的《萌芽》里，他们只对一个人这样吗？

洗拉：我看见一些姐妹，她们为此而感到兴奋。来说点笑话吧，大声说吧。我要是那个小子的话，让我生气的不是被扣留，而是听见大家说的那些话。大家是怎样说他的啊。

撒莱：有这种行为的女人们，我们自己就已经将她们排除了。我们是负责任的。此外，后来没有再出现什么问题。

洗拉：你认为，这以后他们就没有安排保安吗？那些保安时刻准备出动，他们的衣袋里都装着手机。

拿玛：就是从那一夜起。我被四堵非常薄的墙壁夹着，就是一些隔板。四处都传来谈话声。我用手捂着耳朵，不想听见别人的谈话。而每次回到梦境中，空间就会变得更小一些。

只有一个电灯泡，吊在头顶，还有一个写着出口的绿色指示牌。而我，我在那里，光着上身，只穿了一条小裤衩，我的衣服摆在我面前，人们要我等着，我已经受不了了，这个梦，为什么，总是做这个梦……

撒莱：自愿离职，他们想让我们在头脑里形成这样的观念："情形每况愈下，那么你们掂量一下，能够不受多大损失就摆脱困境是很幸运的。"补助金很少，但还是有。那些在我们面前说不的人损失了多少？还有那些后来又同意了的人呢？他们晚上到各家登门造访，签署支票。我公公的几个邻居，买了一辆大篷车，高兴极了。他们开着它去钓鱼。整个秋季都在擦洗它，精心打扮它，然后突然一下子，来了一些挂号信，欠债。而你，人家给了你一份工作，但要在晚上八点开始上班，并对你说，如果你保持安静他们就会留下你：马上你就听话了，你不再争辩，因为这时有大批的人被解雇。犯了大错的人都被开除了，凡是迟到的人都受到了警告处分。在岗位上做了什么不该做的事就会被解雇。少了一些女工，少了那些他们不想留下的，以免日后生事。十二月份，我们有五十个人堵住了办公室。我们私下里想：这事涉及一百三十个人，可是只有五十个人敢这样做，她们其他人是怎么想的呢。但是这件事，我们没有告诉报纸，也没有告诉广播电台。

拿玛：那个工具仓库还不错。位于厂中心，并安装了铁栅栏。我对姐妹们说：你们看，那里可以安置三十个人，那里面。然后他们就把里面的东西全都清空了，只剩下那些搁物架要搬了。

撒莱：我们看到了一些议员，披着绶带。我们问他们：为什么你们不愿意和我们一起关在工厂？而每次看到他们，他们不是在看手表，就是在准备打电话。我，我希望我们大家把自己用锁链捆住，在大庭广众之下。清空工厂？把我们也一起清走吧。

洗拉：我总是在问自己我们做的事是不是公正的，却没有答案：因为人们对我们所做的一切是不公正的，而我们遭遇不公正后，揭露时应当保持公正吗？

撒莱：法律是一道界线，我们走了一步，他们也走了一步，他们做的就合法吗？他们本来想用一副不透光的帘子把对我们做的那些事情都遮掩住，但是我们恰恰在帘子里把帘子捅破了。

亚大：但帘子还是掉了下来，落在我们所有女工身上：今天下午在你的厨房，明天在我的厨房，就像昨天在她的厨房里一样，在我们之间，翻来覆去谈论的除了发生的那些事情之外没有别的。这些事让我们弄不明白，我们有手，可现在我们的双手能做什么，我们有脸，可别人把我们当成了什么。

法梅克，社会服务中心以及城市的气氛

在法梅克，蓝色的工厂是我每次到访的第一站。头两次到访我虚张声势，得以进了工厂，第三次和随后的几次，我被拦在了门口。

过了工厂，便是城市。而要进入法梅克，首先要路过社会服务中心：那里的一些小启事、布告，还有那里的气氛，我每次都要去看一看，然后再继续赶路。

就在已改作他用的小学的后面（再安置小组临时设在了这里：三楼，走廊尽头），有一个几乎是立方体的大礼堂，里面有瓷砖贴面的阶梯，可以用来当座位，天花板是特制的，专为舞会和联欢会而设。

人们在这里举行舞会和联欢会，在这里演出节目和戏剧，但都是为孩子们组织的。而我在这里看到的是，冬天来了，大厅里摆满了食堂用的餐桌，每桌坐着八个上了年纪的人，每周四下午玩乐透彩。有酒杯，可以喝酒。在台子上，协会的负责人佩戴勋章，坐在他们自己的专用桌前。乐透彩中奖号码的叫号声，乐透子被掷在桌上的滚动声，人群中发出的阵阵喧哗声。从冬天的狂风和寒冷中，从了无生气和人迹罕至的洛林城来到这里，犹如一下子置身于一个生机勃勃、热气腾腾的大浴场。我悄然穿梭在桌子之间，有人向我致意，猜想我在这里的出现与当地的媒体有关：他们把我也当成了记者。我背着的电脑、戴着的眼镜，还有我的发型，都让他们认为我可能是某个地方日报的记者。

走廊上，是形形色色的办公室、家庭补助金发放机构和接待处，包括代办各种手续的代办事务所。一个很大的厨房面向中央大厅，从前可能这里被称为宴会大厅，而现在，用现代术语来说，不如叫作多功能厅。上次我来的时候，一些穆斯林社区的妇女正在这个厨房里筹备一场大型婚宴，婚宴于次日在大厅里举行。这个大厅既可租赁，也可出借，是一个开放的大厅。

登上瓷砖贴面的阶梯，便来到了一扇高大的玻璃门洞前。每当有演出时，一副隐藏的幕帘便遮挡住了这扇玻璃门洞，这便是"游戏馆"的那扇彩色大门。人们带着孩子来到这里，脱掉鞋。这里不是幼儿园也不是托儿所，而是一个错综复杂的洞穴——如果洞穴也跟这些错综复杂的小厅室一样，享有同样的日光并充满魔力的话。你会发现这里会提供与孩子一同玩耍的游戏项目。有书，还有一间很大的房间，里面装有龙头、水管和充水放水的水池。

因此芳兹地区的城镇不一定总是阴暗灰沉的，如果说人们在这里，在这片古老的产铁的土地上，遭受的苦难比别处更多，那么人们也知道该怎样给予补偿及分享：构建社区，组织活动。尽管如此，在游戏馆里，如果谈起大宇，那些人的脸色就变了，他们会告诉您，其实他们并没有真正地注意到在那些事情发生之前和之后有什么不同，并没有真正注意到这个或那个女人从前来而现在不来了，或是相反，从前不来而现在来了。当您坚持问下去，他们就会告诉您，来这里的人都是附近市镇的，工厂的女工们原来不一定住在这个城市里，此外人们也不会问来人是谁，从哪里来。

此外，法梅克只有一条长长的直直的街道从工厂通向城里。

在街道的尽头，有一个广场，稀稀拉拉地长着几棵树，树还没有长大就老了，被缚在一些不会腐烂的支柱上。再过去就是楼房。门都重新油漆过了，一扇是绿色的，下一扇是红色的，第三扇是蓝色的。这样油漆是油漆工的主意，还是租用这些楼房的机构的主意？大门上装有密码锁和对讲机，那边有一个年轻人大概在跟他住在楼上的伙伴讲话，因为二十分钟过去了，当我从另一个方向经过时，他还在那里。对面是邮局，平房平顶，房子的外墙也不漂亮。那天上午，透过那漆了黑色防锈漆的铁条，我看到玻璃窗是开着的，可以看见屋子里光线昏暗。高高的营业窗口，两个人等在窗前，另一些人在排队。阳台上架着一些白色的天线，晒着几大块彩色织物，因为那天天晴。一个穿着色彩鲜艳的阔条纹厚运动衫的男人在一辆已经不太新的雷诺车前打开了引擎盖修理着什么，而一条塑料横幅随风摇摆着，试图将一根露天管道缠绕起来，这是不大可能实现的工程。再过去又是一些楼房，干干净净的，比前面的那些楼房建得要晚一代，只有五层，阳台凸出来。再过去便是篮球场，高高的鲜蓝色铁栅栏，黄色的篮球架，三个孩子在投篮，他们的球很难从那上面飞过去打在那些轿车上。

再次来到法梅克。我开着剧院的标致旅行车 405①，车门上写着南锡②国家戏剧中心。你

---

① 标致 405 是法国 PSA 汽车集团在 1987 年推出的一款标致品牌的旅行轿车。

② 南锡（Nancy），默尔特-摩泽尔省省会。

锁上车，一转身，人们便开始对你进行评判。可能马戏团的卡车或某个路过这里的木偶剧创作者也会受到这种友好的预测，商务代表可能也一样，只要他的汽车清楚地标明法国保险总公司或达能集团：这表示人们来这里是正当合法的，是被派遣来这里出差。一个狭长的停车场后面是三个小店铺，面包店，兼卖烟草的报刊店，附带自助洗衣服务的"八对八"便利店①，位于一幢大楼的底层，大楼薄得就像一块刀片似的。几个年轻人站在那里，穿着厚运动衫，他们不是高中生而是成年人，三三两两各成一群。当你从他们边上路过时，他们便停止了说话。他们站在路上，如果要他们让路，那就糟了，如果避开他们，局势同样会变得对你不利。于是我干脆站在那里，给小店铺拍起照来。就这样我们开始了谈话。

　　在这里，某个工厂关不关门并不能对贫困的生活产生什么影响。我跟他们谈了起来，因为个子最高的那个青年对我发问："您真的认为这很美吗，先生？"因为他们看到我在给大楼和商店拍照（但这个加重语气的先生将您贬得一无是处）。另一个问："您是记者，还

_____

　　① 八对八（Huit à Huit）是法国一个小型超市品牌，建于1977年，1999年并入家乐福。

是别的什么?"（这个"还是别的什么"是为了掌控局面，而记者或别的什么在这里没有权威性）。关于工厂，他们都知道，并且每个人都有自己熟悉的男友或女友在那里工作。现在，大家都分散了，情况各不相同。有些人找到了另外的工作，有些在"服苦役"以维持生计。对他们来说，工厂关不关门并没有什么影响，没有，除了生活每况愈下，它就像一个沉重的包袱，笼罩着他们，带来的是暮气沉沉和整体的贫困：

"您说：积垢。可我们并没有要您来这呀。对我们来说，这里并没有什么积垢，这里是我们生活的地方。而您在这里看着我们就像在看一群动物似的，积垢是什么，您认为，是我们，是阿拉伯人还是黑人?"

真奇怪，他们先找我搭腔，因此这话也并未带有敌意（此外表示敌意也已经太迟了点儿，因为我在拿出装备的同时，就将自己交由他们支配了），而是意味着在这里他们有自己的标志和领地，意味着你来、行走和观看，就是侵犯了属于他们自己的东西——街道，因为没有任何别的东西：我冒犯了他们在这里生活的环境和他们的期待。然后，接下来的几天，由于我们已经有了这第一次的谈话，我便成了局中人，我出现在那里便是很正常的事了，我

46

们常常远远地打个手势或者击掌以示致意。

还有证据证明，在法梅克，一切都没有受到影响（这里十月份还将举行在法国属于首创的阿拉伯电影节，汇集了方圆一百多公里及以外的观众），因为有人某天对我这样说：

"在于康热，你可不能这样做，你可不要像这样带着杂七杂八的东西到处闲逛。"

于康热，2003 年 6 月
论失业状况下月底的收支平衡

于康热，2003 年 6 月。于康热，是这个河谷的第一个城市。这里的炼钢厂已经被拆除，只剩下一个巨大的浇铸高炉还在那里，它太庞大了，无法拆除。我想要人们谈一谈存在于心中的恐惧，谈谈那种惯常的恐惧，每每在大量的数字后面，存在着简单的日常生活中的延续，面对城里其他人，在孩子面前怎么表现，为他们提供什么。人们任我记录，常常要求我不要提及他们的姓氏，有时要求我既不要引用他们的姓氏也不要提及他们的名字。我不打算转述他们对我说过的原话：我的电脑里有录音稿，但我觉得那并不完整，那些文字无法表达我们，我和我的对话者们，相互间的理解，那种在交谈中出现的一点即透的情形。随着交谈的进行，我在我的记事本上记下了那些明确带有固定的节奏、用词，事实上在绕开话题的表达方式。谈话一开始就将你置于一个开放的角度，那每每出现在话语结束时的一切提示，如果我只满足于记录的话都会变成沉默。

要重建的就是这些东西。我独自一人，在随后的几个月里，再次倾听那些声音，回忆人们凝视着窗外的情景，标注上他们的姓氏和名字。尽管我听到的那些故事，连同那些开始或结束的爱情，甚至连苦恼，都是一样的。

我把这本试图通过书写来恢复事情本来面目的书称为小说，同时也尽量通过文字来再现那些沉默、那些看着你或是转开去的眼睛、那些一如当时通过窗户传到了你耳朵里的城市的嘈杂声（微不足道的事物，街道，来往的卡车，飞驰的轿车，还有红灯亮起时突如其来的片刻寂静）：我在奥德艾·K家，房子里有一个过道，正面是一个狭窄的客厅，后面是厨房，厨房朝向一个浇了水泥的小院子，楼梯上堆满了儿童玩具，挂着几件防寒服，楼上是几间卧室。

"人们对事物的感觉是根据所处的环境思考得来的。困难在于要坚持那么长的时间。显而易见，这样一算，那些收入就很有限了。我曾经挣钱不少，我对我妈妈或对一些朋友总是说：我挣很多钱。然后你对另一个人这样说，你看到的却是嘴角的一抹微笑。我曾经很满足，因为我挣得比其他的姐妹多，比如说一个刚来的或是一个只在流水作业线上工作的姐妹。但是，当你先是除去房租，然后除去每月的还贷：汽车（必须要有一辆车，并且我快要还清了，此外新的柴油车比老雷诺花费要少，汽油和维修），洗衣机分四次付款（如果没有洗衣机，我的女儿们和我，我们该怎么办啊），好了，剩下的分成四等份，那就是我每周可以花费的。有些时候我会大声地计算，算我的账。有账单，得拿出一部分还账，因此要减去；税金，要按月支付，保险也是，还有，如果不用交电费，就要交电话费①。

"当然我很注意节约用电，我的女儿们也是。如果我忘记了关灯，丫头们就会说我。你有寄来的账单，电、煤气、水、电话，还有所有这些的增值税，可是税金他们已经收过了。还有为丫头们上柔道或舞蹈课开出的支票，你看，这些就是在分成四等份之前要拿出的部

---

① 在法国，一般电费和电话费是按月轮流缴纳的：如果这个月轮到交电费，就不用交电话费，下个月就轮到交电话费而不用交电费了。

分，剩下的，还有在勒克莱尔超市花掉的部分。如果有一点额外的收益，那就存起来去买衣服，或者用作假期里的额外花费。我们的企业委员会里有一个机构，每年夏天，可以把丫头们送去两周：我还没有考虑这个问题，今年夏天，我是不是能够把她们打发走。我的女儿们，她们也要因为大宇而缴费吗①？

"常常是，存不下什么钱。只能靠止血塞。我把补助金叫作止血塞。但它简直微不足道，我领补助金是因为我被解雇了，补助金是因为这个才发的。怎么，三十五岁多了，我还要靠妈妈来接济？不是因为多少年来一直这样毫无变化，而是因为这令人疲惫。压力很大。晚上十点了，你在那儿，在厨房的灯光下，等女儿们睡下了，你便拿出红色封面的文件夹、绿色的（银行）和黄色的（欠账，我总是挨到最后一刻，正好在催账单来到之前支付），还有那个学生作业本，你在上面又开始算账。那些运算做起来并不复杂，但在计算的时候你还怀有幻想。幻想可能会发生什么，我可以怎样做，他们又会怎样，以及所有那些我能够想象出来的可能性。

---

① 企业委员会为在职职工提供的福利：为职工子女免费提供为期两周到度假中心的度假。但如果是被辞退的职工，就不能享受这个待遇了，如果想送子女去的话，就必须缴费。

"当你合上作业本，它们就飞走了，那些想象和思考、那些玫瑰色的梦想和那些阴霾的梦境。荒唐的想法就会从这里开始，坐在翻开的作业本前，梦想便接连不断。然而我喜欢宁静，喜欢那个时刻，喜欢夜的开始。外面不再有来往的汽车，楼道里、各层楼的楼板上都没了声音。有时，我的某个女儿会发出初入梦乡的呓语，说得很快，完全听不懂。你也该去睡了。在浴室里，你的面孔出现在镜子中。将水泼向这一切，泼向时间与期限，就像人们用棉片和面霜抹去眼睛下面和额上的痕迹一样。所有曾是你生活一部分的普通事情不再有了——假期、乘大客车旅行、给自己的小乐趣：买件衣服，看场电影……只要我一算起账来，便不敢再去干这些事了。

"这一点要装进大脑：这些事再也不会有了。

"我没有把这事告诉女儿们。她们知道，我的女儿们，但我们不谈这个事。就这样，有时握握我的手，有时她们的头，在这里，靠着我的肩膀，可能比以前靠的时间要长一些？"

在回去的路上，我在德·旺戴尔①从前的

---

① 德·旺戴尔（De Wendel），法国著名的工业家族，钢铁巨头。祖籍比利时布鲁日，18 世纪初定居法国洛林地区的艾昂热。

指挥大楼那立有多利安柱①的入口前停了下来，窗户都破碎了。大宇工厂依然是那样，城里，从表面上看，没有任何事物受到了影响。昔日的大钢铁厂寂静无声地伫立在那里，并不显得可怕，但就像是我们这个世界中的另一个世界。

一些从沥青地面中钻出的小草，那些根据人们在这里的身份地位按等级制度所建造的，建筑石料已年代久远的房子，还有，在铁路和运河之间，那两个高炉的料斗，天桥，从四十米的高处伸向化铁炉底部的送风机：航空母舰也很难被摧毁，但人们至少可以拖拽它们，将它们凿沉。而城市、公路则不同，人们好像宁愿离去，到一个较远的地方去重新开辟他们的生活和工作。

电视节目：有关富人和穷人

还是法梅克，小学。
女教师们在孩子们课间休息时与我们碰了

---

① 古希腊三大建筑式样中最古老的一种式样，其主要特点是无须打地基。

头，大家一起分享了雀巢咖啡。水从穆力耐克斯①（我注意到了这个名字，穆力耐克斯就像大字一样，今后不再仅仅是一个商标了）电热壶里准确地注入食堂的玻璃杯里，再加上一块方糖。外面，成群的孩子们在嬉戏，不时发出尖叫声。我看着玛莉丝·P，发现她并没有看院子里的孩子们，却好像在紧张地倾听着什么。一位女教师对我们说，在这种情况下大家都避免过于直接地谈论工作，更愿意回忆刚刚过去的假期。

"很多孩子都出去度假了？

——您是在开玩笑吗？"

女校长按响了铃，孩子们列队集合，被用作办公室的教室里空空的，只剩下了我俩。我再一次按下了迷你录音机的录音键。

"无论如何，我们尽了一切努力让大家都知道这件事。当有人邀请我们去参加《生活是什么》②的时候，一些伙伴说：人家会嘲笑你们的，人家会小瞧你们的，你们会看不到射向你们的暗箭……我们三个人出发了，旅费报销，提供的酒店无可挑剔。但这是晚上的直播

---

① 穆力耐克斯（Moulinex），法国股份有限公司，成立于 1954 年。现为法国和欧洲最大的家用电器生产厂商。

② 一个电视谈话节目。

频道：你知道人们在看着你，知道人们随后会在你家里，会在大街上跟你谈论这场直播。有人给你化妆。对你说不要害怕，不要太当真。并且大家对你都彬彬有礼。怎么说呢：对你微笑，用手轻轻地摸一下你的胳膊。这些人给你戴上麦克风，为你整理头发，为你递上一杯橙汁或是咖啡，很是亲切。我明白，他们在用这种方式告诉你：我们是站在你们一边的，我们也一样，我们也有兄弟和父母，生活就是这样的，那么你们就说出来吧，说吧。富人们，他们在另一条走廊上。他们在那儿化妆，在那儿喝橙汁。这是演播的原则：事先不要见面，甚至不要露面。

"三对三，女主持人站在中间。

"她，你在荧屏上见过她三十遍了，却没有亲耳听她说过话，现在这个人就站你面前，比我想象中的要矮一些，她对你说了三句话，你以为是对你一个人说的，可就在你准备回答她的时候，她已经在对另外一个人说着同样的话了。

"谈话的主题：富人和穷人。猜猜看我们是哪边，我们是穷人。

"那个时候，大家刚刚知道工厂就要关闭了。厂里发布了初步的劳资计划，工人们随后占领了办公室。这时他们给工会打电话，说是他们想要一些没有参加工会的姐妹来出席谈话节目。安分守己这种类型的。我，我是工会的，但我告诉他们说不是。富人那边是三个男人，他们有意选了几个年轻人，其中一个这辈子从来没有工作过，因为不需要（我在摄像机前回答他：我也完全能够不工作……）。节目拍摄了两个短片，他们的家是怎么样的，我们的家又是怎么样的。概括地介绍一下两个阵营的三个家庭一天的生活。孩子们上学，他们是车送，而我们是走着去，因为，从我们家住的那栋楼就可以看到学校：这类细节我们在事后才意识到。

"早在两周之前就给我们拍了影片，我们带着孩子去上学，头发梳得整整齐齐，衣服穿得漂漂亮亮：我们为什么不为此感到自豪呢？生活就是这样，正是他们的节目名称，好吧，我们照此表演。说是有三百万人看了节目（他们是这样说的，但他们是怎样计算的我根本不知道：你们都很少看或根本不看他们的电视节目），我们并不在乎：这就是你们的形象，没有加任何修饰。是你们，带着你们的孩子去上学。

"我们三人站在台上，拿着话筒，带着妆容，还有打光，三台摄像机放在舞台的角落。我们发现，生活并不完全相同。他们找来与你们相比的，不是报纸上常见的雇了司机开着豪华加长轿车的那种富人，而是一些跟你我差不太多的人：我们看到一个家伙晚上做完运动后回到家里，在客厅里给自己倒了一杯开胃酒，客厅里有一台很大的电视机，就像是在放电影似的——在接下来的影片里，是伊芙琳的丈夫（电视台的人曾建议他喝一杯开胃酒），和他自己提来放在酒吧柜里的三瓶里卡尔①，对，你可以微笑。此外，他很友好，还请摄制组的小伙子们喝酒。

"剩下的，你看，都差不多。我一会儿称呼你一会儿称呼您，好了，完成了。

"一边，是在欧尚给他的那辆老雷诺加满油，另一边，是在德国车上用指尖调收音机……这只是前菜。一边，是某人家里的大露台，而我们这边，是工厂的院子，上午去上班的时候经过的地方。说是我们在厂里但什么也不干，那是因为没有库存零件，他们这样说。我们每天上午去，仅仅是为了迫使他们给我们付工资。然后我就不知道了。那是一个光芒四射的场所，桌子是新的，闪闪发光，我们身上戴着麦克风，化了妆，强光照着你，不可能后退。我们等待着人们提问题。可以说境况很

---

① 里卡尔（Ricard），法国保乐力加公司旗下的茴香酒品牌，是世界十大名酒之一。

糟，是的，在《悲惨世界》（我这样说是因为他们谈到了这本书）一百五十年以后，什么也没有改变：一边是那些刮得干干净净的面颊，他们生在钱窝里，并决心要待在钱窝里，而我们，则是另一类人。

"让我感到恼火的，不是穿的衣服，不是放的唱片，也不是别的什么，而是我们的面色，差别就在这里：我们当前的生活状况，劳神操心些什么，这些都清清楚楚地写在了自己的脸上。

"哇，真有运气，她们，女伴们说。而我：当然啰，需要运气。我在心里常对自己说：愿姐妹们看到她们自己的伟大之处吧，看到自己被隐藏的美丽吧。我对自己说：所有那些看节目的人，他们的父亲，他们的母亲，或是他们父亲的父亲，他们母亲的母亲，怎会跟我们的父亲母亲，跟我们的爷爷奶奶一样。

"他们本可以问我们，我不知道为什么没问：如果我们可以像他们那样生活三天的话，我们会做些什么。反之，他们若是在我们的环境中生活三天，他们会怎样做——以电视写实的方式——为什么不呢，我们交换一下。但没有，而是要我们谈烹饪。那位女主持人，她想要我们讲讲爱情经历。我们的习惯，她怎么不问问我们在床上的习惯呢。那个开宝马的人，他反对婚姻。你看，这就是他们的人生哲理。我们，我们渴望去旅行，而他们，对面的那些家伙，他们已经旅行很多次，感到厌倦了。他们很友好，为什么不啊，这些年轻的家伙，节目主持人对他们说了三次：她更喜欢唯利是图、心胸狭窄的人。而我们，我们并没有把他们当作我们的敌人。

"我们被要求谈谈让我们愤怒的事情。他们也有他们的愤怒：正当的情感方面的，厌恶独裁方面的。我们的愤怒，只涉及我们的老板、工作，以及生活的方式，好像更微不足道一些，或者说更自私一些。此外大家看得很清楚：她已经感到厌烦了，女主持人。那个样子就像是在说：你们看，她们都进入角色了，不会有超出预料的东西。而对面的那些家伙，当他们谈及他们对体育的爱好，谈及他们的健康、保养得很好的身体时，很明显她就表现得更加亲切一些。

"开始，是穷人和富人；现在，变成穷光蛋对大富翁了。

"问题一个一个袭来，细小的问题，保护性的问题，设有陷阱的问题。我感到浑身是汗，我对自己说：不要让人看到我在出汗。我想：伙伴们在看着呢，我妈妈在看着呢，我应该说的我就要说出来。不仅不能出汗，还要微笑，还要表达我们对于假期的渴望：他们真的就那么天真，以为我们真的那么向往梦中的棕榈树？我们到这里来是为了谈一个关闭的企业并且要告诉大家这样做是愚蠢的。只有在有工作的时候，才可以说"我是自由的"，而有工作是可以说这句话的首要条件。可是人们却希望我们谈梦想的棕榈树。而他们，那些家伙，他们对此无动于衷，因为在他们看来，世界上的一切都处于正常秩序中。

"后来，我看了录像带。当那三个家伙说话时，他们把摄像机对着我们的脸，看我们对他们所说的有什么看法，有什么反应。他们让人看我们的腿，还有你看，我手腕上戴着的手链，若西亚娜戴着的三个戒指。而他们，那些家伙，当我们说话的时候，人们却看不到他们的指甲，也看不到他们是否在听。进行到三分之二的时候，我知道是因为我看到在摄像机后面有一个挂钟亮着红光，这时我对自己说：好吧，任她去，等这一切结束。她想要什么，这个姑娘，她想要大家一下子全都站起来，三个男人和三个女人，想要我们在众人面前相互拥抱，一边说着：很遗憾，我们过去对你们的看法是错误的，世界不应该是这个样子的……

"那三个家伙里边，只有一个是真正令人厌恶的（有的时候，他的表现甚至令另外两位也感到厌烦）。他的衣袋里有钱，他拿着这些钱到某个证券公司买了股票。只有这才是最重要的，他说。我喜欢钱，他说。这就是他们想要的，对他们电视台来说，这难道就是他们想要的讽刺？我，我自问：他们是从哪里把他弄来的，这个东哥特人①，他们花钱雇了一个演员还是什么？我们对这种家伙很是反感。我清楚地看到若西亚娜很是恼火。我不能跟她说话，也不能跟她打手势，我把脚抵在她的鞋子上，她冷静了下来。我认为女主持人期盼的就是这个。是的，我们是大宇人，我们占领了我们的工厂，扣留了我们的经理（关于这一点，他们的问题是：这是干嘛，像这样非法扣押一个人，只是因为自己生气？），是的，我们的工厂就要被清算了，我们要自己想办法来应付失业带来的困难，来抚养我们的孩子，不能对妈妈或亲人说：上周我干的是这个，现在我干的是那个。

"一个家伙对我们说应当冒冒险，挪动挪动，去尼斯或者去德国定居。我在心里发笑，生活对他们来说，竟是如此简单……若西亚娜

---

① 东哥特人（Ostrogoth），也译作东哥德人，是哥特人的一个分支，亦为日耳曼民族东哥特人。由于哥特人一直以狂暴的作风著称于欧洲，所以东哥特人又是野蛮人、粗鲁人的代名词。

说，说到底，我们对钱无所谓，她说我们不在乎只吃面包、只付房租，说比这重要得多的是，我们的地位，以及我们的自尊心。女主持人甚至没有等她说完，就宣布接下来的一周里会有些什么节目，一些性生活的秘诀。那三个家伙，我们发觉他们跟女主持人到餐馆去了（是若西亚娜发现的，她朝另一条走廊看了一眼：若西亚娜，她的眼睛或耳朵是很管用的），但我们没有被邀请。我们在回宾馆之前，像大人物那样去喝了酒。三个女人在巴黎城里：那又怎样？第二天，在火车上，我们没怎么说话。

"第二天，我又去见了西尔维亚。我问她对这个节目怎么看：她没有看这个节目，这是她给我的回答。好吧，在电视上谈大宇，让大家知道我们是谁，我们能说不吗？"

戏剧片段三：同政界人物打交道的代表团

亚大：我们去看了别的工厂，别的在罢工的姐妹们。然后第二天，我们就以代表团的形式走在了大城市里和红地毯上：我对自己说，人类上上下下我都看过，可我从未想过会看到这一切。我们敲了几扇门：我们从未想到会来这里……

拿玛：那些站在门口的女人想干什么？我们不过是进行交涉，我们并没有提出任何要求，我们也不寻求什么。

洗拉：我们上了她的车，是她开的车，西尔维亚和我们在一起。二十欧元的汽油费我们五人平分，每人四欧元。我们有地址，我们列出了所有那些讲过话、表过态的人物的名单。每次我们停了车，走进接待大厅，就有一个跟我们年纪相仿的女子过来问我们要做什么，找谁，谈什么，想得到什么结果。于是我们就对她说起大宇这件事来：为了我们的工作，为了我们的孩子，为了我们的生活。

拿玛：接着就是一阵沉默。然后那个女子就会看着我们，或是打个电话，或是指给我们一扇门。我们到处都受到了接待，多亏了这些女孩。

撒莱：她们可能干了一辈子话务员，因此知道什么是真实的世界。

拿玛：所有要做的交涉，我们都做了。从电话簿上抄了那些地址。在家里的餐桌上，一个打开的本子放在油布上，为了这个事我们专门买了一个本子，在本子的第一页，我们只写了这个词：交涉。

洗拉：她给我们指了路，我们可以乘升降梯上到第十三层。第五层可以看到全景。地区宾馆，省议会，工商会，可所有这些人，他们是从哪里搞到的钱来这里安置的？

亚大：我，我注意的主要是机织割绒地毯，没有一点儿声音。他让我们进去。大办公室，手提电脑在播放着古典音乐，最糟的是：不锈钢盘里放着一套咖啡用具。

拿玛：他把鼻尖上的眼镜往上推了推，打量着我们：你们好，女士们，你们是找我吗？

洗拉：我们告诉他我们是谁，从哪儿来。一听到大宇这个名字，他就不再提请我们喝咖啡的事了，声调也变了，然后他关上了从他电脑里传出的轻柔的古典音乐。

撒莱：怎么回事？他下巴向前伸得老长，一边从眼镜上方打量着我们，一边对我们说，要求？请愿？为什么要这样闯进来？应当说说，在隆维，前一周，众议员被人往他的长裤上泼了一桶大粪，亲手做的礼物。

亚大：不是闯，先生，西尔维亚对他说。人身攻击，像他们在隆维做的那样，不是我的法子。

撒莱：于是我们走上前去。沉默。我们看着他。我们四个人谁也没有吱声。没说一句话，什么也没说。整整一分钟。

亚大：很长，一分钟。我，我那时想笑，但只是想法。

撒莱：而他说，你们还说不说啊？你们没有舌头还是怎么了？他翻着白眼，当我们出去时他又说道，告诉我你们想要什么，我可以听，我们可以讨论。

拿玛：我们想要的，就是见他。看看政治是怎么回事，看看我们出钱供养的议员们是什么样的。看看他的办公桌，上面是不是有照片，是不是像我们那样，总是放上孩子的照片。有些时候，放上一艘帆船，或是别的、狗什么的，总之是有人情味的什么东西。

亚大：然后估估他鞋子的价钱。我的祖父总是这样对我说：你想弄懂一个人，就看他的鞋子。

拿玛：他把我们送到门口，请相信我们的支持，我们的好意，我们的帮助，我们的理解。

亚大：我，我没有动，我手指着他的鞋要姐妹们看。

拿玛：于是他停了下来，站在那里，站在办公室中央，也看着他的鞋子。现在是他在求我们，但你们解释给我听啊，该死！我看见她，她的双肩在不停地抖动，我对自己说，再有一秒钟，我也要笑了，我要憋不住了。于是我们出来，到了走廊里，冲进电梯，跑到街上，进了一家咖啡店：要了两杯咖啡，一杯混合啤酒，一杯茶，我们就要了这些。

亚大：我们那个笑啊，笑啊。

撒莱：那么他的鞋子，它们到底怎样？

亚大：我看挺贵的。还有细棉袜。

拿玛：当西尔维亚转过身来……

亚大：应当跟他说点什么的，不是吗？

撒莱：我们想看看您是怎样工作的，西尔维亚说，想看看，工作对您来说意味着什么，仅此而已，再无其他。您是怎样工作的……

亚大：您是有工作的，我加了一句。

拿玛：电梯来了，我们四个人都进到了电梯里，然后，我们甚至没有看他长什么样，那个家伙……

法梅克大字拍卖
内容和容器，以及随后的梦

　　还是于康热，2003 年 6 月。采访（安娜·D 和菲利普·D）。那是上午，还没到中午，在安娜·D 家里。我们坐在她的厨房里，窗户开着，外面是大太阳，天空一片蔚蓝。看得见架在田野之上的高速公路：极小的轿车和卡车在草丛中滑过。

　　"我当然认识她，西尔维亚。确实令人震

惊。就好像双手捧着什么东西，然后它掉了下来，摔坏了，再也不可能回到从前去了。我不是马上知道这件事的，我是在第二周周一才知道的：火葬，不是真正的埋葬。厂里很多人都去了。可我周一的中午才知道，太晚了，没赶上葬礼。那天我正准备开车回家，一个姐妹，克里斯蒂娜，拦住我，告诉了我。但谁会真正了解？就是孤独，它令人害怕。每个人待在各自的角落里，当你呼唤，甚至张开双臂的时候，却无人看你回应你。在厂里上班的时候，大家哭闹，激烈地争吵，即使是相互撕嘴打脸的，可那不孤独啊。"

我问安娜·D，是否能够整理一些有关西尔维亚的照片、说过的话语，或是会谈，甚至那些最不引人注目的事情，有时人们并不知其原委，然而却能将它们与这个人联系起来，并留下牢固印象的一些东西。她没有回答，就这样待了一会儿，坐着，手托着下巴，然后手又伸向脸庞，最后低下了头，头发遮盖了双手。突然她又直起身子盯着我，头发这会儿是乱糟糟的，而双手，是的，双手扭在一起，手指交错，为所说的话语打着拍子或者说是将词句分成碎块。

"第二天晚上，我做了一个梦。一个笼罩在阴暗之中的梦，一个自那以后我做了又做的梦。"

远处是那些大楼，在灰色山墙的新月形缺口中，看得见远处那极小的超市和工厂那蓝色三角楣的突出部分。

"很方便，我乘巴士去那里，甚至天气晴朗的时候走着去也只要十分钟。梦就像是回顾，她说，回顾那些萦绕在脑际的念头。在西尔维亚出事之前，我没有梦见过工厂：工厂，已经结束了。"

我不想打开包拿出我的录音设备。我只是打开记事本做起了笔记。这没有引起她的反感，总之她没有说什么不要这样做的话。我告诉她，她的话语就跟照片一样清晰，不过是一张不寻常的老式照片，黑白的，画面有些模糊，其中的建筑与我们往下望见的的那个清晰的彩色几何符号没什么关系。

"这是工厂，不过，这是在那以后的工厂。在一片明净的地面上有一个水泥广场，好像凸起来似的，圆圆的。远处，一幢大楼，开有窗洞。好像是一幢刚刚开始建造然后又废弃了的建筑。又好像是有人在这里住过，后来大家都搬走了似的。"

她停了下来，然后，与其说是看着我，不如说是看着窗户："这肯定很奇怪，如果是做梦的话。"

时间在静静地流逝。

"你突然醒了过来，想着梦里的一切都是真的，想着你去过那里，想着你在那里走过。我想起：左边，有一盏路灯，直直的，灯罩内曲，现代风格。就跟我们厂里铁栅栏上方的那些路灯一样。好多次我上车的时候都会看到它们。地面是灰白色的，大楼整个是灰色的，蜂房一样的一个个单元，没有一个人。一些空空如也的水泥小间，坐落在山顶，高耸入云。那片天空就是我们的天空，这里的天空。"

一阵沉默。由于她没有接着往下讲，我便问她，是根据什么，使她认出是这里的天空的。她惊讶地叫喊起来，好像听到什么滑稽可笑的事情似的：

"这里的天空有什么特点？它有些灰暗，经常性的，我们的天空。除了这一点可以辨认出来以外，自己家乡的天空，它散发出独有的气息。就像人们感觉到在自己的脚下，是自己的土地一样，而不是那种偶尔路过的土地。对于天空来说，是一样的。"

一辆卡车在慢慢地拐弯，公路从工厂朝远方伸去，那辆白色的半挂车因为透视效果一时间取代了工厂那蓝色的标志。"在我的那些梦中，我没看见任何人。只有我自己，向前走着，向前走着，渐渐地楼房变得更高大了，地面高低不平。我没有走到尽头。背景变了，但我还是在走，不过是在工厂里。就是人们在电视上看到的那个景象。大厅就像一个巨大的平坦的鞋盒，但空空如也（小时候我曾有一个很大的鞋盒，用来装我的宝物，我很清楚整个宇宙都可以装在一个空空的鞋盒子里）。穿着西装的那些人在等着进入拍卖会。库存纸箱，芬威克叉车①和食堂的设备，所有这些都被标上了批号那天上午所有东西都是出价最高者得，就在工厂的中心。"这事电视已经播放过了，但她特地指出，"地区新闻：消息传播得不会很远。"

她往我们的杯子里（事实上，是碗）续了咖啡。天气晴朗，窗户都大开着。能听到比我们低三层楼的幼儿园里传来的嬉闹声。

"我的梦中，我从他们中间穿过，而他们没有看见我。我一直走着，穿过食堂。在我的梦里食堂很明净：椅子叠放在右边靠着墙。对面是长长的自助餐厅区。我走了过去。这是我曾经看见过的，真的，在空无一人的食堂里。"

我一时没有应答，忙着在最后补上总是落后三句的笔记。传到我耳朵里的不是安娜·D

---

① 芬威克（Fenwick），一个叉车品牌，由德国凯傲集团（KION）旗下的芬威克-林德公司，一家法国运输设备制造商生产销售。

独自一人的声音，更像是一段对话。两个声音说着同样的话语。两个人物，一个在梦中，另一个在回忆，但是没有别的面孔，只有安娜·D 的面孔，从她的梦境到她的回忆，就好像梦的每一个组成部分都要由另一个来自现实的声音——其梦境的发源地——来确定似的。

"在我的梦中，工厂是绿色的，还带着一点黄色，全部都是一样的颜色。我想起我们两人站在那里，因为西尔维亚和我，我们去了那里，去了拍卖现场，那是我们最后一次见面，就是这样。"

我不禁感到惊奇，她们，从前的女工，人们竟然让她们进去。

"他们大概一直在用余光监视着我们，以防我们大吵大闹。首先拍卖的是所有他们在里面就已经编好了号的东西，成批的机器、库存、家具……然后是厂房：拍卖不会停止，拍卖人喊道。我们把自己也给卖了——西尔维亚抓着我的胳膊肘。我们，这厂房，我们多少也拥有它。"

我问这是不是意味着她们认为自己是所有者，因为在这里生活了这么长时间并且全身心地投入其中。

"说到底，是的。当他拍卖工厂的时候，他非常明确地指出：现在我们只剩下厂房和场

70

地了……我们不敢举手说：这不可能。这是属于我们的，你们别碰它。然而，一阵揪心的痛楚，肯定啊：你有过这种经历吗？你的什么东西就这样转到你周围的人手中去了。在一幢曾经住过的房子面前经过，在一幢你曾经有过一间卧室的楼房面前经过，是永远不会无动于衷的……也可能我们感到心痛是因为它是空的，剩下的一切，芬威克叉车、桌子和椅子，都已经搬空了。还有就是，希望所有这一切都不是真的，而仅仅是一个令人讨厌的程序。但如果他们卖掉了一切，只留下了我们工作的场所，我们从第二天起就能回到我们的工作岗位上去吗？有一些从远处来的购买者，不会弄混。四十个人，穿着西装，有人给他们搬来了椅子（食堂的椅子，我一眼就认出来了），他们举着手臂或只是点头表示同意，就好像这一切都不言而喻，跟买一辆二手车或一件旧家具没什么两样。这些人都很有礼貌，很平静，胡子刮得很干净……"

她沉默了一会儿，我不想打破她似乎在等待着的东西。

"这就是为什么我会做这样的梦吗？"

另一个人物——那个在做梦的人物在自言自语，而不再是那个被辞退、失业的年轻妇女。两副面孔在安娜·D的身上轮番出现——

好像在这张餐桌前默默呆坐的时间太长了，在这个大太阳的上午，喝着浓缩的黑咖啡，伴着楼下学校传来的喧哗声，也许她当时的评论并不重要："然后，在梦中，我在我的岗位上，坐在我的凳子上。我机械地做着动作，将东西归位。导轨在我前面伸展。我看见那些棘轮爪在移动，速度正常，声音正常，一切都跟以前一样。除了什么也没有。上面没有机座。而我，我在那里，我应当干满我的工作时间，一切都正常。"

现在，好像那个女工轻轻地将手放到做梦的女子的肩上，为了让她将故事停顿一下，通过她本人的回忆来对故事进行解说似的。

"他们说：九百台电视机以跳水价给了那些走运的人，但不保修也没有备用零件。他们找到了买主。甚至，在谈判期间，当我们正在讨论转岗补助金总额时，他们突然对我们甩出一句：给你们每人一台电视机，立刻就给，你们看怎样？姐妹们都同意了，只是电视机他们开的价太高了，而在拍卖时，它们就不值那么多钱了。那天上午，没有警车开道。但在旁边的那条街上，有三辆警车。坐在里面的家伙们在玩扑克牌。"

做梦的女子继续，就好像两个声音在交替进行似的，一个嗓音略高，另一个要低一些。

"在大厅里，横着拉起了一道铁网，就像在网球场上安装的那样，比你们的个头要高出许多。在铁网后面，就是那些纸箱子，它们堆得就像楼房一样。我，我在那里，在最前面，我看着，没有什么让我感到吃惊。然后……"

那个坐在餐桌前的女人好像惊跳出来问道：

"对了，为什么人们做的梦总是黑白的，有原因吗？"

那个做梦的声音：

"我在那里，一动不动，那不再是工厂了，而是一个凸起的地面，一个空空的、白得过分的场地。一切都隔着一段距离。在后面，有一座非常高的建筑，但都开着窗洞，就好像人们从未在那里安装过窗户，而那里本应该有窗户。西尔维亚在那儿和我在一起。它不像工厂，然而它是工厂。同样，那是西尔维亚，那张脸却不是她的。我看到的只是一张脸吗？她在那儿，紧紧地靠着我：在真实的生活中，我是否真的有过这样的举动？但是很自然地，我感觉到了她的存在，很热乎，活生生的，靠着我。然后，在我们面前，那块凸起的土地被笼罩在不真实的夜幕之中，还有那幢开着窗洞的建筑。在梦中，我对自己说，只说给我自己听的，没有说出声来：伸出手去，你什么也够不到，伸出手去，你什么也摸不着！而在那时，我是一个人，完完全全一个人。西尔维亚没有了，一个人也没有了。只有害怕，无边的恐惧和发狂般的恐惧，我叫了起来：在梦中我想喊，然而什么也没有发生……"

不再是做梦的女子了，而是另一个人，她说完了（又是安娜·D那微微倾斜的脸庞，双手捂着脸，头发披散着，盖住了面庞，白白的手指插进披散下来的黑发之中）。然而，另一个，就像她所说的，真正的那个，盯着我，目光清澈，透出责任感和年轻的气息。

"我感觉到有人在摇动我，我丈夫搂着我的肩膀在推我。后来，他告诉我：你什么也不看，什么也不听，直直地坐着，大睁着眼睛，你的面前是墙，你张着嘴，叫喊，可为什么这样叫喊啊，当你看着我的时候，你没有认出我来，这让人害怕你知道吗。他对我说：这让人害怕，你知道吗。完全有可能，当时我没有一下子认出他来，在梦中我是独自一人，其他的都是那些穿着黑色西装的人，来买东西的男人。他告诉我说：你又睡着了。我一直睡到早上，我只记得头痛得厉害，别的，我现在什么也想不起来了。"

大门，在走廊尽头，开了然后又关上了。我听见盥洗室那边传来一阵声音。现在，菲利普（"我的伴侣……"）来到了房间里，就站在她的身后。他听见了讲述的结尾部分，然后发表了意见，好像是专门为了强调事情正是这样发生似的。他是司机，专门从事农产品加工业方面的冷藏运输："不要过多地谈论这个事了。在这之后，需要喘口气。"

这便是他唯一的评论。

城市的气氛，工厂内部
以及问题"搅动这一切有什么用"

法梅克，五月底，第二次旅行。

在酒吧，不是广场上的那个，而是邮局后面的一个，只有几个男人坐在那里，而进来的女人们，很快地买了百万富翁或其他的乐透彩后就又走了。在勒克莱尔超市的高级咖啡馆里（这个铺了蓝色瓷砖的场所，与大宇工厂的后部比邻），我花了一阵时间来整理我的笔记，整理磁带录音。我只找到了这么一个在下午还算清静的地方。

抄录的句子："为什么人们都害怕？因为像大宇这样的问题：解雇和失业，或是青年人找不到实习，在每个人的周围都有，就这样。"

我在为自己寻找什么？来到一座不是自己的城市，在工业区里围着空空如也的工厂转悠，在一些褪了色的广告下、在那些被卡车压得裂了缝的街道上走来走去。

抄录的句子："此外何必要搅动它，这是过去的事了——为了陷入更大的不幸？"

路过这条街道，便理所当然地认为是这里的公民，窃取作为大都市公民的权利。即便是遥远的大城市，也还是能够马上接纳你作为他们中的一员。从大都会博物馆、泰特现代美术馆或艾尔米塔什博物馆出来时，你会融入到陌生的人群中。相反，如果是在阿西西①、巴克塔普尔②或随便某个坐落在山间的村庄，会让你折服的是那与时代隔绝的美丽、上苍稀有的恩惠，你会是一个恭敬而又爱观察的路人。但这里，在这个古老的工业地区，我熟悉每个标志，从"未来驾校"到"美甲2000"，或是大广场上人满为患的兼卖烟草的酒吧挂着彩票游戏的招牌。如果我来这儿不是为了生活，而只是为了照几张照片，或是在黑色记事簿上抄下几个名字，那我能从中看出什么来呢？不管是哪种人类建设，我都怀有一种紧张到颤动的敬意，而我对艺术的要求也深深地扎根于这种

① 阿西西（原文 Assise，意大利语为 Assisi），意大利翁布里亚大区佩鲁贾省的一个城市。

② 巴克塔普尔（Bhaktapur，旧称 Bhadgaon，即巴德岗），位于尼泊尔的一个安详古老的小城镇。

敬重之中，特别是在城市里，不论是对于奥兰加巴德的寺庙还是在庞贝古城深处沐浴在斜阳中的某条小径上，作为最后一个仍在这里散步的游客的时候。但与那些参与建设的人相比，我们缺少什么？就我来说，孩童时代的一天，在奥拉杜尔-苏尔-格拉朗镇①上，在那个周日，在孩子的眼里，人类历史一个不可改变的剖面，那种慑人胆魄的震惊留给我的记忆比罪恶更为强烈。我走在法梅克城里就像漫步在纽约市里一样，最好像一个受到尊敬而又猎奇的尼科尔·布维耶②在撒马尔罕③或在京都。而他们，他们在法梅克要面对的是失业。

抄录的句子："让我感到难过的，是所有那些大家甚至不去谈论的人，是那些甚至连报纸也没有给予他们安慰的人。"

这些工厂又被称作螺丝刀厂，当我在停车场深处发现它们时，它们就好像是被直升机放在那里似的。人们整平六十公分的地面，补上四十公分又厚又细的石灰质碎石（在帕利-苏

---

① 奥拉杜尔-苏尔-格拉朗镇（Oradour-sur-Glane），位于法国南部上维埃纳省的一个小市镇，1944 年 6 月 10 日，德国党卫队残杀了当时市镇上的所有居民。

② 尼科尔·布维耶（Nicolas Bouvier），法国摄影师，曾是一名艺术总监和概念设计师，后定居美国。

③ 撒马尔罕（Samarkand），乌兹别克斯坦的东部城市。

尔-默兹①，我见过采石场）、十公分的砾石，然后是水泥涂层：因为要承受机器的重量。这以后，就是从屋顶上掉下来一辆车，地面连抖都不抖一下的。人们安装了一个框式屋架，然后用铁皮覆盖，干净而又轮廓分明。我第一次和第二次来的时候，走在法梅克大宇空无一人的工厂里（因为自那以后就再也不可能了），地面上的标记让我联想到在孩童时期，学校召开联欢会时的那些标记，那是为年底的盛大庆祝准备的。办公室安排得很合理，食堂要色彩鲜明，工会的办公场所安排在更衣间的旁边。十年之后，所有的补贴都拿到了，集团便厚颜无耻地搬迁了，将器材装箱运往土耳其（生产微波炉）或是运往波兰（生产电视机用的显像管），全部不动产都被拍卖给了出价最高的人：穿墙石、壁板、屋架。不管怎样，这够本了，就像人们常说的那样。再用经济术语来一遍：已经收回了投资成本。

抄录的句子："他们会失脚摔倒的，这是一个吃掉自己面前一切东西的世界，总有一天，他们自己会回头的，但为时已晚……"

---

① 帕利-苏尔-默兹（Pagny-sur-Meuse），法国默兹省的一个市镇。

那个冬天，我去了好几次利韦登①。附近有一个罐头食品厂。它也有它的麻烦。街角处那家酒吧"老磨坊"的老板，自发地讲述起来。他的祖父和父亲都曾在这里工作过。这位留着小胡须的大个子，三十岁，正值壮年。他张开双臂，丝毫没有意识到这样做与他的年龄不相称："这么大的梨子，我们钻到车厢下面，把它们捡起来……"只有这种美好的事情才能引起人们对童年时代的回忆。工厂老板的儿子喜欢大海。这个地区有着众多的水道，然而离大海却是那样遥远。他在国家海军服过役，然后不得不回来，重操家族旧业，就像酒吧老板的父亲在他自己父亲工作过的地方工作一样。他曾想在那里，在河流的转弯处，就在铁路的下面，建一座形状像船的工厂，砌上一面巨大的开着舷窗的曲线墙，还有一个船头。每次拜访我都能看到旧工厂。它很容易辨认：火车长时间地沿着河流前行然后偏离片刻，在树林中直线穿行几秒钟后，在你正面展现出来的就是一个三角形的院子和一呈尖形的玻璃大厅。每当我来到南锡，一到周四，就可以看到几个穿白大褂的人在那里忙着，沐浴在冬季上

① 利韦登（Liverdun），默尔特-摩泽尔省省会南锡市郊区的一个市镇。

午的灯光里，尽管天色已经大亮。另一个不成比例的地方：那些建筑物和大厅规模巨大，而在那里着白大褂的人却寥寥无几。利韦登倒了。酒吧那位年轻老板的嗓音，在吟唱一支人们吟唱了上千遍的古老歌谣："他们曾有四百人，六百人，然后垮了。他们剩下四十人，然后二十人……"工厂至少被转卖了两次。玛特纳集团曾长时间在这里做糖煮水果：不再像从前用孚日省①的越橘或是这里的黄香李做的罐头食品，而是一些用贮藏了很长时间的苹果和草莓，制成二升装或五升装的罐头卖给食堂。酒吧老板说，那一个个车厢的水果，来自西班牙或捷克斯洛伐克。然后德国的李尔堡集团想恢复小罐糖煮水果的工业生产，在超市销售，便增建了一个厂棚和一条现代化的自动化包装生产线。他们开始对工人们说，如果工厂不是等着水果被运来而是建在出产水果的地方，那么对企业来说就要好得多：谁会反对"对企业来说"更好的事情呢？人们卸下了密封机、离心机和包装生产线，将它们全部装上了火车，然后装进一艘货船运去中国（他们告诉我们确切地点，在华南。几个小伙子到那

---

① 孚日省（Vosges），法国东北部的一个省份，因境内的孚日山而得名。

儿去了一趟，为了培训那些接替他们的人）。不知道那里果酱的味道跟这里是否相同（我尝过在日本出售的苹果，又大又甜，根本不是同一种水果）。

抄录的句子："工厂一个接着一个，这是人们看见的，但在铁路上，在火车站，在发电厂，甚至在电话局，十年前有多少人，如今又有多少人：这不令人害怕吗？"

那个冬天，我经常回到空无一人的被洗劫一空的罐头厂。玻璃天棚的碎片在脚下嘎吱作响。锅炉留了下来，半敞着。脚底下是登记簿和练习册（我捡了几本保存起来）：普通的小学生练习本，用来给医务室记录治疗和伤情。布面登记簿上用墨水标明了项目："进厂过磅"，记录了水果的出产地，供应商的名称，到达时间和过磅的重量。有几个楼梯，几座铁舷梯，地面上有些洞朝着不知什么的背阴处。然后是一个有些隐蔽的院子，里面有两个巨大的生了锈的罐槽，一片杂乱。

我最后一次去那里的时候，曾想拍几张照片：一台挖掘机和几个拿着焊枪的男人已经清除了罐槽，正在向厂房进攻。我到那里三十分钟后，来了一位姑娘，体形并不丰满，比较苗条。她穿着一身海军蓝制服，戴着单色的肩章，牵着一条狗，狗的嘴上戴着嘴套。她在五米开外站住了，狗站在她的前面。我每做一个动作，狗就竖起前爪，汪汪直叫。"这是不允许的"，她只是这么说。这一点我十分清楚，在入口处已经清楚地标明了。她明确地说"这是私人场所，不能拍照"，然而我却感觉到她在放任我拍摄。这使我感觉到她对我——这在她的同行中是很常见的——并不像对待其他擅自占据空屋或是回收破铜烂铁的人那样。留下一个被解体的场所的记忆激起了她的集体责任感：她可能没有这样表达过，但他人对这个地方的关心使她感到自豪。她的父亲和她的爷爷可能在这儿工作过。我这一次来，开的是那辆405旅行车，车门上标着南锡国家戏剧中心的印记，也许这些字能起点儿什么作用……我把我的索尼迷你录音机的话筒插进了一根粗大的铸铁管，它放大了铲土机和挖掘机的声音，我戴上耳机检查了一下录音，它变成了一段令人惊异的乐曲。这些小动作不会造成什么真正的危险，她想必会这样认为，或者我这样带着设备在废墟中随处走动，哪怕是设备的价格本身就证明了我的意图是合法的。"很美"，我对她说，一边从环绕着我们的连接长廊和舷梯的船形建筑，来到破碎的玻璃天棚下。"这是不允许的"，她再一次表明，就好像加一个字或一个明确的词，甚至一个"但是"或一个"先生",对她来说都是一个让步似的。她的狗并不那么听话，扯着皮索龇着牙，这条狗的力量大大超过了她，超过了这个寡言少语的姑娘。一列货车在我们的头顶上方悬停了好一阵子，当这阵喧闹声平息下来后，她简单地命令我不得再逗留："好了，您不要在这里待得太久了。"我二十分钟后回到车里时，看到她坐在她的小货车里等着，狗在车的后排，直立着靠着车窗玻璃，又开始流口水。它的牙齿全都露了出来，没再戴嘴套了。我对她打了个手势，她当然不会回应我，但我相信她和我都会把这个动作看作是正常的礼节。刚才，我注意到了嵌在她鼻翼上的那个细小的绿色珐琅圆环。这就是今天为那些经过职业培训的青年人提供的工作，可能还提供狗，戴着嘴套使用利齿照看正在拆除的工厂。

抄录的句子："当愤怒、甚至暴力都不起任何作用时……"

在两年期间，当巴黎—南锡的火车通到了工厂的船头，人们看到的是一条红色的横幅："场地出售"。没有人买。而现在，工厂已成废墟。事实上，它与法梅克大宇有序的拆卸形成了鲜明的对照：简陋的厂棚，杂乱的大院，加建的部分，还有人类活动留下的印迹：工作进程表、通告、用胶带草草补过的粗皮革高脚凳和一些停止工作时甚至不屑于回收的用旧的安全鞋。事实上，在经过塞尔梅兹①时，从火车上会看到一家砂糖厂飞快地闪了过去，好像预示着它的前景——关闭。说是从现在起花五年时间，要建成规模巨大的索拉克-萨西洛尔②钢铁厂，它将是整个地区的支柱。

只有在法梅克大宇，大厅和那些厂房在关闭之后还像第一天那样干净整洁。

我第一次走进工厂的时候，生产线正要运往土耳其，那些将电视机传送到每个女工面前列队通过的滚辊和导轨，那些让她们可以看见仪器后部的长方形反射镜，都用气泡塑料包装了起来。在一个空空如也的工厂里，我感觉到的那种恍惚几乎和在大教堂里感觉到的一样。在这些随意但却造型神奇的物品中，我看到在两个完全相同的大厅之间，有一条通道，穿过一扇厚厚的嵌在一个铁框架里的塑料门：一个嵌了黑框的红色长方形，图案简单而又抽象，配上通道那灰底橙色阔条纹饰边的图案，简直

---

① 塞尔梅兹（Sermaize），法国北部地区瓦兹省的一个市镇。

② 索拉克-萨西洛尔（Sollac-Sacilor），索拉克钢铁公司和萨西洛尔钢铁公司均为法国的钢铁骨干企业。

就是一幅罗斯科①的作品。

第二次进入大宇时，我们是三个人：一个摄影师朋友，装备一台禄来福来相机②，使用时要保持静止。而我，用我的小数码相机，主要在搜寻细节、不被人注意的角落、题词、空无一人的办公室、布告栏、食堂；而第三位，由于我们最初目的是排出戏剧，而他要出任导演，因此他到处嗅着，看着。

工厂被掏空了，处在一种世界末日的氛围中。那些在这里工作的人对于自己成为陌生人猎奇的对象并不感到惊奇。托尔吉曼，我们的导演，首先上前找了一个人搭讪。这人穿着翻毛羊皮大衣，正在监督并指挥那些芬威克叉车来来回回将设备运送到搬迁的卡车上去。他告诉我们，从前他在这里工作，在工厂负责维修保养。但是后来不被留用。现在这个德国集团的买家要生产方向柱（可收缩的），需要雇佣八十个技工而不是三百个过去十年在这里装配电视机的妇女。在新买家的眼里，似乎曾经被从前的工厂聘用过，就不适宜继续留在这儿了。于是他，作为从前的运输和物流主管，接

---

① 马克·罗斯科（Mark Rothko，1903—1970），美国抽象派画家。

② 禄来福来（Rolleiflex）相机，德国产的一种名牌相机，照相效果非常好，但是不防抖。

受了一份安排拆卸的临时工作，为期两个月，工资是他从前的一半。

他是否担心以后？怎么不担心。他买了一幢房子，他的两个孩子在读高中，他该打乱他的全部生活吗？他希望在卢森堡或是斯特拉斯堡能够找到工作，哪怕早上要开上一个小时的车。这是一笔开支，但移居会更糟。他认为能在较近的地方找到工作吗？不，除非有好运，非常好的运气。可能他们认为毕竟工厂多少还是他们的，所以他们任我们拍照，放下工作来跟我们谈话、讲述。我们刚刚离开他，一个穿着西服、脸上刮得干干净净的家伙就向他猛扑过去，好像我们出现在这儿该由他负责似的。这个家伙看着我们却没有靠近我们，好像说话当然要尊重等级制度，而他这种站在柱子旁边盯着我们看的方式应该充分地证明了各自的社会地位，并威吓到了我们。然后他故意看了看他的手表以表示他并不想找碴，让我们喘了口气。很快他脚步匆匆地又走了（这里除了监督搬迁剩下的一点东西以外没有任何别的事情可干），进了入口旁边的玻璃房子。那个玻璃房子从前大概是用来统计库存的，拆卸工人们把它用作他们的临时工作场所，工厂的一些金属办公桌也搬到了这里：由于它们损害得太厉害，逃过了拍卖。

摄影师朋友走远了，而我，我想弄清楚地上那些交错的符号，跟体育馆里的一样，还有那些悬吊在天花板上的布告牌，上面写着英语和法语两种语言（就好像，与其用阿拉伯语、库尔德语、塞尔维亚－克罗地亚语与法语搭配，还不如用英语），敦促人们重视质量遵守工期，保持安静遵守卫生。那个脸上刮得干干净净，打着领带，地位众所周知的家伙，取下了电话听筒，继续斜视着我们。我想到了在入口处的两个小伙子，他们扮成保安人员，将大盖帽放在桌上应该放置记录簿的地方，将他们的轻型摩托车扔在了岗亭后面，他们要受到严厉的斥责。然后他挂断了电话，勇敢地回避了冲突：在这条沥青道上和这个大门前，他的麻烦已经够多了。他上了小轿车，然后开走了。我们可以待上一阵子了，托尔吉曼（导演）、施罗莫夫（摄影师）和我，不再有任何人要求我们做更多的解释。有时，利用一下某些人害怕他们的原话在公共媒体上被披露出来的心理也好——噢，不要说是写书，不如报出某个晨报的名字（正巧，《解放报》曾要我写一篇关于狄迪尔·达兰克斯[1]的小文章，凑巧

① 狄迪尔·达兰克斯（Didier Daeninckx，1949—）法国作家，著有侦探小说、短篇小说及随笔。

的是，就在那天上午，我将这篇文章放在了衣袋里：确切地说，那篇文章讲述了达兰克斯如何几乎是秘密地体验他想描写的现实生活的方法：他租了一间乡村的住所，仔细地挑着当地报纸的毛病，到街区的连锁超市里买东西，然后在书里创作了一部满是对话和情节的戏剧）。

在入口左边，堆放在货盘上用纸盒包装好的九百台电视机不见了。栅栏和挂锁还在，但后面空了。电视机已经被拍卖，现在应该已经运到里尔或是波尔多低价销售的仓库：买到它们的人是幸运的。沿着栅栏，在一个用记号笔写着"待扔"的告示牌下，还堆着一些导轨的构件以及在仪器装配时供仪器进给用的卡爪和滚轮，还有大堆的包角和一个擦坏了的托盘搬运车。靠着玻璃办公室（那个打着领带的家伙就是在那里打的电话），有一个很大的吊斗，里面装满了文件夹：买来的设备的资料、装在裂开了的纸盒子里的档案，以及一些信件和传真。这些东西太多了，无法一一粉碎。

干我们作家这行的，对那些陈旧的纸张有着一种难以隐藏的兴趣，尽管它们被堆放在吊斗里，尽管那些公文、电话传真副本都是根据公务文件刻板、过于简化的形式撰写的。但在那里，在那些开着芬威克叉车或推着氧乙炔瓶的工人们的目光下，我没敢贸然行动。在装满了档案的吊斗中搜寻，我想，这就好像我从他们的衣袋里直接拿文件一样，我不敢。在跑遍这些空空如也的场所时那种让你深陷其中的恍惚，那里的每堵墙壁、地上的每个细节都证明了人们曾在这里生息，证明了它是从时间的长河中沉淀下来。

我们开车一直来到了艾昂热。在那里我们吃了一份牛排配薯条和一份苦苣沙拉，因为这是饭店的当日主推菜。这个饭店位于一个工人餐馆的二楼。工人餐馆有几个不成比例的大厅，大厅的墙上挂着钢铁厂黄金时期的照片。我还记得，我们谈到了日本摄影师杉本博司在一个空无一人的黑黑的电影放映厅里拍摄的那组照片：当时电影厅里正在放映一部影片。当照片冲洗出来时，银幕是白的：曝光过度，但画面却充满了生气。同时，整个大厅变得清晰可见了，在整个放映过程中，它一直被屏幕的反光所照亮。一排排的座椅、墙壁和墙上挂着的廉价饰物，建筑师设计的涡形石膏装饰，过道和紧急出口，一切都呈现出一种超现实的存在。有时，这种超现实的存在使平庸变得神奇。"我很少见到这样美丽的东西，"我的摄影师朋友说道，"电影放映的整个过程都被框定在了照片定格的瞬间。我们所感知的瞬间其实是一个持续的图像故事。"

在空空如也的工厂里，眼睛每时每刻截获的画面，不就是这个故事的逆向发展吗？不就是那段现在已经不再存在了的历史画面？

大厅的主要部分都留给了装配线。在右边，安插了一些办公室，然后是衣帽间，还有一个房间放置了几台饮料机，饮料机的柜门都已损坏，微微开着，已被弃之不用了。然后是食堂，地上铺着方格状的瓷砖。那些从今以后没用了的椅子全都集中到了这里堆放着，就像是在等待着某个大事件来征用它们。

在生产区和墙壁之间，有一道染色不均的有机玻璃隔板，架在一个黄色的胶合板框架上，隔出了通道。当工厂还在运转的时候，走在这里就应该意味着逃离了机器。人们任意走动着，面部放松，随心所愿地在饮料机上选择浓缩咖啡或者美式咖啡，加糖或者不加糖，或是在食堂里，在托盘里摆上与好友不同的某样前菜和甜点。

我们走在空空的大厅里。玻璃长廊应该曾经是私密交谈的会客室，小小的前厅朝着外面，在我们看来，它已然是一个死气沉沉的空间，忍气吞声地在那宽大气派的大厅里求得一隅之地。我们溜进玻璃天棚，光线在此聚集，没有反射。当时我并没有想到我该把这一切都描绘下来，都讲述出来。

这个封闭的空间具有一种十足的魔力，它将所有的动作所有的声音在这里留下的痕迹和记忆都保存了下来。人们在调节的空气中伴随着机器的轰鸣声生活了八年的时光，全都浓缩在了这里。

"破碎的物质残迹，"夏尔·托尔吉曼回到车上时对我说。"好了，干活……"施罗莫夫嚷道。我什么也没说。说给谁听呢？就是光天化日之下光着身子在工厂门前跳舞，都不会有人注意到的。

访谈：失业中的自我评价

法梅克，六月中旬，第三次旅行。再安置小组，与奥雷莉·卢安的第一次谈话。

"西尔维亚，对，我认识她，大家相互都认识，但仅此而已：在一个厂里，首先要看你们的工作地点是不是在一起，因为甚至连更衣室都是分开的，然后看你们的吃饭时间是不是在一起。在罢工斗争的时候，是的，那时我们在一起：她们有两三个人拿着话筒，走在前面。拿我来说，我本来是不会干的。或者说开始的时候，自己也没有意识到会这么大胆，因为姐妹们推着你，对你说应当去：你说，西尔维亚……还有选举代表时：你应当去，西尔维亚。然后事情就一件接着一件了。

"我很清楚我们都一样。我问自己：大家凭什么辨识我们？带我去梅斯，甚至去斯特拉斯堡，像我们这样的人我会认出来。这个姐妹，或那个姐妹。但如果你问我：你是怎样肯定她们是跟你们一样的人，你是凭什么知道这一点的。我想，是不是脖子的姿态，颈背有点僵硬？是不是嘴角的某个动作或是额头的某道皱纹，或是在讲完话后就看着对方什么也不说？不在衣服上。衣服，你要换的。此外，衣服做的全都一个样。总之，大多数人都是这样。我将那些大把花钱在衣服上的人抛在一边。我们这些人，我们不跟她们打交道，我们不了解她们。我们会费点功夫，赶去买减价商品，降价商品，去买要关闭的小店铺里的处理品，尽量避免购买超市里那些没听说过的品牌。你会回到同一个问题：肩膀的一个动作，摆手的样子，还是拿包的方式。我不知道该怎样更好地解释：某种自我保护的方式？某种告诉别人自己是什么人的方式？在大街上，你昂着头，手里提着大包小包买来的东西，你为儿子备上新球鞋或是他非常喜欢的长裤，就说明你不是讨人嫌的那种人？或是将自己的问题藏在心里，如果要说的话，也会用一些确定的词语来表达自己的问题，用的词也都是些同样的词，这也是一种方式。正是这些塑造了肩膀的形状，头的姿势。

"而我，我看的，是手。

"脸，你可以想怎样掩盖就怎样掩盖：小姑娘时，学着擦香脂，描眼睛，或是某个好友教你打扮。长大一些，有钱了，你就去美容院：是啊，为什么不享受自己的权利？有人接待你，给你敷上草汁，给你按摩推拿，你感觉很舒服，你闭上了眼睛，放松了双手。长大成人后，姑娘们结了婚，有了孩子，就去得就少了。

"人们会说脸是定了型的，总是同一张脸，慢慢地会有一些改变，但总是一个不会变化的面型。可能说这话的人还太年轻了。

"头发也是，人们可以做假，但如果你仔细看，有些人头发会少一些，或者有头发染色后又长出来的没有上色的那部分，很难看……

"做姑娘的时候，我很喜欢我的双手。现在你看。是的，我们干的活儿已经不再是我们的妈妈曾经做过的那些活儿了。不错，我们洗衣服有洗衣机，洗碗用洗碗机，我们知道要戴上橡胶手套做家务。尽管如此，双手还是成了这样。双手的形状取决于你拿它做什么。

"我记得，我的妈妈跟我说起我小时候的

事时总是感到很有趣：每当我生病卧床，得了感冒或是麻疹，我的双手就变成了小人儿，我称它们为我亲爱的小女子，它们互相讲述着各自的故事，我给它们披上一条小手帕，用指骨的末端做着各种表情。可现在你看。虽说我很注意保养，我在指甲上花很多时间。我们厂有一个姐妹，我后来才了解到，她的双手肿了，手指变得非常粗大，像从手腕或者掌心直接长出来的。你明白我的意思吗？

"然而，她是一个苗条的姑娘，有着一张美丽的面庞，头发很柔顺光滑（有时，在更衣室，我喜欢帮她将头发解散，然后再花点时间给她别上发夹或是扎上橡皮筋）。后来，通过别人的暗示我明白了，丁丙诺啡①。

"我看见在她的包里，有三套工具放在一个夹袋里。她看到我看见了。最后我们谈了起来：我没有跟任何人说，她告诉我，甚至连我的家人也不知道。我不吸毒，那已经结束了，早就结束了，但是诺啡，我注射。我下班回到家，平静地注射……当我父母七点钟来的时候，就已经结束了。有的时候，问题出在静脉，总是注射，就找不到静脉了……

①　丁丙诺啡（Subutex），用于对阿片类药物成瘾者的脱毒和替代治疗。

"如果没有那样的双手，没有劳动的双手，周六在城里，我，我会认出她们来，认出工厂的姐妹们来吗？回到西尔维亚身上吧，你看，是的，我想起来了：她有一双漂亮的手。指甲修剪得很漂亮，即使在工作。然而这却不大方便。我记得有一个戒指，一颗绿色的小石头，透明的。为什么我会想起它？我当时紧挨着她，她拿着扬声器，那是快结束的时候了。她说的什么，我已经记不得了。她讲过那么多次话。但我，我看见了她的左手，它压在扬声器的扳卡上。我就这样想起了这个戒指。

"过后，我问自己：如果她那时没有站出来领头，是不是后来就不会走那一步？我们该相信什么，为了让别人也相信通过扬声器的塑料喇叭口里喊出来的几句话？

"我们进行了一场战斗，我们从中获得了一些内心的安慰（我说内心是因为，补贴和所有这些，说到底它能补偿什么？）。将我们扔掉，连个再见都不说。如果说我们因此而斗争，那是因为我们完全有理由要求得到我们应有的尊严。这样当然需要一些姐妹站出来，代表我们说话：我，在这样的情况下，我能什么也不说吗，我不知道。

"不过，显而易见的是，现在，西尔维亚不在了……"

95

2003 年 7 月

蒂森克虏伯①收购法梅克大宇卓有成效

六个字母逐渐消失。人们是在用机器抹掉它们：用起重机取掉那几个字母。当我到那儿的时候，只见一个大写的 O 被起重机黄色的吊臂从工厂蓝色的长方形上方提起，在空中飘来荡去，屋顶的字变成了 DAEWO，然后是 DAEW，然后是 AEW，然后是 EW，最后只剩下那个孤零零的巨大 W 字母，替代了 DAE-WOO，矗立在工厂的上方。

整个七月，暑假让整座城市清空了。我整理成文字或是重新翻录的一些谈话已经初具轮廓。我一直住在一个叫作"旅行家"的酒店，它是本地唯一的一家酒店。尽管酒店不大舒适，昨天晚上我和三个人在这里吃了晚餐，那三人是到附近一个工地出差的工人，其中年纪最大的那个门牙都掉了，用甜点时他抱着老板的婴儿坐在他的双膝上。但酒吧一直到夜里很

---

① 蒂森克虏伯（Thyssen Krupp），世界最大的科技集团之一，全球三大电梯和自动扶梯生产商之一，共有约十九万员工，分布在世界七十多个国家。

晚还是坐满了人，主要是男人。一个很大的电视机播放着体育节目。没有年轻人。我去看了墓地（在市中心附近有一个年代久远的墓地，另外还有一个墓地，说是新的。真是一个宽慰人的说法。这样，就避免了明说人们实际上是将出生于此地的死人和那些带有其他地区文化来到这里工作的死人区分开）。我走进了市政府，抄下了结婚告示上的名字和与其相对应的职业。这样潜身于这座城市的各个场所（步行，或是慢慢地将车开到稍远一点的地方，再次锁上车，确保手提电脑在两个座椅之间不要太引人注目，然后沿着街道走去，街道两旁有着并排的平房或是楼房，楼房的阳台上天线全都朝着南面），让我感到，支撑并组成现实的抽象结构不在此处，它拒绝被看到。

因而有片刻的时间，只剩下了 W 这个字母。但这个巨大的 W，对我来说可以是向一位十分敬重的作家致意，可是对大宇那些乱涂乱改别人作品的金融资本家们来说，却无任何价值（我拍了照，不过，我是从远处拍的，看不大清楚）。最后，在很平整的蓝色三角楣高处几乎看不见的角铁框架也不存在了，也被吊车的起重臂取走了。三个也是一身蓝的男子，头上戴着黄色的安全帽，清楚地显现在空中：工厂在那天上午失去了它的名字。

那天上午，在我的面前，摆着一份发表在当地报纸上的对蒂森克虏伯集团地区负责人的采访。蒂森克虏伯集团在拍卖时刚刚收购了厂房。在这类文章中，人们总是玩弄大额的整数游戏，就好像随随便便将大把大把的纸币乱扔似的："汽车配件制造商投资五千万欧元以扩大生产能力……"人们一心要沿用那些死气沉沉的工业术语所专有的夸张形式："德国蒂森克虏伯汽车部门的法国子公司刚刚买下前大宇电视机组装工厂大楼的两万平方米场地，位于摩泽尔钢铁盆地的中心，作为汽车可收缩方向盘柱的组装基地，每天可生产 18000 个零件，这样便可以增设 350 个就业岗位，使员工人数从现在起到 2004 年年底达到 650 人，到 2007 年两个基地，员工将达到 900 人。目标很明确：到 2007 年每年生产一千一百万个方向盘柱。这些计划得以实现是因为厂方拿到了一些新的合同。一份合同是和首席客户奥迪签订的，奥迪 92% 的方向盘柱将在这里组装，另一份，是与福特签订的，还有三个汽车品牌的方向盘柱将出自摩泽尔工厂的装配线。五月到七月，新工厂将进行适配改造。七月至八月，将安装第一批机器，以使基地能在 2003 年 9 月投产。这家法国分公司被指定为德国集团汽车部门方向盘柱的欧洲组装中心，到

2007 年，其营业额将从一亿八千万欧元上升到四亿欧元。"

好极了，好极了。不管怎样，在第二年秋天的 10 月 1 日，在这里还被聘用的只有五十来个人。面试要求懂德语，这个条件足以将原大宇的大部分职工排除在外……而刚刚提到的福特集团，几周后便宣布要缩减在欧洲的生产，并要关闭在比利时的一个生产基地，这是它最大的生产基地之一，离这里不到两小时的车程。对于这一点，当地的报纸不愿提及。

在屋顶上，三个男人的身影现在是蹲着或是跪着，为了拆卸支座。什么也没有了，只剩下了想象或是记忆中在天空中看见的名字，就好像长久以来人们在那里看见的一样。

然后，"备件巨头"天纳克①也来瓜分。这是一个全新的工厂，建成还不到六年。刚来时，天纳克也在媒体上大张旗鼓地报道了其巨额投资，简直就像是骑士时代的挑战："总部设在伊利诺伊州莱克福里斯特城的美国天纳克汽车公司，在摩泽尔小城的工业区设立了一个欧洲销售中心，销售作为备件的消音器和减震

---

① 天纳克（Tenneco），美国天纳克汽车工业公司，是世界知名的汽车零部件生产厂商，为全球主要汽车品牌提供减震器和排气系统产品，在汽车领域内享有声望。

器（商标为门罗和步行人）。这个占地 35000 平方米的新中心意味着一笔八千五百万法郎的投资，设有 185 个工作岗位。平台的仓储能力为一百万个成品，每日的物流量为 15000 个成品。天纳克向法国、德国、奥地利、瑞士、意大利、希腊、非洲以及天纳克汽车工业公司设在欧洲的其他销售中心供货。这个项目在很短的期限内就完成了。建立这个中心旨在加强集团的欧洲物流，降低成本并提升为客户服务的水平。"

我们的工业区是由什么构成的。在它们蓝色和红色的屋面板后，悬挂着晦涩难懂的名称。晚上，当小伙子们背着运动小背包从这里出来，当他们开着汽车或是走在去公共汽车站的路上时，很难猜出他们的职业。

后来法梅克的天纳克贮存和分销在伊利诺伊州生产制造的消音器和减震器，然后运往设立在全欧洲的诺霍多①和斯毕迪②进行销售。然而在所有城市那些同样被毁坏了的周边地区，消音器和减震器卖得却比制造商的出厂价要便宜，这好极了。

但是宣布的 185 个岗位实际上只有 97 个，

---

① 诺霍多（Norauto），法国汽车快修、保养和装备集团。
② 斯毕迪（Speedy），加拿大一家汽车修理连锁店。

再加上二十来个临时工。工人们在那些日子里举行了罢工（他们曾在大门前搭起帐篷堵住了大门），因为在招聘合同中，他们没有注意到"调配"这个词，对美国集团来说意味着在夏季每周工作四十八个小时，而在冬季则只工作三十个小时。并且，因为人们主要是在月尾更换消音器和减震器，那么届时周末也要工作，然后当顾客不多的时候再补休。一天上午请我喝了一杯劣质咖啡的小伙子们，曾经烧掉了罢工时堆在那里的零件托盘，当时一个劣质的播音设备正在播放的不是过去听的富有战斗性的歌曲（费拉①、马尼②及其他演奏家），而是能源广播电台③的播音。

专为通向工厂而开辟的一条马路，横在了两片油菜田之间。为此在这里安装了直直的一排路灯，还用沥青铺设了一个圆形广场，由市镇承担费用。八盏路灯，比市中心的路灯要漂亮多了，环绕着田野中这个了无生气、连接着远处工厂的圆形柏油广场。在栅栏那一头，工

---

① 费拉（Jean Ferrat，1930—2010），法国创作型歌手，尤为擅长演绎路易·阿拉贡的诗歌。

② 马尼（Colette Magny，1926—1997），法国女歌唱家、作曲家。

③ 能源广播电台（Radio Energie），加拿大的一家商业广播电台。

厂有自己的照明装置。

我曾对夏尔·托基芒①说：和我们的四位女演员一起到这里来，到这些所谓的多功能厅里，这就是我想要的。说出或是喊出那空空如也的工厂里让人感到气愤的事情，呼唤人类共享的理念，这就是我想要的。调查和叙述由我做主。我事先并没有决定要报道这些事情。决定用文字来表述，是在招牌被拆卸以后。是看到天空中的那个字母，那个最后晃荡在吊车下的 W 之后。是在看到无声的房顶上三个着蓝黄色工装的男人的身影之后。我曾对夏尔·托基芒说：这个画面长久地留在了我的脑海里，没有任何别的东西，就是这个直观的、微不足道的画面。就这样：从法梅克回来，我将剧院的那辆 405 旅行车停在了进入梅斯城前的高速公路休息站里，拿出了我的记事本，开始将这一切写了下来。当时我怀揣着不安，对自己说，可能只有这个画面就足够了，天空中被吊车那长长的牵引臂取下的大宇这个词，加上屋顶上那三个男人的身影，以及背景深处的那些建筑：诗人只需要这些就足够了，剧作家会将它展示在舞台上，而我，所有那些声音在纠缠

---

① 夏尔·托基芒（Charles Tordjman），法国作家、导演、编剧。

着我，所有那些目光都转向了我，我必须要逾越所有那些沉默。当我提出问题时，回答有时仅仅是耸耸肩，就好像那不值一提，总之，就好像在说：不要再翻起这些肮脏的灰尘了吧。人们今后要背负的光是由大宇这一个词所带来的沉重负担，就已经够受的了。我找到的曾被提及的一篇报道中，有这样的句子，好像这一切都不言而喻（一篇有关李维斯牛仔裤厂转产解雇 506 个女工的详细调查，其中只有六十来人，一年以后，重新找到了一份稳定的工作），"离婚、自杀、癌症扩散"……

有何感想，叫人怎么能够冷静地阅读。

让人不禁思绪纷乱地想起这句审慎的陈述"离婚、自杀和癌症扩散"，当人们告诉你，在于康热或法梅克，一位曾在大宇工作过的妇女前天去世的时候，即使有人对你说"她之前就已经生病了"；或是另一个你本想见一见的女工，有人回答你说"她刚做了手术"……不，"离婚、自杀和癌症扩散"，没有数字也没有统计。我们要那四位女演员说的难道就是这些，仅仅是为了防止人们抹杀这一切？

我还要在这座城市没有星级的唯一的旅馆糟糕的床上睡一晚，再次倾听那个小录音机里播放出来的白天的那些说话声，将一些语句抄录到笔记本上（回去后我要将笔记本上的记录输入电脑，或是将那些交谈的这部分或那部分逐字逐句地整理成文字，那些谈话所持续的时间，我作了标记）。

我最初几次去法梅克时，在作这些记叙的最初阶段，我总有一种压抑感。两年以来我一直失眠。直到凌晨三点钟，眼前总是路灯在黄色粗布窗帘上勾勒出来的空空如也的街道的画面，耳边没完没了地回响着同一张唱片，不断地涌现在脑海中的就是：希望挖掘到事实，即使是在这里，在法梅克，就像配有文字的热罗姆·博斯的绘画，其中有黑夜，有壁画的碎片，有不可思议的创作，还会突然出现一些似乎能够触摸的面部的特写。再加上火灾的背景，正如我在热罗姆·博斯（一个为作家而画的画家，以前一个雕刻家朋友对我这样说过）的作品中再次看到的那样。这些画面让我在失眠中想到：将火灾留在书本里作为背景，还有蒙-圣-马尔丹，那里只有男人在做工了。要为法梅克找到那种真正的力量，参与其中，不假思索，毫不犹豫。这就是我想要在书中表现出来的。当我早晨醒来时，我已经无法准时赶赴我的第一次约会了。

法梅克：第一次拜访再安置小组和工会

交谈（2003年7月，第四次旅行）：再安置小组，法梅克，瓦莱丽·奥蒙。

"她有点儿疯"，这个声音说道。不是第一个对我谈起西尔维亚的那个人；也不是对我讲述梦见自己一身灰色在工厂里行走的那个人；也不是那个不顾一切地要对我讲述是什么将她们，这里的妇女们的脸或手弄成了这个样子，是什么足以让她在周六，甚至在梅斯或斯特拉斯堡，都能识别出谁是她这个群体的那个人。不是。在一所废弃了的学校里，三楼的尽头，两间留给"再安置小组"（官方称谓）的房间里。我们没有预约，但她在那里。她告诉我，她定期来这里，至少两三天来一次。她有时间，并且谈论这些对她大有好处，甚至能减轻她的重负："可是您这样做是为了什么，"她想知道，"为了写篇文章，为了写本书？"

我坐在桌角，地上是包装电脑和传真机的纸箱子，电脑和传真机安放在了隔壁的房间里。留着这些纸箱子就好像是已经想到了要搬家。而她，她靠着玻璃窗站着，不知在看什么东西，天空、房屋、地平线。

就这样，她逆光背对我，我甚至难以回忆起她的面庞，而我在黑色笔记本上做着记录。

"工会满足于现状，"逆光站在玻璃窗前的身影说道，"当我们听到工厂要关闭的风声时告诉了他们，但他们不相信。于是西尔维亚站了出来。他们说她是一个狂热分子，之类的鬼话。为什么她不和工会的人站在一起，那是被逼的。大家只是说：我们想要的，就是要知道真实情况。当所有的或几乎是所有的姐妹们都投票选了西尔维亚而不是工会的人时，他们确实很不高兴。我们是首当其冲受到牵连的。我们说，有人代表我们，这很正常。在那个时候，我们真的就很了解她吗，就像稍晚一些大家了解她那样？不如说大家更多把她看成是一个害羞的姑娘，一个不太喜欢说话的人，特别是在众人面前。她是慢慢地学会的。西尔维亚，她首先是一个能倾听别人说话的人。大家知道要找她诉说，她是为我们说话的。我注意到她的嘴角：就是靠近嘴唇的地方，皮肤变得很白，绷得紧紧的，有着极细微的颤动。没有人能看到这一点，没有人注意到。但我，在她的嘴角，我看到它在这样颤动……"

　　由于她对我谈到了西尔维亚的嘴巴，我便留心地看了看她，瓦莱丽的嘴巴。我注意到一个细节：她的嘴唇上有一个薄薄的裂口，皮肤在这里绷得很紧，显得更为纤细更为白皙，为了说话，裂口便有节奏地一张一合一张一合。

"她一开始说话，嘴角便不再颤动。在众人面前说话并不容易：这不是谁都能做得到的。更不容易的是，要代表其他人说话，而这些人就站在那儿，站在你的背后，他们也在听你说。她不去想这些，西尔维亚：是他们，那些打领带的人，他们说要为我们说话为我们解决问题。而我，在这里，我为自己说话。我谈的是自己的遭遇，以及自己的要求，我认为这是我应该得到的。如果这也是其他姐妹们所想的、要说的……无论如何，站在我们面前的是她。她有一个小女儿。在厂里，大家都知道。在学校门口，大家常看到她。当你在自助快餐厅吃饭时，你也常常会拿出一张新照片，给你的同伴们看。至于其他的事，沉默。

"在厂里就是这样：有人跟你说话，你就听着。但并不一定要将听到的都说给别人听。

"有人认为应当告诉别人这个，告诉别人那个，好吧。即使认为别人不需要了解那个事。即使自己要操心的事就够多的了，无暇顾及别人的烦恼，对于别人的烦恼，我们无能为力。可有人带来了第三方的烦心事，而当事人并不认为告诉你这个事有什么用，她不喜欢这样，她明确地表达。生活对于每个人来说都是一桩脆弱而复杂的事情。必须忍耐。分手，我们料到了，你可以给别人一个暗示，别人也不会要求你讲述原委。因此西尔维亚从来没有跟我们说起过小姑娘的父亲，我们也不会问她。她当时有一个男友，这也是肯定的。但是他没有住在她家，或者并不是长期住在她家。

"而当情况变艰难的时候，她的男友便不见了。米歇尔是个冷静的人。西尔维亚曾对我说过，那是我们之间少有的一次谈话，我们谈论了她的最后一个男友，谈论了罢工活动以及她在其中所起的作用：他，他对这些不屑一顾。怎么，难道她的男友也该跟她一起经历我们在那几个月里所经历的一切吗？这对爱情，对家庭，是有损害的。"

停顿。我本想问瓦莱丽·奥蒙：那对您本人来说，在您的爱情中，在您的家庭中，就像您说的，有什么影响，有什么损害？但显然，我不能这样问问题，人们只谈论别人的这类事情。比如说，西尔维亚。

"如果说，我们所有的人往前走了几步，那是在内心。而西尔维亚，她首当其冲，她经历的路程怎么会不是我们的三倍？

"我认为她心甘情愿，但我不知道这个词用得是否恰当。她即使和男友一起，她的女儿，她也是独自抚养的，独自承担责任。人可以有爱，可以有某个人在自己身边而不去幻想对方能够与你同心协力解决你的困难，解决你孤立无援面对的问题。你不需要他的帮助，只要有他在，可能只要有他的信任就行了，就像牵着某个人的手，紧紧地抓着他的手，就行了。您不相信，您习惯这样吗?"

当我做笔记的时候，我不能直接回答任何问题：你需要随时保持准确。我完全沉浸在另一个人的思维之中，不能自拔，无法回到自己的思维中来。我甚至害怕，如果我的双手肌肉痉挛，如果有什么命令，由我临时停驻于其间的那个躯体或声音突然宣布，我只会俯首接受其指令。因此我宁可甘于沉默，任沉默弥漫空间，以此来促使对方接着讲述。如果要介入，那是为了让对方表达得更明确一些，那么千万不要用已经说过的词——这来自于昔日我在广播电台实习的经验。当人们再一次注意到我的存在，当有人问我对某事有什么想法或是什么看法时，那就意味着他突然将我拒之门外，意味着在我们之间已经筑起了一道界线。于是好吧，我没有回答，我只是问她现在找到了什么工作，或是她对此有什么期望。这时，那个身影从背光中显现，一只手点燃了香烟，栗色的头发一下子向后披散，露出了脸庞……

"您读给我听听，您记录的那些东西，好吗?"

我将笔记本翻到我刚刚誊写的那些东西之前的评论。这不是她问我要的东西，但这也是我出牌的一种方式，我所谋求和要达到的目的，就是能够在倾听中，自由地运用她曾告诉过我的事情。我清楚地看出，她认为我是本能地作出了反应。最终，她忘记了吸烟，也不再问我问题了。

"我说了这件事？我是这样说的？"

我告诉她我必须准确记录，这也是进行自由描述的必要的条件：只有这样，才能公正地描述事实。是的，用文字构建她说话的方式。

访谈：在某些官方声明的基础上
对政府当局立场的看法和分析

法梅克，2003 年 7 月：热拉尔蒂娜·鲁，第一次交谈。在听她说的同时，我对自己说：说到底，是政治。这个地区背负着压力。在驱车穿过洛林开阔的农地时，看到远处显露出来的呈灰色几何形状的座座城镇，还有那些用娇弱的树篱分割出来的小块住宅用地，和为孩子们安装的同一规格的秋千，我简直难以相信，这里有六分之一的人会投票给极端右翼组织，然而事情就是如此。当公告被传达，员工遭到解雇，这种创伤是难以恢复的。就因为这个，人们也应该拒绝随随便便地将之抹杀。尽管这里如同别处一样，其痕迹是如此地难以察觉。

我重新整理了整篇文章，并没有进行删减：当我听着热拉尔蒂娜讲述的时候，仿佛觉得面前是一本打开的书，在书中，那些人物形象、事件和行为构成了世界本身。而且是一个非常清晰的嗓音，以一种极为准确的句法讲述着。有天当我向她表示，我对此感到惊奇时（我已经去过她家好几次了。下一次再去我会借口送她一本我写的书），她回答我说："我喜欢学校。"还有她责备我、指责我的方式：

"您为什么又开玩笑啊？"

这不是我的错：是她遣词造句的方式、注视着你的方式和她走动的方式，很像我最要好的朋友皮埃尔·贝尔古尼欧，总是令我想到他。这很奇怪，这种酷似另一个人的感觉，而这两个人，她和他，并没有任何关联。我告诉了她这一点，但她对此能怎样回答呢："告诉我他是个好人，您的贝尔古尼欧……"

热拉尔蒂娜·鲁，原始的文字记录（按照她的亲口指令）：

"然而这很简单。有那么一些词，人们像你展示时仿佛是显而易见理所当然的，那些'专家'先生们具有大量的这样的词汇。而我们，如果我说可能需要换一种思考方式，那是因为我们完全没明白，我们被抛下了。我们不会回避问题。作为一个女工，只会哀叹，不会抬眼观看市场的前景。要我对您讲述我们的不幸，不，谢谢——为了以后能听到说——啊，我熟悉这支歌，好了，我明白了，我们每天早上在报纸上都能看到这些内容吗？……将来您这本书的那些读者也是一样，我肯定他们会很喜欢您：因为有人写关于工人的事情，这证明了当今世上还是有些好心人的。尽管局面没有任何的改变，但我们做了一切该做的事情，为葬礼献上了花束。他们想要什么，要我们拿起枪来吗？

"很抱歉，我让您为难了：我想在谈论自己以前，最好是谈论谈论他们，稍稍谈一下。他们都是谁，来自哪里。还有这些手握权力的人们捍卫的观点。

"他们有没有来过这里。我完全知道，这样说已经过时了。你如果讲述这些，人们就会告诉你说：啊，她真难对付，又是工会那套。然而不对，我不是这样的。我很晚才开始剪下报纸上的文章。第一次，是一个女友说：看，在《东部共和报》上，他们在谈论我们。然后，我继续收集，所有那些我看到的提到了我们企业名字的文章：难道我们不是自称"我们，大宇人"或这类的称呼吗？

"仔细看看，我的这些本子，都有日期。

如果您想要这样的本子，这不难，勒克莱尔超市就有卖的：我不用跑很远去买。可能我们需要用别人的词语才能够超越自己，而不是对自己说，这一切都属于不可抗拒的天外法则，一些犹如云彩、大雨和风暴之类的事情。姐妹们可能会告诉您：我把这个张贴到公共告示栏上了（通常，这里张贴的都是出售房车或找保姆之类的启事）。我引用了一个家伙的句子，然后我写上了他的名字、他的职务，然后我提了一个问题，就像这样，手写的，写在了复印件上。但他们，他们不看我的问题。于是在勒克莱尔超市，我买了一沓信封、一些信纸和一支胶棒，然后，我一找到地址就寄出去。如今地址总是找得到的。然后我粘上我写的信。

"我很固执，在信封里放上一个贴了邮票的信封以便得到回复。我也收到了一些回信。一张小小的印刷精美的华丽卡片之类的，以第三人称的口气写着几个字：某某先生看过了您的信件，他将在最短的时间内给您回信。而这，你可以肯定不会再有下文。或是：某某先生看过了您的信件，并向您表示他的敬意。然后我就把这些信件张贴到工厂的告示牌上。而他们想把这些都撕掉，借口说告示牌是贴小启事的，可我却把它当成了一个政治示威活动的地方。我把他们的挂号信贴在了那里，信上就是这么写的。

"西尔维亚和副代表上楼去了办公室：如果你们不把热拉尔蒂娜的那些信放还原处，我就会把它们贴在工会的告示牌上，我保证你们会后悔没有将它们留在原处……西尔维亚，那是她的风格，胆子很大。

"于是他们通知我说我可以使用告示牌，但条件是不要全占了，要给别人留点地方，当然啦。现在，姐妹们，她们再也看不到什么了：工厂没有了，我们都散开了。在勒克莱尔超市，我买了一个本子，更大一点儿的，继续收集文章。每当姐妹们来喝咖啡的时候，她们就会对我说：热拉尔蒂娜，把文章拿给我们看看……"

热拉尔蒂娜·鲁，一直说着：

"我们继续。奥贝尔·让-皮埃尔先生，一份部际联合报道的作者，负责国防部的改组工作。您看，这些都标记在这里，我一点儿也没有捏造。由利奥莱尔·若斯潘在 2000 年约稿的一篇报道（因此是付费的，我想），于 2002 年秋季交给了拉法兰，监察长先生，法国民主工联联合会的前秘书，扮演了一个现代人的角色：还应当修改当局介入的条款，以避免在每次危机时都要派遣一个消防人员。如果您要在您的书中引用这段文字的话，请您用斜

114

体字标记出来：这样人们就会明白这是他说的，而不是我。好吗？

"我知道，这让人感到好笑，姐妹们也这样对我说：哎，热拉尔蒂娜，我们不是小孩子了，可以明白的，我们不需要你的那些注释。

"他提到的那个消防员，他想扑灭的火是我们。但是火，是谁放的呢？我写的就是这类事情，'我们'这个词下面画了着重线，贴在工厂里的告示牌上。联合会的代表奥贝尔先生并没有无所事事地闲待着，他们那些人跟我们一样，为他们的所作为对得起他们领取的薪水而感到骄傲（但此薪水非彼薪水，对我们来说，这已经结束了，我们不再有薪水）：但事情起了变化。今年第二次，我们成功地筹划了一个关于重组的部际研讨会，有教育部、就业部、内政部的代表参加。需要将近五年的努力来实施这个计划。

"请注意我没有删改一个字。我只是读给您听。奥贝尔先生非常清楚地认识到，他是在走钢丝：如果局势继续恶化，愤怒可能会遍及整个社会。到那时就很难在那些危机遍布的地方让人们理解"转变"这个词的意义了。

"这类文章并没有刊登在《东部共和报》上。这些先生们的特点就是，他们觉得，他们只是在他们之间谈论，我们这些人永远不会听到他们讲的事情。他们认为，在芳兹河谷，没有人读《世界报》。他们对同僚们说：工人，他们认为，是一个非常遥远的阶层。那我们就在有教养的人之间进行讨论吧。很遗憾，那些贫穷的工人们太愚蠢，没法明白这些，请原谅我的用词：工薪阶层没有什么办法再去适应一个已经改变的工作环境。在服装行业中，80%的工薪人员充其量只有一份专业技能合格证书。一个具有三十年工龄的工人被辞退会失去一切。

"一个被辞退的工人会失去一切，谢谢奥贝尔先生，非常坦率地说了出来。但，是谁引导他们，如今的那些小伙子们，只拿专业技能合格证书的呢？是谁曾让他们高唱，电视机就是他们可靠的前途的呢？

"他的头脑里都在想些什么，这位干净先生①，领了法国政府的薪水是为了对政府说那些他们想听到的话？我们在这时候，我们是什么，一场暂时的疾病，黄疸，某种抓挠着你让你寝食难安的疾病，但你得忍一段时间等待它过去？"

在我的索尼迷你录音机里，热拉尔蒂娜使用的黄疸病偏俚语的名称，我给换了。

----

① Monsieur Propre，出自法国媒体的一个广告，后被用来形容那些工作非常出色、无可指摘的人。

116

热拉尔蒂娜·鲁接着说：

"这就是他，我的朋友奥贝尔说的：应当承认，新设立的就业岗位的性质不同于已经撤销的岗位。新工厂对经济循环周期更为敏感，工厂不再是世纪不倒的。现在是一次性工厂的时代。这个观念冒犯了工人们，高炉一直留在他们的脑海里。然而，就像位于雷恩①附近的三菱一样，基地从开工到关闭可能只需要四年的时间。

"我，热拉尔蒂娜，我一直想着高炉？并且就因为这个大宇把我解雇了？我们对他们，对这些人，做了什么，他们要这样对待我们？怎么是他们对老板们说同意……"

她站在窗户前，向我背过身去（多少次，当我在记录她们的谈话时，包括我为了备份进行录音的时候，她们就这样背对着我说话）：

"我不知道我的脑海里是高炉还是伙伴们的面庞……

"您看您并没有把它，把热拉尔蒂娜说的这些当回事，我从你的表情可以看出来。社会城，B栋楼，26门，四楼右手：这有什么用，我能说出什么人们实现不知道的东西呢？瞧，当部际联合会的代表先生想缓和一下语气，以

---

① 雷恩（Rennes），法国布列塔尼大区首府。

便让人们不要把他看作野蛮人时，他说：对于工薪阶层来说，从一个经济环境过渡到另一个经济环境并非易事。

"可是没有一次性的工厂，尽管他喜欢这样说，除非把工厂里面的人，我们，给扔掉。四年，完美的纪录，他为此感到骄傲，奥贝尔先生。雷恩的三菱，世界上动作最快的工厂，盈利，然后走人……让他来我们这里在学校门口说一说吧：四年，正好是读完小学的时间。他想怎样？要我们住在房车里，生活在勒克莱尔超市和工厂之间的模糊地带？上周他们在那里安装了一些木桩，集市上的那些卡车不能从那里通过了，周围还有一些很大的石子。我倒是想看看市政府为此花费了多少。好吧，您想看看我的那些小本子，热拉尔蒂娜的本子，因为伙伴们已经跟您提过，看吧，这是我粘贴的最后一本。我是住在社会城四楼，请看，旁边，您看到了吗？我儿子的电脑。他让我上了互联网。"

热拉尔蒂娜·鲁，第一次交谈，第二盘录音带。

"奥贝尔先生，一次性工厂的发明人：他遭到其委任者的责备了吗？去年，2003 年 10 月，拉法兰先生再次提拔了他，《世界报》再次采访了他，显然每次都是在背地里进行的：

在劳资计划不断增加的时候，您刚刚被任命为部际联合会经济转型工作的负责人。这是一项不可能完成的任务吗？

"但奥贝尔先生喜欢这个不可能完成的任务。您还记得吗？您这个年纪，应该看过那部黑白的老电影，从前电视上播放过的。我想起了那部电影的音乐，在片头字幕时放的：他的手机上应该有这段音乐。可这位先生却说我们这些人永远不会懂得转变这个词的意思，说我们还处在用危机和其他脏词的阶段。谁会注意这些小事，我们给那些掌权的人付薪酬只是为了让他们编辑词汇吗？

"请注意，记者并不是真的要去为难他，记者并不想对牵涉其中的人，比如我们，大字人，提同样的问题。我们是一个案例，这就跟在动物园里看动物一样一目了然：就在栅栏后面。再喝点咖啡吧：在我们的动物园里，给你们提供咖啡。热拉尔蒂娜或许不会以同样的方式，向奥贝尔先生，向这个为了将绷带不把伤口弄得太疼而创造词汇的人，提出她的那些问题。您认为我夸大其词了吗？奥贝尔先生，他的回答是：如果我们的目的是停止劳资计划和重组，那是不可能的。面对现状，真正无法回避的问题，就是该怎样改进救济措施，完善处理机制，并制定具有挑战性的目标。

"噢，当然了，对此就连热拉尔蒂娜也没有什么可指责的了。久而久之，我们终于明白了。人家为你们想尽了办法，您看看，人家对你们是多么的关心。一些人道主义方面的问题，以及一整套莫明其妙的话语，再加上一个不起眼却能改变一切的小词。之前，他用的词，是转变。现在，他用的词，是无法回避。说现实是无法回避的，谁会提出反对意见？这便不用思考那个问题了：从前，并非是无法回避的。而我们，当然，我们不再是目的。

"可能，这是我的错，那些在学校门口接孩子的姐妹，她们还考虑什么目的指向？

"用我们的税金，给他们，给内阁里的官员们支付高薪。他们给我们的钱是从我们这里收到的。奥贝尔先生的下文，我读给您听：与重组的前几个阶段相比，现在波及了所有的领域。新兴的产业，如电信，受到影响的速度简直惊人。低增长再加上企业倒闭。

"谢谢，奥贝尔先生。不，如果说以这种如此惊人的速度进行转变的话，那么热拉尔蒂娜们对此不理解并不令人感到惊奇。他添加了一些评论来加以强调，完全是针对我们——想想看，他竟敢让人在报纸上谈论我们。奥贝尔先生说：一些劳资计划在媒体或政治获得了更多关注。在另一些企业，员工们表达了具有合法性的要求的意见，但是得到的关注较少。如果我们让人过多地谈论我们，那就不具有合法性了：有点道德，闭嘴吧，我们会好好照顾你们的。如果在大宇弄出了过于大的响动，会受到惩罚的。首先是解决方案，他们提出的：我们同样可以设想，在危机爆发之前，领导部门就应当预见到困难，特别是后续的困难，以便采取措施，了解有关人员的现状。即使不能创造奇迹，国家也有责任注意这些问题。

　　"他们，高层，只要知道我们的现状就行了。而我，热拉尔蒂娜，住在社会城（他们亲切地这样称呼我们的社区），B栋，四楼，我该怎样摆脱困境呢，用我的补助金和丈夫的最低收入保障金？不，晋升为工作组负责人的代表先生，我不明白了，我们没有要求您创造奇迹。重要的，是我们在向您提问题，而您的回答不要出现法语文法方面的错误：谁说您高高在上，不关心我们？但请看看这个吧，下面，瞧，在我儿子的电脑上（我不怎么会用，而是我的小邻居周末来帮我的，她在梅斯学习）我找到的：让-皮埃尔·奥贝尔先生在巴黎矿业学校的演讲，2002年9月。主题："重组工程"。将人们赶出去，这是技术，是工程。副标题：现代化国家工业矢量的转换。啊，您说热拉尔蒂娜年纪大了会听不懂吗？我们的失业对他们大有好处，这里说得清清楚楚。他可能没有在《世界报》讲这些的，但私下里……明天，我到邮局去把它复印一份给您，这篇演讲。或者您在网上也能找到……那些人，奥贝尔之流的人，告诉我，他们知道些什么，对他们的这个领域，对在这个领域利用他们说过的话所做的那些事情，他都知道些什么？

"如果您在书中说到这些，并提到他的名字，这位先生的名字，如果他责怪您，那么您就告诉他，说我邀请他来我家，随便什么时候都行……这位让-皮埃尔·奥贝尔先生，在他的联合部里，有关西尔维亚们的事情，他又知道多少呢……如果您复述我所说的，如果他因此而谴责您，那么您就先问问他的工资单，我会把我的寄给您……"

与热拉尔蒂娜的第一次交谈，电池没电了，完。

戏剧片段四：介绍女喜剧演员们

直接对观众讲话。当然，台词与台上四位女演员的个人经历毫无联系。

亚大：在舞台上，根本不需要名字：我们互相打招呼不用直呼其名。然而我们却有名

122

字。亚大、洗拉、拿玛是第一批列入《圣经》第一卷书《创世纪》中的女性名字。这是几个没有先祖的名字，"从天而降"之人在俗世找到的名字。

洗拉：该隐在世间娶的女人没有名字。亚大和洗拉都出生在人间，而不是出自夏娃，都是该隐孙子的孙子拉麦的妻子。引用拿玛这个名字，是因为拿玛是土八的妹妹，而土八是锤锻工、铜铁器手工艺人，可以说是钢铁冶炼的开山鼻祖。

撒莱：之前出现的女人，就跟之后出现的女人一样，似乎不配有名字似的。撒莱是亚伯兰的妻子，是《创世纪》故事中花费笔墨描写的第一个女子。随着撒莱的出现，有了第一批人口大量移居，遇到其他文明的故事。

拿玛：我本想在这里，在舞台上，表演埃斯库罗斯的《乞援女》，一部只有女人的戏剧。这些女子受到蛮族人的进攻，便出逃来到一座海岸上的城市：如果这里的人们接纳她们，那整个社群就将陷入危险的境地。乞援的女子们知道这一点，那些从城里来到这个海岸回应她们的人，也知道这一点。剧情正是在这个时候展开，一个转折点。使一个人类社群紧密团结在一起的东西，也能随时使之全部毁灭。在遭到解雇后，如果我们未经批准，大大方方地走进工厂，对着保安送上一个美丽的微笑：谁会怕我们几个女人？蓝色的大楼里现在空无一人，办公室里文件散落满地，而警示还张贴在墙上。这里曾经发生过斗争，工厂的女工们曾扣留老板，她们曾坐在铁栅栏前，而现在什么都没有了。《乞援女》，是的，今晚要在这里上演这出戏，对一位女演员来说，这将具有某种意义。然后，我们互相讲述这里曾经发生过的事情，在这个现在空无一人的工厂里。这与我们所有的女工有关，我们应该将之说出来。

撒莱：对我来说，表演戏剧，就是唤对儿时的回忆。一条年代久远的披肩，一双从表姐那里拿来的过大的高跟鞋，一件脱了线的冬大衣，还有给自己化装：待在卧室让自己置身于故事中，扮演某个角色。是的，那时的我，一个小女孩，穿上表姐的高跟鞋，披上妈妈的金黄色大披肩，抓住世界裸露的那些齿轮，它们与男男女女息息相关：二十岁，二十副躯体，这些故事都讲了二十遍了：但如果不是我们，谁会记住这一切？

洗拉：我从来就不喜欢传统戏剧。我一直都讨厌那种陈腐、不自然的戏剧。无外乎是让人们走进一个大厅，坐下来等待，我有时候觉得戏剧可以就在大街上演：因为我可以在某条步行街上经过某个空无一人的商店时，得到允许后，拿着几件旧衣服站在那里，模仿看着你的人，只有当他们注意到你的时候，你再停下来，他们会发现一个招牌，写着"世界之镜"或类似的。或是在晚上十一点，走进某个朋友的酒吧。一个朋友拉起手风琴，而你倚在柜台边，讲述某个故事，一个朴实无华的故事，一个平庸的故事，二十分钟，听众愿意付钱就付钱，然后再见。我的梦想，就是邀请所有的人到工厂里来。像这样表演，就在工厂的大厅里，或是在食堂里，或是在天桥上。真美，在工厂里面。我们本该将地上的标记保留下来，还有那幅美丽的壁画：狂风暴雨之下，是我们的电视机，天上还有一道巨大的彩虹。过去我们不把这幅大壁画放在眼里，如今我很是怀念。我想要的就是这个。工厂，就是剧院。

亚大：记住那些面庞。记住姐妹们讲述的那些故事。在更衣室里，或是某个周日晚上在你家里。因为什么也没有了，头脑里那些晃动的面庞。因为我记不大清了。因为我们从未有过像读书时要有班级合影那样的念头，那样就能留下所有姐妹们的面庞，那些来了又走了的姐妹们，那些离去了的姐妹们。如果工厂一下子消失了，可能会更容易忘却。但是不，它是慢慢消失的，而我们的记忆，也是慢慢忘却的。于是我站在那里，站在一束光线中，在心里搜寻那些名字，然后搜寻那些面庞，然后搜寻那些非同寻常的往事，这个或那个姐妹某次对你说过的话。因为那时我们每天都见面，认为不必记住这些。我，我为这些面庞说话。

社会暴力和都市诗歌，简短的变奏曲

　　从前，赋诗比较容易。

　　某个旅行者在远方发现的一座城市，人们在交流的词语的回音，在某片天宇下建造房屋的方式，没有人会去琢磨书写的这些事情是否具有合理性。

　　书里描写的场所，只要文字能够超越场所勾勒出透视图，便能给读者以想象的时间，他们的头脑里便有了这个场所的立体感。

　　我们在头脑里保留卡夫卡笔下的楼梯和阁楼、巴尔扎克描写的朝向花园的客厅作为一座城市真实的记忆。然后，走过布拉格的查理大桥①或是盖朗德城②的城墙，我们便会产生一

---

　　① 　查理大桥建于 1357 年，是 14 世纪最具艺术价值的石桥之一，是历代国王加冕游行的必经之路。

　　② 　盖朗德（Guérande）城，法国西部大西洋-卢瓦尔省的一个市镇，以中世纪城堡著称，并且保存了完整的古城墙。

126

种幻觉，似乎某本书籍给你留下的印象比真实的世界更为生动更为鲜明。除非在我们现实的散步中，我们寻找的不过是书本身，就好像那地方向人展示的现实实际上不过是书本的延伸部分似的。

很早以前我就了解隆维的那些大炼钢厂。每当夜里，天空被染成红色，我便不厌其烦地欣赏粗轧机下那巨大钢块变蓝。如今，当你乘车经过这里，你会看到，一些田野又披上了绿装，除了有些过于广阔，以及那些轮廓通常不甚明确，由树篱或草簇构成的边界在这里显得有些过于明了。昨天，在离这里不远的于康热，我穿过那条半废弃的火车铁轨，一直走到那巨大的生了锈的高炉那里。据说拆除高炉的费用过于昂贵：形状吓人，满是扶梯、舷梯和天桥，要将那扭曲变形的粗坯在空中吊起简直就像做梦一般。不过，高炉下面锻造厂老板的办公室也没有拆除：几根圆柱顶着一个矫饰的三角楣，旺戴尔一家经过下面的那些阶梯，然后登上真的大理石铺就的楼梯。在他们看来，这座大理石楼梯与管理成千上万的操作轧机、双手焦黑的工人的工作很相配。

这里的世界，一边是高速公路，另一边是厂房，不会引发人们的诗兴，也不会招来创造幻想世界的欲望。在柱廊式屋架上，人们用螺栓固定并铆接了一些钢的压花墙板，在上面加一个屋顶，吊了一些日光灯照明，安装了一些通风管道取暖，最后，在经过防水处理的水泥地上勾画出一些标记，标明将机器安装在这里。周围是为卡车和轿车修建的沥青路面，还有即使是在换招牌期间也得到了修剪保养的草坪（与入口处保安员办公室完全一样，一直有人值班），以及白色的铁丝网。

然而，从这里可以索取的是一种将某个地方与人的谜团连结在一起的秘法，有时候是无迹可寻的。散文所具有的诗性张力正是来自从现实中索取在场感的这个动作。朱利安·格拉克是这样，赖内·马利亚·里尔克也是这样。他们描绘荒芜的大海、雨季中白色的房屋、无人行走的公路，以及绵延着难以言喻的孤独的水域……在万物吸取养料以求生长的深处，人与事物之间失去了共同联系。可是来到这里，在这个被城市包围的空空如也的工厂里，找寻这种人与事物毫无关联的深处，难道不是徒劳的吗？昔日的生活劳动印迹已经淡去。这也是《马尔特手记》（写于 9 月 11 日，没有具体年代）的开篇语："就是如此，这就是全部。重要的是人们活着。"

你走进历德超市，四排直接放在地上的廉价产品色彩和谐，与普通超市里同档次用来打动你的广告词相比，这里的产品不带任何商标名称，在你面前显得更为撩人。然后，在酒吧，进来的家伙走去与正在玩扑克的四个人握手的方式，以及一个简单动作细微的复杂性；或是坐在邮局中央一张小桌旁的那位女士浸湿了手指将一张陈旧电话簿的黄色页面翻到专科医生的页面；还有（由于你又一次沿着厂房经过这条街道从工厂走到大广场）三个穿着球鞋的黑人小伙在附带黄色支架的蓝色铁网后面蹦跳着，三层楼高的铁网靠近公路，环绕着篮球场；或者还有，那辆雷诺 Magnum 牵引车的长途卡车司机正值休息，他将车扔在了那里，直至周一；卡车后面，停靠着一辆红色小轿车，小伙子坐在方向盘前，大声放着音乐，一个隔着汽车玻璃跟他说话的姑娘，屁股紧紧地包裹在牛仔裤里：如此古老的、已经老掉牙的故事永远不会完结。

在公路旁，为了提醒司机注意驾驶规范，时兴将那些漆成黑色的人形胶合板竖立在所有轧死过人的草地上。你想象一下在每个辞退过员工的工厂门前设立这样的人形胶合板的场地。但是没有，这里只有蓝色的厂房、沥青地面和草地、整洁的白色铁栅栏。那个保安认出了你并向你打了一个手势。在他办公室对面的墙上，还能隐约看到从前工厂名称的痕迹，因为他们虽然拆除了用螺钉固定在墙上的木制字母，却没有重新粉刷墙面。

我，我看见二百五十个妇女的身影。她们在这里工作了八年，仿佛在俯瞰这座城市。本该拆除那些厂房和房屋，本该在地面上只留下街道的轮廓。她们就在那里，一动不动，可能是在进行着无声的控诉。我本来想再读一遍《马尔特手记》，可我在法梅克没有找到这本书，在艾昂热也没有找到（至少在勒克莱尔超市的图书专柜里没有，报刊销售点也没有）。直到第二天晚上，在经过梅斯时，我在热罗尼莫书店里才买到了这本书。

致芭芭拉·G

我们三月份就在同一个剧场，第一次尝试进行排练。

我们希望 2003 年 10 月 18 日这一天在这个剧场与公众首次见面。四位女演员就坐在椅子上，手上拿着剧本初稿准备朗读。芭芭拉·G，我知道她的名字，因为在整个罢工和斗争的过程中，她的名字经常被提到。她坐在剧场中自己的座位上，参与了这次首演。我们一开始朗诵台词，全场便立即安静了下来。然后，大家进行了讨论，再然后，在大厅的酒吧里，讨论继续。

我看着她的双手。那是一双纤细的手，戴着几枚戒指。我犹豫着要不要看向她的脸，仅仅因为她正在看着我。我盯着她散落下来的披肩金发。她不慌不忙地说着，从未加快语速。有时，她无法控制自己，无法讲完她要说的话语：她说一年以来，她精神高度紧张，一直不能平静下来。她说有些夜晚，她失眠，或睡得很少，她说，勉强睡四个小时。但当我们就要离去时，她还在与让-路易·M讲话，脚蹬着剧院酒吧里的高脚圆凳。酒吧关门了，我们往自动售货机里投了一枚硬币，一瓶可乐重重地掉在了售货机的底部。除此以外，我们什么也没有喝。已经是凌晨一点多了，她说她这个星期每天在凌晨近三点半钟时起床，说她住得有点儿远并且五点钟就要开始她一天的工作。她第二天上午是否要上班，当时已经那么晚了，在间隔不到四个小时之后就要工作？是的。那她什么时候睡觉，怎么坚持八小时倒班的工作？她说这些她都不操心，她要操心的麻烦事多着呢：她说她作为工厂里的工会负责人，是怎样告诉女工她们被解雇的，有多少被解雇的，就好像是她自己将她们辞退了似的。她之所以睡不着觉，就是因为这些。

她的冷静给人留下了深刻的印象，因为她所说的那些事情是十分严肃的。她的音调果断而又持重，带有吸烟女人所特有的沙哑声。她的十指纤细，我注视着那上面三枚并不引人注目的戒指。她将一只手放在牛仔裤上，另一只手放在空空如也的酒吧柜台上，她的那包香烟就在烟灰缸旁，烟灰缸里满是她一人抽的烟头和烟灰。

解雇，就好像我们自己对这负有责任似的。她说：因为我们不大善于斗争，因为我们没有做应该做的事情，因为有些事情应该做，而我们不够强硬？正是这些让人苦恼，让你深思……

但强硬地反对谁呢？让-路易·M 回答说，他们远程做出决定，集团的人都没露面，总体情况是国家就这样任这些工厂迁走。她说她在那里工作了八年。她回想起那些年是多么的艰辛。我读过很多东西，人们也告诉了我很多事情，我知道她没有夸大其词。

"挑战，贡献，创造力，你明白这些词的真正含义吗？这是那个时候大宇在工厂提出的口号。当我开始在全新的工厂里上班的时候，他们把这些标语贴在我们更衣室入口走廊的墙上。他们无法明白，在这里这些是行不通的，这些词汇。姐妹们想方设法用毡笔在上面乱涂

132

乱画，他们又重新漆上，直到他们厌烦了，清楚了一切：在那个时期，他们指责那些请病假的姐妹们。他们说，一次可以，两次不行，第三次，那就走人。"

她又回到了那个斗争时期，芭芭拉，十指纤细的双手指着黑夜中的一扇窗户：她和姐妹们一起，组织代表团去了巴黎，闯进了国民议会，终于在爱丽舍宫得到了接见："我们相信自己。我们在五个月的时间里学会了很多我们从来没有学过的东西。然后就这样，结束了。"

她讲述着那些我已经知道了的事情，那种集团传授给他们的工头用来检查女工工作的方法：双手始终放到背后。这样，小头目们可以上前很近地靠着你，用他的鼻子观察那些你双手的工作，看你工作得是否足够快速。

"一个如此简单的窍门，但在我们这里，我们永远也不会想到"，芭芭拉又说道，同时她用双手在面前又点燃了一支香烟。

"只需命令工头们双手放在背后来回地走动，这样你就能够走到姐妹们的背后而她们又不能控告你，说你的手不规矩，你如此近距离地检查她们所做的工作，可以就这样站在她们的背后待上十分钟而她们对此无话可说。而我们，我们真想咬他们：因为我们的双手都在忙个不停，螺丝刀和要焊接的零件，还有连连不断的传送带。"

大宇集团，为了获得政府援助这笔可观的收入（"几个亿"，让-路易·M解释说），曾许诺的可不只是建立三个工厂而是建立小单元组成的集群，就在我们身处的这种小城镇。此刻我们三个坐在高脚圆凳上，周围都是十指纤细的人。一系列的工厂，每个工厂生产一款消费领域中热销的产品（在凡尔登，曾计划建一个冰箱厂，但一直没有实现）："大宇，数字化梦想；大宇，更加舒适的生活……"她又说起了大宇的标语口号……

我曾见过，在法梅克工厂，大宇为女工们绘制的巨幅壁画。如果用的是"百分之一的文化税①"，我倒想知道是向哪个艺术家订购的。四米长三米宽（我拍了照），阴暗的天空下一幅丘陵风光，天空中有一道闪电。在闪电下面，是一台巨大的电视机，电视机的屏幕上，是那幅闪电风景的复制画面。令人瞩目的艺术创作雄心。"我不会再看了，一个姐妹对我说。当我们知道工厂要关闭时，我认识的一个姐妹，每次经过那里，都要在壁画前吐口唾

—————

① 文化税：在法国，企业购买艺术品有权从企业税收中扣去其购买的艺术品价值的百分之一。

沫。没有人，也没有任何工头，来指责她。"
不管是不是艺术，蒂森克虏伯集团大概已经让
人将这幅颂扬前任的壁画涂成了白色。

芭芭拉·G 曾是维莱尔工厂的工会负责
人。在这里，工人们组装微波炉（她干了八
年）。"有人交给我们一份法国区老板房灿硕
的一封信，上面解释说我们生产的每台微波炉
他们都要亏八欧元，而在中国生产的同一型号
的产品却盈利一欧元。末日就是从那一天开始
降临的。"她继续说道，在这里，她们从未见
过他，这位法国区老板，房灿硕先生。她说这
里有许多韩国人，但他们都很有礼貌并且很少
说话。

"最糟的，是我们这里的小领导。就好像
他们应当更加努力似的。就好像他们有权准确
地按照那些人教他们的范式来做似的。"

首先，芭芭拉·G 说，在谈解雇之前，他
们向姐妹们建议个人自动离职，这样可以得到
保险金。

"他们让女工去办公室，对她说：现在，
你应当好好考虑考虑。然后他们便让她待在那
儿，一直到中午，或一直到晚上。姐妹们怎么
会不感到害怕呢？是雅克琳娜，我的一个好
友，第一个有所行动。第二天上午，她又去
了，去见人事部的主管，对他说：再让我去办

公室吧，我还要考虑考虑。对他们，就是要这样才行。要让他们知道厉害。"

她笑了，金发又落到了肩膀上。她掐灭了香烟，说一年以后，她在新工厂里，便没有再担任工会负责人的职务。她说自己"工人血统，父亲是矿工"，原话如此，句子为名词结构，表达简练。

她说她的新工作要倒班，三班，每班八小时，加上开车四十分钟。即使是在早晨五点开始工作，她等会儿也能赶到，她补充道，一边看了看她的手表（手表跟她的那些戒指一样精美），现在已经是午夜了。我问她的工作是干什么，她立即答复，一如既往地简单明了："天车司机，在索拉克。"

这个词好像没有阴性形式。索拉克的口号，跟大宇的宣言是同一类型的："索拉克，钢铁融入生活"，我把这个口号告诉了芭芭拉，她笑了。

通过连续铸锭进行钢铁生产：钢水从高炉出来后，便倒进巨大的铁水包，一直运送到电炉，在那里进行精炼。"我在离地面二十米的空中，跟开飞机差不多了。"索拉克钢厂在弗洛朗热生产的就是钢板，冷轧然后镀锌防腐（用于汽车车身）。在出高炉时，芭芭拉在二十米的高处，等待着装载铁水包。而从底部吹炼的操作方法，是将生铁吹炼成钢。这道工序被称为 LWS（Loire-Wendel-Sidelor）①，他们称作"与明星一起生活"②。芭芭拉对此打趣道："真是好厨艺，两百吨的焦炭，六十吨回收的废铁，在 1340 度时进行搅拌……"有两个转炉，并行运转，天车从一个转炉驶向另一个转炉。她说那些在外面工作的天车司机的情形比她的要差：他们要将成堆的废铁吸附在几个庞大的圆柱形电磁铁上，然后将废铁与焦炭掺和在一起，他们在一个封闭的小间里操作，还得经受恶劣气候的洗礼，比她在火上的工作更不理想："我们，是在魔鬼的裤裆里工作。"

我想起了三十年前的隆维，在弗洛朗热，工作大概没有什么变化：在出电炉时，两千吨的板坯在粗轧机下被压扁然后被送到压延机里。随着钢坯变薄，速度当然增加了。最后，成形的钢板进入两个滚筒之间的环状装置可减小畸变，钢板变成只有几毫米厚，耀眼脆响的钢带，然后被卷成带蓝色光泽的钢板卷，准备装到黑色的车皮上。隶属于阿塞洛公司（前身为于齐诺尔公司），拥有 106000 员工的索拉克钢厂在弗洛朗热为 3500 多人提供了工作

① 底吹氧炼钢。
② 原文为：Life with a star。此句首字母也是 LWS。

（差不多是大宇电视机组装厂的十五倍），但钢厂在弗洛朗热能坚持多长时间？"不管怎样，人们不会一辈子干这个。"确实如此。

临时工作的回忆：隆维，1974 年，更换天车操作间。那些天车是用来运送高炉浇灌连续铸锭的铁水包的。在二十米的高处，在新的操作间里，连接按钮和监控信号灯的电缆，并将老的电缆拆除。天车司机名叫弗雷德（他们是两个人轮流操作，但我只记得他一个人的名字或是绰号）。他们没有中断天车的往返，在那上面每隔半个小时给我们送来灼热的铁水，让我们在熔炼的铁水包上方操作。接着我们将旧的操作间固定在吊索上，用绞盘车将之放到地面，然后我们用氧乙炔吹管，将四个支柱一个个地割断。弗雷德是一个乐天派，天生适应天车里的生活似的："你孤身一人，想着你愿意做的事情，你根本不用操心下面世界里的那些烦心事……"，这样说话是他的风格，还有搞一些恶作剧，他可以在高处用怪物般的巨大钳子抓破新手的午餐包，再将空了的袋子放回原处……

天车，就是架在高处的一个比人还要粗的构架梁，挂着操纵间，在两个滑架轨道上来回滚动。操纵间也在大梁下两根横向的铁轨上滑行，没有其他的联络方式，只能通过手势同下面穿着防火连裤服的身影联络，以搬运几吨正在熔炼中的火红的钢铁。我注视着那双十指纤纤的小手，三个戒指中有一枚带有一颗细小的蓝色宝石，这与她，芭芭拉，所使用的"天车司机"这个词形成了对照。马上就是凌晨一点了，在黎明前，她要爬上通向她操纵间的钢梯子，在那里她要在火上煎熬八个小时……

她谈到了工厂最后一天最后的晚会以及晚会奇怪的名字"闭厂庆祝会"。源于一个小趣闻：他们搞了一次抽奖活动，亚洲籍的生产部长获得了头等奖，一辆由邻近的迪卡侬店提供的自行车。这让姐妹们大笑不止，真是对命运的绝妙讽刺。但当她们发现那个男人双眼含着泪花时，便将自行车给了他。她还谈到，在一个晚上，当她回到家里，发现了那封解雇信："我知道这一天终会到来的。我的情绪从未那样糟糕过。"

还是斗争的回忆："你筋疲力尽，夜里还要讲话。你表现得很坚强，一直到最后。你没有权利崩溃。我把这一切都埋藏在心底，后来才释放出来。有多少姐妹扑进我的怀里……并且，有一阵子，还得放弃对立。我经历了一些再也不想重新经历的事情。对此我不想再多说了：事后，我需要喘口气。"

这些是她的原话。在这里引用这些原话不

139

是因为它们为我们提供了什么信息，而是因为她卓越的见识。但愿芭芭拉·G不会怪罪我在书中引用她的话：我们并不是每天都能在路上遇到让你感到荣幸的人。

火灾，暴力，反抗：娜迪亚·纳西里，1

维莱尔，处在于康热和隆维之间。一个非常小的城市，有着三幢设计优美的白色大楼。我通过法梅克的一个女工得到了娜迪亚的地址，然后给她打了电话，她约我第二天下午两点见面。

在这里可以看得见维莱尔大宇，微波炉工厂。但娜迪亚·纳西里在法梅克的大宇电视机厂工作过。当时正值夏至，六月中旬，白昼很长。晚上，我出来时，一些孩子还在楼下玩耍，几辆汽车停在楼房下面，还听得见电视机的声音。而我，我对自己身处此地感到十分惊奇，甚至不知道现在是什么时候也不知道自己身处哪个城市。她同意我在书中引用她的话：

"我是娜迪亚·纳西里，我对我所说的并不感到难为情。"

她在电话里曾告诉我，不论是谁，只要见过一次大火灾，就会终身不忘，并说她要谈的就是火灾。

"我，我要对你谈的，是火灾。大宇的火灾不是在我们法梅克电视机厂，而是在显像管厂，在蒙-圣-马尔丹。您注意过，您电视机里的显像管是怎样制造的吗，您能想象在您家里，在您的车库里，制造一个显像管吗?

孩童时期我住在梅斯，在离我们家三步远的地方就是纸板厂，人们是这样称呼它的。我们不大喜欢东部纸板制造厂这个称呼。而现在它叫作斯莫菲特①，搬到环形公路边上去了。

那时我还是个孩子，我一直都记得。有人要我们下楼去，甚至连衣服都不要穿，什么都不要拿。一个消防队员进来说，走吧出来吧，就这样。这是怎么回事? 对我们小孩子来说，这没有什么关系。但对我妈妈来说，是的，关系就大了。穿着长睡衣和便袍，站在邻居中间，她怎么会愿意呢，我妈妈? 人们推攘着我们，噢不远，就在街道的尽头。工厂就在对面，就像电影里演的那样:窗户都变成了窟窿，里面一片红光。爆裂声。大火，我们看到了火苗、烟雾，我怎么会知道，人们从未说过火会发出那么大的响声。屋顶塌了。就像一个

_____

① 斯莫菲特（Smurfit），斯莫菲特集装箱公司是美国的一家包装公司，成立于 1989 年。

软软的东西，一块儿童口香糖那样，慢慢塌下去的。可是，屋顶是硬的啊。剩下一些屋架末端，有些掉了下去，另一些还留在上面。

好多的卡车，红色的，蓝色的，还有云梯。水来回摆动着，在你面前形成了一团雾：消防队员的水根本不起任何作用。火焰直往上蹿，往前滚，急速跃进，想要阻挡它是徒劳的。它需要燃烧。纸板厂的说法，是短路。人们总是这样说（有人要我们在远离火灾现场的地方足足站了两个钟头，然后要我们回家去，说现在没有危险了。但第二天，当我去上学，从那堆黑糊糊的废墟前经过时，阵阵热浪还在空气中翻滚着，还有那些栅栏和那种气味，我怎么会记不得大火的威力？）。短路，去年冬天，在吕内维尔①的那座城堡起火时，人们也是这么说的。这真是个极好的借口，短路。大火，当它把一切都吞噬之后才会停了下来，不会提前终止。我认为，一旦见过火灾的情景，人们便不会故意去放火了。

在蒙-圣-马尔丹的大火之后，他们到处说：火灾是有人故意纵火，毋庸置疑……好吧。但谁是罪犯，这里有什么线索吗？链条最后一环的那个人，他应该为整个暴力链负责

---

① 吕内维尔（Lunéville），默尔特-摩泽尔省副省会。

吗？他们是否先遭到了暴力的侵犯？有些事情很严重，您知道……"

隆维，2003 年 6 月，事实上，是在我与娜迪亚·纳西里约谈后的第二天。我将车辆停放在关闭的工厂下面。如今，那里成了什么样子？一些变黑了的残留物堆在厂房的一边，旁边是一个用推土机平整出来的场地，地面高低不平，却已经长出了小草。这里与我刚去过的地方一样，都是同样的铁栅栏，同样紧闭的大门。挂着同样的招牌，上面写着某某保安公司，外部有巡逻队和狗看守。

"那是个周四，他们已经下令，一直停产到下周，说是因为显像管的一个重要零件没有货了……"

通常是四个警卫，可领导们那天只想留下两个：

"周四下午，没有一个人留在那儿，没有一个主管……"

不，就个人而言，娜迪亚不认识那个工厂里的任何女工和男工，尽管去年冬天，他们在一起开过会，并且工厂之间互派过代表团交流。

"这场火灾对谁有利？对于年轻人来说，显像管库存是筹码。我们掌控了它，就能够与他们谈判，他们都会这么对你说。

工厂要将它的存货搬迁到波兰去，现在已经决定要在那里生产显像管：

"就是为此他们又回到了工厂，那些小伙子。为了守卫仓库，为了防止有人在周六晚上偷偷搬走一切消失得干干净净。"

蒙－圣－马尔丹火灾过后剩下来的一切让人伤感：那些原来用彩色铁皮建造的厂房，清理出来后，只剩下一片堆满了废铁和破砖烂瓦的场地。娜迪亚·纳西里又说道：

"显像管，就是一个玻璃圆锥体，在里面嵌入电极，在其内壁上，有一些载有两万伏电的金属喷镀为电子加速（八年当中，每三分钟就有一个显像管从我的双手中经过，我知道它是怎么制造的）。然后把它焊接到玻璃屏幕上，再然后将里面抽成高真空，再焊接密封：不是临时能做的。要储备氢氟酸，盐酸，要有铅和碳。所有这些，都储存在槽池里。

人们曾多次谈论 1 月 7 日那一天，即火灾前十六天。当时那些年轻人威胁说要把酸性物倒进拉基耶河里。在大火之前很久，报纸上就谈到了大宇：五个亿的政府补助金进了集团的腰包。我们一直是处在众人的目光之下，但是蒙－圣－马尔丹这个更为宁静的小城镇更受瞩目。那些年轻人，为了作弄记者，戴上了仅露两只眼睛的风帽和面罩：他们想重现塞拉戴克斯①事件，但在塞拉戴克斯，年轻人是露着脸做这件事的。"

塞拉戴克斯，对我来说，不过是一个名称而已：我逐一考察这些证词中提到的事件，并努力去将这些事一件一件地搞清楚。

火灾，暴力，反抗：塞拉戴克斯，过后

当蒙-圣-马尔丹的蒙面工人们召集记者，展示他们怎样能够将他们厂酸液池里的液体倒进默兹河时，人们又一次谈论起了世人头脑里都还记得的塞拉戴克斯。

我回到住处后，将与娜迪亚交谈的录音磁带整理成文字，输入电脑。这时，我清楚地意识到，要引用塞拉戴克斯这个词，我必须先去那里看一看。

时隔两年之后，今天已经没有人还记得塞拉戴克斯了。

在接下来的旅行中，我又去了隆维，但这一次是开着我私人的车去的。再去那里，与其

---

① 塞拉戴克斯（Cellatex），原是法国一家粘纤纺织公司，建于 1981 年，于 2000 年进行财产清算。当时工人们占领了公司在吉维的总部，威胁说要用化学产品来炸毁设备或是污染默兹河。

走梅斯和南锡（通常我是开着剧院的标致车去这些地方的），不如取道卢森堡边界和比利时边界。原塞拉戴克斯工厂位于吉维①。从隆维过去，要穿过三道边界线，两个国家，但走的几乎是笔直的一条公路。取道 A6 高速公路，途经那慕尔②和沙勒罗瓦③，里程为一百六十公里，我用了一个半钟头。

我对阿尔登地区的了解，全来自朱利安·格拉克的那本《林中阳台》。老先生说话以您相称，在卢瓦尔河畔对你说话时，词语清晰，目光明朗。他又高又瘦的身影陪伴我又走上法梅克从工厂到楼房的街道，找寻那些不可能改观的色彩，那些色彩给一切蒙上了一层阴影，现在只剩下一个空空如也的工厂，还有那令人难以忍受的一如以往的常态。

法国北面以一个半岛似的细长部分插进我们的邻居比利时。在那崎岖不平的群山地带，到处是树林。树林的尽头，是陡峭的默兹河谷，小城吉维就在这里。吉维是个山口，这里有煤炭和可采伐树木，还有一些机械制造厂需

---

① 吉维（Givet），法国东北部阿尔登省的一个市镇，位于默兹河畔。

② 那慕尔（Namur），比利时中南部的一座城市，位于默兹河畔。

③ 沙勒罗瓦（Charleroi），比利时南部城市。

要的钢铁。这里离巴黎只有两百五十公里，离布鲁塞尔只有一百公里，朔兹①核电站在晴朗的天气里，泰然地显示着它的威严。

跟法梅克大宇一样的标准铁栅栏（几个月来我跑了这么多公里的路程，仅仅只是沿着相同的铁栅栏前行）、铁链和挂锁，还有一张叫作 USP（超级安全私人）保安公司防止游人擅自入内的通告。一幢刷了石灰浆的 T 形白色直角建筑，几个大玻璃窗，几扇周边砌砖的大门，通向这些大门的，是几条铺有石子的小道，小道中央铺有草，还有多年的老树：在大城市里，可能早就将厂房改建成为艺术家们的工作室或剧院了，为什么不呢。右边，在一个不被人注意的角落里，人们用推土机将已经被砍倒的两株老树推掉了，还有一堆废铁和线轴的混杂物（当初用于生产粘纤卷轴，作为原料用来生产合成纤维的服装），以及竖立在工厂前的那道陈旧的路障。

但是，在后面，是那些新近建造的厂房，在网状结构的屋架上，是瓦楞铁板。这些厂房在一个世纪内激增。在院子深处，又细又高的罐子成排立着，生了锈。在那边，大门前，两

---

① 朔兹（Chooz），位于吉维北端的一个小市镇，临近法国与比利时边界。

个警卫哨所之间（我透过一个脏兮兮的玻璃窗看见了里面，完全是空的，只有一张金属桌，以及现在位于铁栅栏后面用来操控那道陈旧的红白栅栏的控制装置），还能看到融化的沥青勾勒出的一个巨大的圆圆的黑色轮廓：工人们在他们的工厂前让大火燃烧了十三天。

火灾，暴力，反抗：娜迪亚·纳西里，2

"您问我：为什么要点火？火就是生命，不是吗？我们也点了火，自从我们站在工厂前，我们就烧起了一堆火。

"当长途卡车司机罢工，堵塞高速公路时，他们也点起了火。火，是一个象征。然后嘛，我们被赶出了工厂，我们没有了工作，我们应当保持沉默并向他们道谢吗？

"那些人简直就像是对待史前时代的人那样对待我们。去打猎来维持生计吧，这就是他们想要我们做的？没有工作，你们自己设法解决吧。

"也许火是这个意思。而我，我不知道：大火，意味着我们是一起的，大家心中都燃烧着怒火。

"火也意味着一件武器。

148

"我们在工厂前待了三天两夜，火烧了三天两夜。他们给我们拿来了些什么：木条箱，破旧的货盘，粗木棍。早上去上班的人为了表示是和我们站在一起的，带给我们一些东西烧火。我们不要钱，也不要任何别的什么东西，只要我们应得的。

"于是他们给我们带来了木材烧火，罢工得以坚持。

"这也表明了，大火的象征就是：我们是一条战线上的。"

火灾，暴力，反抗：塞拉戴克斯，续篇

一百五十二个工人被辞退，激烈的冲突。

在十三个日夜中，那些人一直在工厂大门前用货盘和旧轮胎使大火经久不熄。商贩们给他们拿来了比萨饼、香肠。在一辆破旧的旅行挂车里，有人轮流警戒。他们搭了几张折叠式简易床，搭了一个帆布棚，摆了几张方桌用来玩扑克。

当他们无事可做的时候，在一个周日，他们扣留了前来进行最后谈判的两个代表和一个工头。"光有温和的方式是不够的"，他们说。

那个周日，他们将工厂布置成了一个陷

阱：他们将芬威克叉车用的煤气瓶和一些乙炔瓶集中放在二硫化碳罐下。排水的阴沟洞盖板都被抽走了。工厂经由一条小溪与默兹河相连，小溪，即使是在今天，也很难看出其颜色，尽管这里重新长出了小草。为了证实他们不是在讲空话，工人们倾倒了一罐硫酸：五千升的硫酸在几分钟内都流了出来，冒着气泡，烟雾腾腾，而小溪的水在很长一段时间内都是橙黄橙黄的。消防队员们设法拦截住了硫酸并用泵抽送到一条位于小溪和默兹河之间的水渠里。这些工人并不是好战分子："有些时候还可以，有些时候郁闷"，他们中的一个说道，漂亮地省略了冠词①。

另一个人，是这样讲述那十三天的："一天到晚，都没有什么事情可干"，此刻人们的头脑里，想的全是即将到来的失业。

可能工人们并不完全了解他们所生产的东西的危险性，因为他们每天都在接触硫酸。三十多年来，塞拉戴克斯一直在毫无顾忌地排放：将硫酸倒进排水系统。工厂很老了，不守规矩，备受指责——大宇的现代化工厂都配备了一套"废水净化处理装置"（冲洗或冷却后

① 原文" Des jours ça va, des jours c'est cafard"，省去了" cafard"前的冠词" un"。

的水进行废水闭路循环）。我们的内衣（人们从前称为汗衫，年轻人称为打底）所需要的粘胶纤维，是用碳做成的，通过在酸里稀释从硫化物里分离出来碳，然后通过氢氧化钠进行硫的中和。过程并不复杂，除了又长又复杂的碳分子，人们能够用它来纺织，就像用生长在土地里的棉花进行纺织一样。

"如果我们生产的是糖果的话，大概就不会有争论了……"

后来这句话流传甚广。

"我不希望大家走到这一步，但我知道这里有些人，他们是准备好了的。您知道，只需一个人，一个火星……"

三个少女，高中生，工人的女儿，说道："我们的父母，他们十八岁就开始在这里工作。如果工厂关闭了，那真让人感到难过。他们还能做什么呢？"

在塞拉戴克斯，原材料有 56 吨的二硫化碳："危险代码 336，极易燃，能够与空气形成一种爆炸混合物。对于神经系统是有毒的，可通过皮肤吸收。在火灾时，会释放二氧化硫（剧毒的低浓度气体）"，消防队的公开报告如是说。在向默兹河倾倒了 5000 升酸过后，还有 56000 升的硫酸，90000 升的烧碱，还有 1000 立方米的燃料油，再加上几吨的双氧水、氨水和氯。

外面，年轻人将他们工作时戴的橡皮手套里灌满了酸，然后扔进火中，让它们爆炸。他们笑着，就像在看焰火似的，哦哦或啊啊地叫着，但是这是否能够衡量某个煤气瓶在那些油罐下面爆炸是什么情况？消防队已经调动了附近的四十五辆车，队员们则终日驻扎在一个军队的"突击训练中心"（官方称谓），人们后来发现，这个训练中心正是为这种突发事件而设立的，如今人们与空间的关系就是如此被分隔的。

在两天的时间里，我不间断地读着一些专题报道一些再也没有什么可失去之人的文章，"因为已经失去了一切"。对于那些找到了新工作、但报酬低于原工资收入的人，他们将获得在二十四个月内保留原工资水平的待遇，以及另一些获得转岗培训期的人则给予十二个月的原来净工资的80%的补助。

而我，则在十五个月之后，站了工厂的大门前。我认识的那些人现在怎么样了，我一点儿也不知道。现在他们在吉维生产小学生使用的吉尔伯特铅笔。我们就这样学习认识这个世界。

重要的，是一个职工代表的总结："一个新的请愿形式在塞拉戴克斯诞生了。我为此感到遗憾。在一个民主国家里，应该用不着通过威胁这种方式来使大家坐在桌子周围倾听陷入绝望的人们的倾诉。"

我没有重返洛林，而是朝着巴黎驶去。因为我看到指路牌上标着沙勒维尔－梅济耶尔①48 公里，这就是通往巴黎的路，先走 51 国道然后左拐。我在沙勒维尔－梅济耶尔停下来——时间不长（独自旅行时，停留的时间都不会太长），为了在兰波的墓地拍几张照片。

让我十分震惊的是，在那个黄昏，俯瞰兰波墓地的赭石色建筑简直像极了法梅克或是吉维的那些建筑，像极了我在大宇或是塞拉戴克斯看见的那些厂房。

像平常那样，那里有几束游览者们留下的鲜花（那个时候正下着雨，光线很暗），现在已经卷缩了，还有一些四折的小学生用的横格纸，上面写着地址。"城市，带着她的烟雾和各行业的嘈杂声，在路上跟随我们远行。噢又一片天地，上天降福的住所，还有绿荫……"

一片寂静，这里就跟死气沉沉的塞拉戴克斯一样。

---

① 沙勒维尔－梅济耶尔（Charleville-Mézières），阿尔登省省会。

"从此，工厂对我来说，就是夜晚。我想说的是：工厂的美丽，工厂的回忆。我们彻夜未眠度过的那两夜。

"我们听说工资可能不会发了。不再有任何确定性：不能保证还会给我们发工资，可也没有肯定不再给我们发工资。那时工厂已经停工了，人们把主管关在了办公室。就在我们厂旁边的拔佳鞋厂①便是先例：568 人被解雇，其中 58 人一年后找到了正式工作。

"现在轮到我们了。一间玻璃办公室。男人们堵住门，有人开来芬威克叉车当路障。

"工厂被封锁是预料中的事情：他们希望能够轻易地进行监控。那么，当轮到我们来封锁时，就没有比这更容易的事了。晚上，我们开了灯。五十个姐妹挤在过道里和旁边的办公室里。而他，我们扣留的那个人，独自一人待在他那黄色的囚室里。没有电话。而我们，我们有手机。我们将会计办公室上了锁，这样，就没有什么可指责我们的了：我们不会去乱翻

---

① 拔佳（BATA）鞋厂，属于捷克的 BATA 鞋业集团，创建于 1894 年，是全球最大、分布最广的连锁鞋业公司，在全球拥有 61 家制造厂商。

那些不允许翻看的东西。玻璃办公室，是他们想要这样的：所有的人都应该在众人的目光之下。于是我们五十个人看着他，看着那个单独被扣留的人。就这样，他坚持了十五个小时，没吃没喝也没有尿尿。因为他不想向我们，女人们，提出这个要求。

"那个家伙挺勇敢的。他大概听见我们说的话了。她们并不温柔，姐妹们。我，这让我感到为难，不是因为我们对他做了什么事，而是让他听见了我们对他的谈论，一些嘲弄他的话。您知道，在《萌芽》中，他们对那个人做过的那些事……我是在高中时读的这本书，后来，我也看过电影。姐妹们中，很多人都念过高中：大家可以将业士学位文凭装在衣袋里，可找什么样的工作呢……

"然后，要巡逻。但我们主要是闲逛，就这样。总之，我们在那里工作，但我们并不熟悉我们的工厂。我们进了厂，便去更衣间，到咖啡机那里打杯咖啡，然后去工作岗位。去食堂，去财务室或是去老板那里，当你被召见的时候。比较远的，就是不时地去一去设备仓库或是去交货。我和我的朋友，我们说：我们参观一下吧。我们从食堂开始。自助快餐厅，你总是站在同一侧，紧紧抓着你的餐盘。我们还可以扮成服务员，去看看冷藏室。在那里也一

155

样：谁能指责我们什么呢？我们，工厂是我们的，我们对此很在意。

"工长们的办公室，我就不说了，我们打开了几个抽屉。有几个姐妹可能很想找到几份黑名单，一些记录了什么事情的本子，我不知道。在这里，他们对待我们的方式，并不令人愉快。

"然后是仓库。从蒙-圣-马尔丹运来的显像管，组装用的，像雕塑似的。印刷厂（虽然叫印刷厂，但收的是印好的东西）里有保修卡、说明书。一下子，我们便置身于一个非常干净的地方，并且有一种好闻的味道。我们曾看过几部关于他们工厂的影片：有一些很好的岗位，比如设计电视机外壳，构思它的形状，研究怎样安装电子元件，操纵装置应有什么样的外观，还有在收到更薄的新屏幕时思考是否能够由此发明新的电视机。但这些，都太遥远了。在这里，卡车运来零件，然后零件被输送到生产线上，而我们，就进行调整、焊接、装配。

"半夜里观看自己的工作环境感觉很奇特：你工作时坐的凳子，上一个班的同事刚刚坐过，已经用坏了，没人把它换掉，你只好用透明的粗胶带马马虎虎地粘了一下。工具柜里装着手用工具，工作时你一只手拿接头钳，另一只手拿铆接机。你用的电动螺丝刀，以及它的尼龙供电电线，还有钢丝与绕线器，你一松手，它便自动将电线收了进去。

"特别是视镜——刚开始时并不容易：一块很大的抛光金属板，有点儿凹进去，在那上面你看得见你自己，在那上面你清楚地看到你用眼角偷瞄自己。来了新的底座，布满电路板，你得加上扬声器、电源模块（总之，这是我要做的），要旋紧八个螺钉，将六根线插入套管里。装配工作从你身后过来，电源模块是单独的，但扬声器在前面，这时你在视镜中看见了整个机体屏幕，你要转到其反面以便将它们放置到正确的位置上。一分二十五秒钟，它就走了，你要用右脚抵住小车的踏板，卡钳又抓起底座，工件便转入到下一道工序。在你面前，齐肩高的地方，你的右手边又有两个扬声器，左手边，又有一个电源模块，又一个底座，从右滑向左，但你有时间将你从视镜中看到的一绺落下来的头发重新拢到头上……机器全都被拆了，都被包装起来了，在拍卖中卖掉运送到了土耳其。有时我会想到在那边，在这同一面视镜前的一个姑娘：我在这面视镜前站了八年，可能最后会留下什么痕迹。

"我仿佛看到了她，那个姑娘，在那边在她的工厂里，她面对着的，是映照在光亮的钢

157

镜中的我。我在钢镜中正看着那个姑娘，做着我自己的动作。

"总之，不管是这里还是那里，电视机和我们捕捉到的图像，应该差不多也一样。"

火灾，暴力，反抗：塞拉戴克斯及其他

塞拉戴克斯之后，各地纷纷效仿。阿代尔肖夫喜力啤酒厂生产"低价啤酒"，没有"品牌啤酒"卖得好，喜力在另一个工厂生产那些贴了标签的品牌啤酒（例如阿代尔斯科特①，还有集团在意大利生产的贴了"阿尔萨斯啤酒"标签的啤酒）。

喜力，有96个工人。集团已经让人拆卸了好几台机器，运到集团的其他单位，尤其是酒店柜台零售啤酒"酒桶系列"的包装线。文章摘录："他们将啤酒厂完全拆了，将机器从啤酒厂运走，由剩余的生产承担固定成本，制造出人为的亏损局面。"工人们首先指责、然后占领了负责填写他们失业档案的工商就业协会办公室。不是因为法国人啤酒喝得少了，

---

① 阿代尔斯科特（Adelscott），阿代尔肖夫啤酒厂在1982年推出的一种用酿造威士忌的干燥麦芽酿造的啤酒。

抄录："1999 年，企业的纯利润达到了 34 亿法郎，与 1996 年相比增加了 73%。"在那里，当三十个员工决定占领工厂时，他们也用货盘和废旧轮胎烧起了大火，并持续了很久。继企业委员会的最后一次会议后，员工们扣押了人事部部长。然后人们将用于芬威克叉车的煤气罐拆了下来，集中放到啤酒罐下，它们本身就是真正的炸弹，因为它们是在氮的压力下进行冷冻和保藏的。

第二天下午，他们在城市的主要大街上将 20000 升啤酒倾倒一空。我有一些这样的图片：野营用的小餐桌上铺着纸桌布，放在附近，桌上的一些硬纸杯里装着啤酒，人们将之免费赠送给过往行人，一边阐述着请愿的要求。城里的公共汽车不得不停开，因为乘客们都排队去领取啤酒了。一个坐在宝马方向盘前的家伙想在酒水坑中强行通过，差点淹没了发动机，侧滑着开走了，勉强避开了一个跳到台阶上避让的过路女子。然后一个工人开始在啤酒的沐浴下跳起舞来……

接着，也是在七月，是瓦朗谢纳①的福尔

---

① 瓦朗谢纳（Valenciennes），法国上法兰西大区北部省的一个市镇，靠近比利时边境，是一个以高科技产业、商业为主的中等城市。

日瓦尔厂①。127 个工人宣称他们宁愿烧毁工厂也不愿看到它关闭。他们爬上一个压力机下装有 36000 升油的油罐，在下面放了一些轮胎、氧气瓶和乙炔瓶，这些瓶子带有一个可以远距离启动的点火装置。在瓦朗谢纳，这是最古老的冶金厂之一。在炼钢厂关闭后，这个城市在五年内失去了近 35000 个工作岗位（想象一下，面前是一部非常简单的黑白色无声电影，一个人接着一个人从眼前掠过，一张面孔接着一张面孔）。在当时众多具有象征性的示威运动中，有一场是：在每幢房子的大门上都挂上一个标有"待售"字样的黄色标牌。1979 年一场声势浩大的示威游行曾有 80000 多人参加。但是，自那以后，在从前的荒地上，有了一些新的住宅。还有一所象征着社会进步的企业人才培训中心；以及一个综合多厅影院，周围是巨大的停车场，成了本市的骄傲。另外还有一所被称为法国高等视觉传媒学院的学校和一所大学分校。那天清晨，共和国保安部队对工人们进行强行疏散。福尔日瓦尔厂狂怒的人们，当地报刊的标题，没有人离

---

① 福尔日瓦尔厂（Forgeval），法国钢铁冶炼厂。

开。两个星期后，在塞纳河畔诺让①生产汽车纺织品（座椅和车门上的织品）的贝特佛厂，236 个工人宁愿毁坏机器，给了钢索三锤两焊枪，也不愿看到它们被运到别处，让别人去生产同样的产品。

我们可以统计次年在无偿延长的假期期间悄悄搬了家的工厂，或在工人们技术性故障失业②期间悄悄转移的工厂：福罗多尔薯片厂③和几个其他的工厂。每年都有每年的风尚，据说，到处都在打官司，但全都事先采取了强硬措施，让工人们处于不可能要求补助金或改行转岗的境地。

在塞拉戴克斯、大宇和福尔日瓦尔之后，各地的省长都启用了"风险方案"，强制每个工厂递交其污染环境、易燃易爆产品的库存地和状况的清单。

还有，就是与之同时出现的自由社会大篇不乏善意的空话。我们来听听吧，让我们为

---

① 塞纳河畔诺让（Nogent-sur-Seine），法国东北部奥布省副省会。

② 技术性故障失业：因为部分设备出现故障导致的有关系统停业所引起的失业现象。

③ 福罗多尔（Flodor）薯片厂，成立于 1958 年，1990 年被意大利统一薯片集团（Unichips）所兼并。

"新语"① 的繁荣干杯吧。句法的质量让人感到汗颜，不过这是那些支配我们或是自以为在支配我们的人说的话，是那些作决定的人说的话。着重指出：

"事实上，一个失去工作的人能否轻易地找到另一个工作取决于企业家们能否快速地放弃不再适应消费者需求的生产——消费者本身才是企业家的真正雇主。资本的流动性，虽说丝毫不保护与过时的制造业相关联的工作，却是即将到来的就业职位最好的保护——即那些正好与今后深受消费者喜爱的产品相关联的生产。因而，人为地妨碍资本流动，只能使大家在寻找一份新的职业时遇到的困难更多。聪明人应该告诉福尔日瓦尔厂或塞拉戴克斯钢铁厂的员工，该受到指责的，不是他们的雇主，而正是减低了大家就业可能性的粗鲁愚钝的工会活动家们。"

2003 年 6 月我在维莱尔的那一周里，在那幢白色建筑的四楼，面对娜迪亚·纳西里，用我的索尼迷你录音机录下了一份名册，我后来誊写在黑色笔记本上：

钢铁冶金业。加来海峡省的努瓦耶勒-戈

---

① 原文 novlangue，对应英文 newspeak，乔治·奥威尔小说《1984》中设想的新语言。

多镇的欧金集团，员工们为了得到因解雇所造成的精神伤害赔偿金，将建筑器械和精制钠扔进了工厂邻近的运河中。

纺织业。位于上莱茵省的韦塞兰纺织开发公司，员工们为了获得解雇补偿金，自3月31日财产清算以来，焚烧了他们工厂的部分纺织品库存，并威胁说要炸掉它。

电子技术业。电子卡的生产商，超前电路技术制造厂的员工们，自十二月份财产清算以来，在昂热拍卖场前游行示威，以抗议拍卖他们工厂的设备。

军工产业。法国地面武器供应集团（GITA）的400名员工在谢尔省的布尔日市，以及在卢瓦尔河流域的塔布、圣-夏蒙、居塞和罗阿纳的工厂前举行游行示威，抗议集团准备从即时起到2006年关闭三个生产基地，取消3750个工作岗位的重组规划。

食品业。芒什省塞夫-杜-邦市的雀巢工厂，罢工的员工们"扣留"了企业的经理和三个来自公司总部的领导，抗议分期支付工厂卖给阿克瓦集团后应给员工们的工资赔偿。

航空技术业。位于菲尼斯太尔区的杜瓦讷内湾，欧洲宇航防务集团的员工们在工厂前集合抗议集团的劳资计划，这个计划将威胁到企业476个岗位中的39个岗位。

建筑业。位于摩泽尔省的布莱市，穆勒市政工程公司的员工们在梅斯区政府前用翻斗车设置了路障，要求按工龄补偿他们因解雇所造成的精神伤害。

军工产业。在塔布和罗阿纳，法国地面武器供应集团的数百名员工又一次示威游行抗议集团的重组规划。在科雷兹省的蒂勒市，员工们扣留了他们的地区经理。

餐饮行业。巴黎斯特拉斯堡－圣－德尼地铁站麦当劳餐馆的员工们罢工三个月之久，占领了巴黎地区的三个连锁店。

建筑业。在摩泽尔省布莱市，穆勒市政工程公司的员工们，在企业向商务法庭提交重振计划的过程中，火烧了施工挂车、企业的设备用品和档案，以抗议由甘多尼和索扎两个市政工程公司协会接管部分员工的计划。

军工产业。3000 人在塔布省政府前集会，抗议法国地面武器供应集团打算关闭塔布市工厂的重组规划。

军工产业。在卢瓦尔省，法国地面武器供应集团圣－夏蒙工厂数百名员工封锁了这个城市的火车站并阻断了法国国营铁路公司的运输，以抗议集团准备即时起到 2006 年关闭工厂的计划。

航空技术业。在图卢兹，欧洲宇航防务集

团阿斯特里姆分公司的员工们封锁了他们厂的大楼，以抗议集团的整顿规划。该计划据说威胁到1700个追加的就业岗位。

能源业。据观察，电力热力国营公司（SNET）旗下的圣阿沃尔德热力发电站的员工们举行了四小时的罢工，抗议某个重组规划，导致电力生产中断。

冶金业。在孚日省圣迪埃市和蒙蒂勒市，冈图瓦公司（冶金）的员工们罢工以抗议一个涉及裁减120至200个员工的计划。

冶金业。阿尔斯通-拉托集团在塞纳-圣-德尼省拉库尔讷沃市工厂的员工们组织了一个"快餐"集会，抗议关闭工厂的计划。

工业。凯斯纽荷兰公司位于瓦兹省克雷皮昂瓦卢瓦市工厂的262名员工举行罢工，抗议他们的领导层要将轮胎式装载机的生产转移到柏林的计划。

纺织业。上莱茵省的韦塞兰纺织发展公司的员工们，在四天内低价出售了30000米的纺织品以支付他们由于遭解雇而造成的精神伤害赔偿（两周前他们公开烧毁了这个仓库的部分库存）。

冶金业。在塞纳-圣-德尼省，阿尔斯通圣-图安工厂的员工们在工厂前集会抗议工厂准备取消105个工作岗位的计划。

工业。在北利莱-拉卢瓦市，被法院宣告破产的 SI 能源公司锅炉厂的员工们，威胁说要放火烧掉他们厂里的珀瑞玲①，此举会引起神经毒气的外溢。

火灾，暴力，反抗：娜迪亚·纳西里，4

"为什么我喜欢在工厂里度过的那一夜？

"一些姐妹们拿来了羽绒睡袋，每人都带了点儿吃的。外面，一切都处于紧张和威胁之中，我们这时本该感到沮丧或恐慌，可是我们却笑得像疯子，因为我们在一个主管的文件架里，翻到了名牌设备厂商送的一副淫画日历。大家很高兴地在每一页都添加上连环画中的气泡对话框，内容是照片上的姑娘指名斥责他。

"我们怀念的不正是工厂的上班时光吗：一旦走进工厂，厂房的门便都关上了，我们就要一直工作到规定的下班时间为止，你周围的空气是不一样的，气温，黏稠度。如果说人们喜欢坐火车旅行，那是因为人们知道要在火车上待多长时间。就是这一点，我们不退让：他们违背了规定的期限。

---

① 珀瑞玲（pyralène），一种常用于绝缘材料的合成油。

"工厂的背景噪音，有些沉闷的气息，换班或休息的汽笛。你工作了多少个钟头，因为人家是按这个给你支付酬劳的，一旦那天的工作开始了，就要一直持续到结束。

"即使在那个时候，在我五个月的失业期间，每当我走进街区的干洗店，或是去邮局，因为有人给我寄了包裹，我就会有一阵怀念工作的愁绪涌上心头。这种对工作氛围的感觉是不会变的；温度和气味，还有被统计的时间，时间的延长是有保障的。不是怀念工厂，而是怀念那种能保护你免遭恐慌之苦的感觉。

"早上，小区的面包师亲自给我们送来热乎乎的面包，我们煮了一大壶咖啡，一个姐妹唱起了歌……老板，我们让他走了。他刚走出去，来到那些等他的警察和记者中间，便傲气十足起来，而我们，大家都很后悔。"

火灾：吕内维尔，城堡

2002—2003 年的冬季，莫德雷上校和他的消防队员们的宣传比预计的更受媒体关注。11 月 5 日星期二，一个铁路职工看到，一列从巴黎到维也纳的晚班火车在缓缓穿过南锡火车站时，有一节车厢里冒出了烟雾和火焰。他报了警，拦住了火车。后来据说是列车服务员的一个迷你电咖啡壶短路，引燃了板壁，散发出了有毒气体。在次年七月（正值酷暑，抢救老年人成了消防员的主要问题），法国国营铁路公司梅斯地区公共关系部负责人在火车站安放了一个纪念碑，以悼念在着火的车厢里因窒息而死亡的十二个人（五个美国人，其中有两名儿童，三个德国人，一对俄罗斯夫妻，一个匈牙利人和一个希腊女人）。起火的时候车厢的服务员不在，车厢里也没有配备火灾检测系统。莫德雷上校强调指出，当时他的消防队员们难以进入列车，因为列车被困在巴塔耶站的一个城市路堑里，需要液压千斤顶强行打开车厢门。

1月2日星期四，刮起了大风，风速达到每小时90公里并且越来越大。法国气象台确认狂风的风速达到了每小时104.4公里，然后在将近22点时降到每小时80公里，次日凌晨近2点时恢复正常。

所有的急救中心都启动了名为"多重救援"的行动。18点29分，吕内维尔的消防队接到警察分局的呼叫，说是一个巡逻队刚刚发现小教堂的屋顶平台起火了。后来证实是这座古建筑的入侵警报器启动了，可能是由于它的电路损坏所引起的，这样就出动了一些警察。

一辆卡车刚从一场烟囱火灾的救火现场回来，紧跟着改道来到了城堡。从外面看不到一丝火苗，然而有烟从屋顶的石板瓦缝隙间冒出来："索瓦热奥指挥官亲临现场，吕内维尔警卫队队长报告了情况，特别是火势蔓延会带来的严重威胁。在这期间，调控中心试图调整已介入多重救援的组织的行动方法，于19时派出了第一支增援车队。由三辆重型抢险车、一辆重型救援泵车、一辆30米喷洒车、两辆24米喷洒车、一支救援队、一支火场观察队、一辆4000型移动指挥车，一辆4000/15中型泵车，以及区域指挥队组成。重点目标已经确定，即防止火势蔓延到建筑物的中央主体和东南侧翼，将大火控制在小教堂的顶层。19时15分，三辆40米喷洒车和五辆65米喷洒车，其中两辆装载了云梯，还有一辆地面喷洒车，都投入到了救援行动之中，提供了相当于我们从前15个大型喷枪的排水量。"狂风的速度达到每小时100公里，风向非常不利，火势朝着整个东南侧翼蔓延。水枪的射程完全听凭狂风的摆布，以至喷水柱难以达到屋顶："水枪从云梯上喷出的水柱由于猛烈的狂风完全偏离了它们的目标。"

报告的后续部分：

"近20点05分时，火势蔓延到整个东南

169

侧翼，于是决定将现有的进攻力量转移到教堂广场上中央主体建筑的东部，并派出增援部队。这个决定表现为，从 19 时 45 分起，提前安放一个水枪管（消防车 LCXII）。一些火星，鬼火似的，断断续续地出现在东南侧翼的顶层上，让人预感到最坏的情况将会出现。人们后来才看到，顶层的隔墙都凿有一些未被封闭的门洞，顶层的楼板都是用未经切割的凹形板铺就的。要知道这座古建筑的屋顶用的是铺设在铺屋面板支架上的板岩，它形成了一个真正的密封罩使得顶层空间的一切热量和热气无法外泄。通过现有的通道进到里面是不可能的，鉴于收藏品的价值，这些通道都上了插销锁得牢牢实实的。此外，屋面那些构成屋架系杆的大梁，其中一根估计有 5 吨重，正在塌落，它们穿过楼板，将火带到了下面两层。一批新的增援部队在 19 时 45 分到达，由孚日省的省属消防救援处的一个纵队（两辆大功率重型消防车，一辆 2000 型重型救援车，两辆 2000/10 型中型泵车，一辆 30 米喷洒车），第 54 省属消防救援处的两辆重型抢险车及后勤保障：一辆 4000 型移动指挥车，一辆供给车和一辆 800 型移动维修车。到了 20 点 30 分，调用了六根直径 40 的软管、七根直径 65 的软管，六架云梯，四个常规长梯和四个水枪管（估计流量在每分钟 16800 升）。救援队当即被调到建筑物的东侧翼。这时，重点目标变为保护吕内维尔的市剧院，它也是被列为古迹的历史建筑。近 21 时 15 分时，风力开始降至每小时 80 公里。不幸的是，火灾又蔓延到城堡东南侧的下面几层，主要是由于大梁坍落引起楼板的坍塌。一支预先部署的增援部队已经准备就绪，由五辆重型救援泵车和九辆洒水车组成。这些设备从 22 时起开始介入以便进行必要的替换，扑灭残余的火星。这项行动共调动了 51 部车辆和 442 名消防队员。在火灾最严重的时刻，近 21 点的时候，有 164 名消防队员投入到救火行动之中。"

吕内维尔城堡曾是这个城市的一个标志性建筑，它的烧毁在当地是一个重大事件。1 月 23 日，21 时 55 分，大宇在蒙-圣-马尔丹建于 1994 年的工厂拉响了警报。

火灾：蒙-圣-马尔丹，标记

蒙-圣-马尔丹的大宇工厂从 12 月 19 日开始罢工。然后工厂从一月初起，直到 9 日宣布破产清算之前，一直被工人占领。

1 月 7 日，二十来个员工，戴着面罩，穿着化学防护服（在科西嘉岛也见过），带着一些记者径直来到存放氢氟酸和盐酸的槽池前，告诉记者们，他们可以轻而易举地将这些东西在顷刻之间全部直接倒入拉基耶河，这条河是默兹河的支流，也流经塞拉戴克斯。为了证明他们能够做到一点，他们倒了一些饮用水。

工会负责人伊莎贝尔·巴利注意到：

"一些员工非常愤怒，他们准备好了要将这种激进的行为进行到底。"

这几天，企业的韩国领导们都休假滑雪去了，工人们因此更加感觉受到了伤害。他们后来说，这是为了示威、呼吁援助，他们是不会将他们的威胁付诸实施的："我们发出了最后通牒，并威胁说要将化学产品倒进河里，就像塞拉戴克斯厂做的那样……但我们可以向你们保证，我们从未付诸实践。我们只是为了表明，我们绝不会任人肆意践踏，尽管我们知道自己已经遭到了这样的对待。"

从这天起，消防队员们就"与企业的安全管理人员保持着经常的联系，以便更好地了解员工的意图和化学产品的情况。这样，他们便能够不间断地跟踪这些库存货物在企业内部的搬运转移，以及留置在净化中心的排放物的情况"。

1月20日，为了重新启动关于劳资计划

和转产的谈判，蒙-圣-马尔丹的员工们同意复工。微波炉厂和电视机组装厂不久前永久性地关闭了。

消防队莫德雷上校在报告中提到，火灾前的几个晚上，出现了好几次火灾的苗头："一些场所，特别是安全设施（自动喷水灭火系统，警报装置……）受到了破坏。我们也注意到了好几次火灾的苗头，都被当地的安全部门遏制了。"

当警报响起的时候，隆维的消防队员不到十分钟就赶到了，几乎是马上就与邻国卢森堡的一支消防队会合。边境是如此地近，却堵塞了两个小时。

工厂有两栋主楼，在三公顷的场地上，每幢楼占地六千平方米。第一幢楼，被称为"屏幕楼"，用于生产，第二幢楼用来存放"入厂产品"以及成品，还有包装线，以及它所需要的一个很大的聚苯乙烯仓库（莫德雷上校准确地指出是150立方米）。那些自动喷水灭火系统没有运转。所有的工人都在场。消防队员们首先要隔离保护化学品仓库的安全，他们置放了两台无障碍水枪管，并在云梯上安放了另一台无障碍水枪管（"24米喷水车上装有直径70的软管，还附有无障碍的直径70的软管"）对着火灾主体部分，以避免大火蔓延到制造大楼。22 时火势得到了控制，23 时大火被扑灭。消防队给大家发放了一些隔离措施的说明书，"心理层面上的措施比技术层面上的更多一些"，上校明确指出，"因为一开始就可以肯定，火灾没有涉及化学品"。

目击者们印象最深的，是芬威克叉车的煤气瓶爆炸所引起的连续不断的爆炸声。随后上校负责"在警察的监督下撤走化学品，处理消防用水"。

灾害问题专家们竟然创造了一个新词，没有他们我们是不敢使用的："主要是向一些私营企业求援，以确保使现场失去行动力①的疏散行动得以顺利完成。不幸的是，社会性的伤痕是实际存在的，有待处理。"

第二个句子好像表明了一种伸出手、请求原谅的愿望，从消防士兵的角度来看，尽管他们拥有如此现代化的设备，却不能像救火那样来解决人类的问题。贝尔纳·莫德雷上校认为，这差不多表明了大家利害一致。不管怎样，这给他的报告在技术上的准确性带来了十分显著的难度，但人们会为此而感激他的。一百五十个消防队员被征调到灭火的行动中。还

① 此处原文为 inerter，是作者由形容词 inerte（无生气的）衍生创造的动词。

有另外的六十个预备队员，如果化学气体泄漏，他们就要上阵处理。省长（这是他的职务）不会放过将工人们据为己有的危险玩具缴获的机会。

为什么大宇的领导层，在那天下午，在复工三天后，又再次自行决定停产，并要求管理人员电话联系员工要他们不要来上班了？

为什么当时工厂每夜都安排了四个保安值勤，而那一夜领导层却只安排了两个？

最后，为什么就在那天下午领导层让人将工厂的账目全部撤出？

工会负责人说警报一响他们就到了现场。当时还是他们中的一个代表跑去关上了工厂煤气的通气阀门。他们声明，"当警报拉响时"他们都在岗哨上。他们声明，"几个伙伴试图用灭火器来灭火，但是奇怪，消防龙头里都不出水。"工会的女负责人被扣留，二十四小时后又被释放，然后有四个工人被指控。

其中一个在监狱里待了好几个月，案件仍在审理中。

致伊莎贝尔·巴利

维莱尔，2003 年 9 月，娜迪亚·纳西里家，第二次拜访。

我们在电话里曾谈过这个事情，她问我对此怎么看。由于我根本没有见到那个场面，她建议我晚饭后到她那里去，她给我放一个纪录片，因为她有这个片子的盒式录像带，是八月份从电视上转录下来的（娜迪亚夏季没有离开维莱尔）。影片被收录于一个名为"女性肖像"的系列片中，这一集是关于隆维当地工会负责人伊莎贝尔·巴利的形象特写，同时还插入了与其相关的蒙-圣-马尔丹工人们的一些活动。

影片是一天接一天拍摄的，正值上一年冬季的斗争高潮：开始，我们看到一些工人在工厂前焚烧货盘，在公路上引爆他们不再生产的显像管。工人们在市议会前礼貌地表达他们的意愿，但不抱幻想。但当他们在某天晚上十点钟，去拜访（人民运动联盟）众议员时，他们特意安排汽车分头出发，以便甩掉情报总局的人。他们"为他的生日"向他赠送了一个显像管（玻璃锥体和屏幕，很容易辨识出来，并且这东西没有电视机就没有什么用）。当他问代表团有什么事要跟他说的时候，他们往他的餐桌和双腿上泼了一桶粪水。伊莎贝尔·巴利以抽烟女人特有的些许沙哑的嗓音说：

"在某个特定的时刻，我们需要说出来：

你们对待我们就像对待一堆狗屎一样，好吧，现在我们就回报给你们。这并不能使我们改变社会，但在一定的时候，我们有必要采取象征性的行动。"

摄像机一直关注着罢工的进展。它跟随着伊莎贝尔·巴利和蒙-圣-马尔丹的工人们来到巴黎。终于，工业部部长代表接见了他们。尼科尔·封丹（她后来以一篇《改革规划》和一篇《数字经济信任法案》而出名）当时与大宇的人打交道并不那么自在。当他们走出封丹女士的办公室时，是一些武装到牙齿的共和国保卫队队员一直把他们引到他们的汽车那儿——权力的表现手法是不会转弯抹角的。伊莎贝尔·巴利：

"当局对我们说：放聪明点，等一等吧，然后你们可能会有继续的机会等等。说这些话完全是在哄骗工人们。当局为企业家铺展红毯，并未要求他们对于就业的持续性作出一点点认真的保证，反而让他们把蒙-圣-马尔丹工厂当成了提钱的机器。可工人们并没有得到什么好处，工作条件越来越差，工资太微薄。当我们来跟他们谈这些的时候，他们就搬出了警察……"

摄影机拍下了 1 月 20 日厂方要求员工复工的场景，也拍下了 1 月 23 日领导层关闭工厂的镜头并记载了前一夜的一些异常情况（火灾的苗头，酸性物质的威胁？）：

"——那么你们不再巡逻了，连防火也不管了？

——就今天早上发生的事情来看，厂内的安全不再有保障了。

——命令是来自大宇领导层吗？"

拒绝回答。

"那好吧，进到工厂，砸碎一切，烧毁一切，我们根本不在乎……"，伊莎贝尔·巴利评述道。

过了一会儿，跟着画面，她又出现在院子里，跟一个主管，一个"法国"领导在一起：领导层命令他们次日开始要让工厂保持"安全"，留着大胡子的人说道。伊莎贝尔·巴利：

"那今夜呢，今夜就没有一个人吗？"

摄影机也拍下了随后在工会会议室里召开的会议：是工人们自己在守卫工厂。摄影机从火灾一开始就进行了拍摄，几乎是紧跟着消防队到的。

"当我们接到电话时，我们正在保安室玩扑克，"一个工会会员说，"有卡梅尔、阿里、巴尔达扎尔和让……"

他们一接到电话，伊莎贝尔·巴利说，卡梅尔和其他几人都拿上了灭火器，去了失火现场，但火势已经非常猛烈了。

"那天晚上我愤怒到了极点，你一看到工厂着了火，你必然会想：斗争结束了。因为可以肯定，当你受到了这样的打击，当斗争已经到了极不稳定的时候，这场大火肯定会使斗争彻底失败。你想着你与伙伴们已经斗争了不知多长时间，就是为了使大家不至于像狗那样被人扔出去，可是一下子，这些都化作了青烟。大楼里本来还有一些年轻人，幸好有人把他们叫了出来，不然他们会被烧死在里面的……"

伊莎贝尔·巴利回想起那天下午，摄像机在记录：

"可能人们下意识地对此感到害怕，大家感觉到了这一点……"

当人们忍无可忍的时候，当人们被困住的时候，当人们因为那些不眠之夜、吸烟过量、不安而极度烦恼的时候，是会有过激的语言的，可是语言暴力与真正的暴力、付诸行动的暴力是有区别的，伊莎贝尔·巴利重申。她说，在火灾结束时，来了一个冷血的韩国人，由一个翻译陪同，来察看厂房的损毁情况。她说，他对此竟然无动于衷。事情很明显，这种局面对他们处理档案资料是大有帮助的。在影片中，我们看到这个人，和他的翻译在一起。

"他的面部表情冷漠，几乎是带着微笑：

我当时真想揍他，是的……我很暴躁，但只是口头上的，我并没有采取粗暴的行动，不过我当时确实非常愤怒……"

后来，在南锡法院门前，工人们举着标语牌："法院是资本主义的看门狗"或"工人们不是罪犯"。伊莎贝尔，她的声音因激动而颤抖：

"我在那里待了二十三个小时。他们试图对我施压，想让我说出他们想听到的话。他们想要我隐瞒某些细节，来掩护他们的同伙：法官会因伪证罪而对你进行审查……"

在影片中，她说有人提出了一些奇怪的交易，问她是否同意作证，说明火灾出自工人们之手。她这样转述法官的话：

"如果您不愿意法国总工会受到牵连的话，就请这样说吧……"

我们看到她在火灾过后流泪了。对伊莎贝尔·巴利和她的同伴们来说，事情很简单：从那时起受到指控的卡梅尔·贝尔卡迪，火灾发生时他在哨所，显然他不是罪犯，尽管调查员们努力证实他是。

"将这事推给一个只是在言语上挑衅的工人……"

而我们，当我们看了影片以后，我们相信他们。

火灾，暴力，反抗：法梅克的夜里，娜迪亚·纳西里（结尾）

　　"我也是，我相信他们。"娜迪亚又说道。

　　"夜里我们也在守卫着工厂。我们去了工厂的顶里头。装载平台的铁帘门锁着，入口处，有一些安装了小滚轮的金属网笼，我们收到的零件就放在里面。每个笼子可以容纳一个人；每个笼子里一个主管，我的好友纳蒂娜开玩笑说道。在小门那里，有几个小伙子，从圆形广场的另一边看那些警察在干什么。

　　"只要我们一动警察就会来。

　　"他们放了一台收音机，播放音乐。我们就坐在那里，坐在装载平台的尽头，抽了一支烟。地上铺着一些旧布和纸板，因为要封锁工厂我们做了清理。在我身后，我感觉得到工厂的存在。属于我们的一切，正在关闭。而我们，在外面。我们投入的一切，说过的话，对朋友的哭诉，或是朋友对你的哭诉，那些谩骂或是发怒，做过千万次的动作，留下了什么？什么也没留下，一座已经半空了的水泥厂房。

　　"他们，老板们，他们要转卖厂房，要去别处继续赚钱。我，我在想：这些印迹，这些词语，这些眼泪不属于他们。此外，如果说这些东西不是具体的物质存在，那么那些灭火器、厂房、机器，甚至那幅壁画，以及壁画上那个立在小山丘上的巨大电视机，他们不应该将它们从我们这里夺走。

"我们占领了工厂。外面，在大门口，小伙子们拿了一些货盘，在上面浇上了丙酮，真的点起了一堆火。我不由自主地拿起了一块破布，用我的打火机，点燃了这块破布。我看着它在我的手中慢慢地燃烧起来。我坐在装载平台上，双腿悬着。我想：你只需扔掉它，这块可怜的破布，把它扔到聚苯乙烯桶里，全都会烧起来。

"我不知道：我对自己说如果目前的现状不存在了，那么随着它而产生的那些问题也就不复存在了。不再有工厂，不再有解雇。我看着那块破布，它烧到了我的手，我只需任它落下，稍稍偏向左边一点。

"这时纳蒂娜推了推我，或者说，我感觉到纳蒂娜在很远的地方推了推我。她们，姐妹们，在亲切地逗弄我们。娜迪亚，纳蒂娜，那些伙伴们，离传送带不远，在食堂那里一起喊道：纳蒂尼亚！当她们这样呼唤我们时，那是在同时喊我们两个人，但渐渐地就变成我们在这个工厂里的名字了，甚至在我们俩之间，我就这样喊纳蒂娜，纳蒂娜就这样喊我。

"而在家里，当我的女儿叫我纳蒂尼亚，而不是叫我妈妈时，那是她在对那个工作的女人讲话，而不是对她的妈妈说话，这意味着我们俩都是成年人，是平等的。——纳蒂尼亚！

"我们一起回应着，我扔掉了那块燃烧着的破布，将它踩灭了。

"我，我会这样说：隆维，谁放了火，我不知道。但万一是哪个小伙子放的火，那我，娜迪亚，在这里，是不会向他扔石头的。您可以这样转告别人……"

西尔维亚，空空的公寓

2003 年 9 月。当地有三家工会，其中一家工会的地区联盟同意接受我的访谈（三家工会在三个工厂分别都有主导地位，这并没有使相互间的关系和斗争变得简单化：彼此间的不满还将持续）。我们约定这天上午十一点在于康热的邮局对面约见。

我看见她来了，看见她在车里点燃了一支烟，而我正靠着我的车站着。经常是这些极短小的等待时刻决定了访谈的深度。在随后的两个小时里，我们只交换了很少的话语，并且涉及的问题都非常具体。在洛林，人们不需要多费口舌便直奔核心问题，这是一种处事方式，一种接受别人并专注于非常具体的事情的方式，正如我们要做的那样。

是西尔维亚·F的姐姐带我看了公寓。公寓在四楼。我们踏上楼梯，楼梯间发出很大的回声，采光来自一些嵌在黄色瓷砖中的毛玻璃窗。由于已经接近中午，我们能够听到外面从小区其他楼房传来的收音机的声音，还能隐约听到稍远处学校操作传来的叫喊声。

门上甚至没有装安全锁，门是那种用两片胶合板固定在门框上做成的空心门，总是有些嘎吱的响声。

过道也铺着黄色的方瓷砖，非常小，但在黄黄的颜色上总算是掺杂了一点儿灰色。图案好像是随意的，但每隔一米就会重复（方砖是直接铺在水泥上的，当方砖在水泥上粘牢了以后，就揭下固定的厚纸带）。左边，有一间卧室，尽头是客厅。客厅左边，靠着第一间卧室的是另一间较小的卧室。另一边，在右边的凸出角，是厨房，与客厅没有隔断。在进门处，有一个小衣帽间，一个带有浴缸的小盥洗间和厕所。大楼里有四层这样的公寓，在这个楼梯间，都是三房，除了第五层，西尔维亚的姐姐对我说，在那一层，是一套一房和一套五房的公寓，而不是一套三房再加上一套四房。

她首先带我看卧室。壁橱是开着的，空空如也。她转动手柄，拉开了遮帘，外面是一个狭小的阳台，还放着自行车和一个折叠式晾衣架。床上放着一些纸箱，里面放着已经摆放好的衣物。"星期天我们来收拾了东西。我是和一个好友一起来的。一个人来，我不行。太伤心了。您明白吗，我理智地干活，收拾东西，然后刹那间，我一下子做起梦来，因为我在刹那间看到了外面的太阳，这时你将她的长裙紧紧地抱在胸前，就好像你还紧抱着她似的，这是事先没有料到的，于是，我的眼泪流了下来，哭了起来。我的朋友搂着我，而我，我抱着这条长裙，最后我对她说：给，把它拿走，继续收拾吧……然后我去清理洗澡间。也该打扫打扫，对吧？因为我们要归还公寓。应当把公寓打扫干净。我带了一些垃圾袋，我扔了，扔了很多东西。"

她一下子就把洗澡间的门给打开了。一切都井井有条，洗脸台上方的搁板亮得就像宾馆客房里的一样，只有镜子略带个性：在制镜用的锡汞齐中混有一种橙红色，镜子边上掉了一小块，如果你六年或八年以来，每天早上、晚上都要来这里照照镜子看看你的脸，目光稍稍停留，镜子中你看到烦恼也尝试要保持距离，然后知道自己最后一刻照镜子、最后一次洗手是在什么时候。照镜子是为了在自己就要离开的时候对自己说再见？不，我不相信这一点，我是无法相信这一点的。那么就是什么也不看，机械地洗洗手，转过头去抓住毛巾将双手擦干，然后快速地将身后的门关上？显然，没有见证人。

"自从被辞退以后，西尔维亚经常在周日将她的女儿放在孩子的外公外婆家。我父母都有些年纪了，但小姑娘，他们非常喜欢她。平常，孩子要去上学，西尔维亚也在，一切都很好。每次开会她都不会缺席。她去购物，当小姑娘回来时下午茶就已经准备好了。周末她是独自一人。周日太长了。那天她没有打电话给我，她的姐姐，她常常打电话，或者是我给她打电话。说些鸡毛蒜皮的小事，只是为了互相说说话……那天上午快十一点时我给她打了电话，但没有人接，我想：这挺好，她出门了，她行动起来了。我父亲打算第二天直接送小姑娘去上学。有一次，西尔维亚曾对我说过：让她自己回学校，她已经是个大姑娘了……还没有到时候。但当西尔维亚独自一人在家时，脑子里转来转去的是些什么念头，我们能知道吗，我们能明白吗？消防员在晚上快十一点的时候给我打了电话。我还没有睡。您想，我那时睡不着，我肚子疼。也不知道是为什么。还有，不知道为什么，一个月以后，我肚子还一直疼。小姑娘，我把她带来和我的孩子们一起（我有两个男孩，年纪稍小一点儿，但对他们来说，她是女王，他们的表姐），我只要一有可能就将她带过来。在我妈妈那儿，他们尽可能照原样给她布置了房间。她的玩具，她的搁物架，她的衣物：这里，什么也没有了……"

第二间卧室，我没有进去，只是很快地看了一下：一个空空如也的房间，也铺着瓷砖，落地窗朝着那个放了自行车和晾衣架的阳台半开着，在那后面的太阳，还有点儿低矮，好像是为了迎击我们故意晃着我们的眼睛。

"她在那里，躺在地上，在厨房里。消防员们已经将她摆放好，给她盖上了他们使用的那种灰色的帆布。他们只让我看了她的脸。我签署了一些文件，确认书和一些我不知道的什么文件。他们没有马上把钥匙给我。随后我得安排一些事情，安置小姑娘以及整理所有这些。他们能理解。"

当我们下楼向我们的车走去时，好像一切都平静了下来，好像在看过公寓之后，我们再也没有什么可谈的了。

"有些时候，我对自己说他们应当把它，公寓，再留给我们一段时间。在那里比在坟墓前思考得要清楚一些。不是为了保留什么东西，不是的，而是相反。把这一切都扔掉该有多好。可是我想弄明白。我，那个周日的下午让我不安。她家的窗户没有百叶窗，但她拉上了窗帘。还有那些声音，大家都听得见。你在周日没有来过这儿；但大家都知道，这里楼上、楼下都住着人。孩子在方砖贴面的楼板上喧闹着，稍远处有电视节目播放的声音，甚至连管道都传出响声。让人感到难受的，不是这些声音打扰了她，不是这些低廉的楼房，而是现实：大家都认识她，大家都知道……为什么，在最后一刻，她不回头，不逃离，不砰地关上门，离去，甚至跑掉，甚至是去敲她那层楼另一户人家的门……我，我想弄明白的是这个。那天下午她独自一个人，头脑里都想了些什么，也许一点点不经意的事就能改变一切。"

她上了她的车，我也上了自己的车。她告诉过我，西尔维亚的那辆红色轿车目前在她父母那里，由他们拿主意处理。铁甲壳小车，她的是绿色的，我的是灰色的，在圆形广场处分散，朝着更大、更陌生的城市开去。难道她在城市里留下的形迹——那套曾经住过的被人清洁后空空如也的公寓，在它转给别人居住之前，是否比从前用石膏在脸上和手上做的面具

188

更能精确地描绘死亡的面容？我该向她的姐姐提出这个问题吗？起居室里的那个大纸箱还敞开着，显然她把所有那些无法归类的东西都放在了里面：挂在墙上的东西，放在五斗柜上的纪念品，搁物架上一个带有圣-西尔①标记的鹅卵石，放在电视机一角的一件玻璃制品，这是某个夏季或某个周日出游的纪念物。

所有的东西她都保留了下来，为了日后再交给她的侄女，西尔维亚的姐姐告诉我。但空空的公寓本身就像古老的坟墓，它们在对你讲述着一方天地，它比遗产本身更珍贵。人们已经拿走了很多东西。原本挂在墙上的画在彩色墙纸上留下了较为浅淡的长方形痕迹，而下一个房客可能会换掉墙纸。但人们用脚步勾勒出的印迹就不同了：早上你走出卧室去冲咖啡，或是晚上在客厅里拖延到最后一刻，这里留有你太多的气息，以至于让人感到，墙角里，从你双手留下的色彩较为灰暗的印迹中仍然浮现着你的气息。

在那几个月里，我走进了许多的公寓。有些公寓的主人为我端上了咖啡。而出于谨慎，我没有提出想看看照片、书籍及物品的要求。

---

① 圣-西尔（Saint-Cirq），法国南部-比利牛斯大区洛特省的一个市镇，是法国著名的旅游风景区。

在西尔维亚家里，在那个空空的公寓的过道中，有两个用毡笔标记着"书籍"的纸箱，但它们都用透明胶带封上了。我有什么权利打听她都读些什么书，打听它们为西尔维亚带来了什么样的梦想或苦涩，使得她对人类具有了好奇心或是让她寻求更宁静的世界的庇护？那是她的书。放在卧室里书架上的这样一个角落，如果是一些生平和一些传记，那么是谁的生平？如果是诗歌或历史书籍，那么是哪些诗歌，又是历史的哪些段落？

不久以后，我坐在艾昂热的信息资料中心（我在晚间有另一个约会，我想查找一些当地的历史书籍，特别是关于钢铁冶金方面的），又想起了这些。从前，图书馆里的书，在结尾处都贴有标签，注明借阅的时间和借阅人的名字，现在什么也没有了，只剩下一个计算机用的条形码。如果一个人为自己打造的理想图书馆装在了那两个纸箱里，而那两个纸箱又被放在了某栋楼房四楼的一套空空如也的公寓的一个过道里，那么那些书籍，是否就因此而承载了那个收藏它们的女子的全部责任和梦想，而她却选择就在此处，就在它们的近旁，予以放弃（但这个词是否合适？）。应当为我们多么希望能保存在这两个纸箱子里的书籍制定一份藏书目录，以便日后交给要接管的人，可我却不知道都是些什么书。

　　就在那段日子里，一条新建的高铁线将在凯尔特人的坟墓近旁通过，因为在修建这条高铁线时，一些女铲工在她们挖掘的沟渠里发现了凯尔特人的坟墓。被发掘的凯尔特人在颈部和腕部都还带着士兵的金属项圈和手镯，一些位于身体中心部位的圆形小饰物因皮革和木头制成的盾牌而幸免于难。小饰物上的符号对我们来说是神秘莫测的，但对他们来说肯定很明确。一个带有坟墓物品的空场地。对，这就是我对那套暂时无人居住、但很快就又要租出去的公寓的感受。

戏剧片段五：金钱的逻辑

　　洗拉：我们要排演的是金钱的逻辑。

　　拿玛：我们是金钱女神，经济复仇三女神。

　　撒莱：我不知道这会不会让人感到好笑。

　　亚大：不管怎样，我，我不演。钱这些东西都是肮脏的。我不玩那些东西。

　　拿玛：我扮演证券交易所。我密切注视着，我窥伺着。我有收音机，有曲线图，并且我是 CAC40 指数方面的专家。我看到价格开始下跌，一分钟内得到确认我就点击购买。这很简单：如果它跌了你就买，然后你再卖出去。

洗拉：怎么，你亏了？

拿玛：没有，它在跌呀。

洗拉：那然后呢？

撒莱：我，我对此向来一窍不通。

拿玛：你看到它跌了，于是你说：我卖。有人从你这儿买，而这就是诀窍……你并不拥有那些你已经卖掉了的股票。

就这样，现在你以稍微低于卖价的价钱买进来。最长期限，三个小时，就够了。三个小时一到，你便以售出的价格买进。售出的价格便宜一些，你就赚了。获利不大，但如果你整天都干这个的话……

撒莱：我还是弄不明白。

洗拉：如果在此期间上涨了呢？

拿玛：不会上涨，因为作为卖家，又不持有股票，你的做法会促使价格下跌。

撒莱：那么上钩的人买了你的股票拿来作什么？

拿玛：这种操作甚至是环环相扣的：购买你股票的人也在看跌。可能你的购买者他玩得更大，或是他比你稍微早一些做空。要是他想在这个市场上或那个行业里持仓，就要使其贬值，当股票上涨时才更有优势。您玩着同样的游戏，这就叫作资本流通：我们这些人，我们不工作，但金钱，它，它在工作。

亚大：那当它崩盘的时候呢？

拿玛：为什么从事这些行业的总是男人？

撒莱：这是一个满是杀手的世界。我是杀手。

洗拉：我，也是杀手。我自认为是，我在密切地注视着男人们的夜生活。

撒莱：我的工厂运转良好。

洗拉：你运气好。

撒莱：因此我买下了我的邻厂，买下了那个跟我生产相同产品的邻厂。

洗拉：为什么？

撒莱：因为如果我运行良好，我就要吃掉别人。这很正常。

洗拉：正常。

亚大：金钱，金钱，是肮脏的，它毫无意义，可以烧掉：你们也一样，你们也要被人吃掉的！

拿玛：你吃别人，然后呢？

撒莱：运转不良了。

洗拉：太难消化了，你肚子不疼吗，吃这么多？

撒莱：这样的事我干了两次，然后我没钱支付我买下的东西了。

拿玛：你本该早点儿看到这一点的吧？

撒莱：那样的话没有人会相信我运转得很好。因此，为了支付我买下的东西，我便将资金集中。既然现在我只能完全靠自己了，我就更多是削减那边，要让他们接受，也要削减我这边或者邻厂。更多是削减那边，要让他们接受，也要削减我这边：既然削减那边就等于削减我这边，那么在我自己这里和在别人那里对我来说有什么关系？为了旅行方便，我们就要轻装上阵。

拿玛：红利呢？

撒莱：我有整个市场，我自己定价，成本低两倍，我收钱。

亚大：只是这实在令人感到悲哀。

撒莱：我，我清楚我的买卖。

亚大：然后没有人再买你们生产出来的破烂货：没有钱了。城市都成了墓地。

冼拉：即使成了墓地，也仍是市场。我是一个银行。我运转良好，我吃掉了别的银行。

拿玛：这对你有好处吗？

撒莱：不如说已经处于麻木的状态了？

冼拉：银行，即使麻木也是在运作。我下注，我等待，我收钱。但我应当收得比我下的注要多，否则的话，那跌的就是我了。我参加董事会，我审查任命书。我密切关注数额，我有办法说：这里用得太多，没有应得的回报。

由于我是银行，人们就得听我的：必要的地方得削减。

亚大：一些人倒在地上了。

洗拉：我不认识他们。

亚大：他们是你的债务人，为了他们的房子和汽车。

洗拉：负债累累，专业银行。我在这里有股份，要把材料转交给他们。谁来联系？

亚大：我，我来。这样的人到处都可以找到。那么一小群人，西装合身，头发不多双手白皙，领带与衬衣搭配协调。

洗拉：而我们，都穿着女式套装，挎着古驰爱玛仕小包。

撒莱：我是从须后水的气味识别出这些家伙来的。

亚大：总是那些人，你们的代理人，他们将股金从一个银行弄到另一个银行，都是一家。有时是政府，有时是银行，有时是私人集团，然后……

洗拉：然后你让我们感到厌烦。我们，我们自得其乐。我买下你的工厂，你把你的钱放在我的银行里。

撒莱：我再给你加上三个失业的工厂，你把材料转交给省政府，省政府再转交给部长，这位部长曾经在你控股的公司任职五年，现在他将任命你的董事会成员为清算人……

拿玛：我卖掉了我在你的工厂里还没有持有的五千股票期权，第二天股票跌了三分之一，我又以半价将卖出的并未持有的股票买进，然后它又跌了：是你，为了悄悄地摆脱银行再次买进了它。你也做了一笔好买卖，这不就解决了吗？

亚大：滚开！带着你们的空话一起滚吧！这些都是人为制造的，散发出霉味，而我们的孩子在这里，我们给他们留下了什么？

洗拉：我们付出了沉重的代价，但还有一些学校。学校的大门看起来不错，报到率挺高。把你的孩子们送到那里去吧，送到优质生活的群体里去吧，不要留在我们这里！

撒莱：带上一台好电脑，胆子大点儿，在这场谁输谁就赢的游戏中，这就足以立脚了。卖掉你的洗衣机，你就有钱买一台二手的电脑，朝着发迹的道路前进吧。

亚大：这会给你带来什么？

洗拉：幸福。很累，但是非常体面。当我下班回来，就休息，享受安逸……

拿玛：不，你想想看，如果这一切全是真的呢？如果世界真的就堕落到这个程度了呢？

失业，私生活

回到 2003 年 5 月，我的第一次旅行。与玛丽·杜律的谈话。她也住在于康热，但我们是在法梅克见面的。

"是因为有太多的分离，调解……而这，在他们的报告中没有提及，也没有列入他们的统计。"

我喜欢她的谈话方式。她说话时，同时模仿着每个人物的举止，每个人物的嗓音。片刻之后，就可以沉浸其中，仿佛所有的人都出现在了房间里。空中，回响着一些声音，这些声音并非仅仅出自于她的嗓子，有的是她用手在空中捕获的，为了重新推进这个故事。

"请注意，我并不是说影响总是负面的。至少对扬来说，谁会说这是负面的？并没有什么损害：这是一个纸牌游戏。弄乱了就再整理。只是会磨损而已。"

那么，怎样将玛丽·杜律在我面前模仿各种人物的表情和声音所演示的那些内容整理成文字？可能她对此也有爱好，而我在脑海里演出的这场戏，并不是经常能遇到观众的。不管怎样，我碰到她比碰到别人的次数多一些：玛丽有在上午去"小组"的习惯，即负责再安置工作的办公室，位于一座废弃小学校的三楼，从前的教室全被各个协会占领了。

"——她是谁，扬？

——我没有跟你说起过吗？她是我最要好的朋友，说过吧？她叫扬，我们都叫她扬，但她是一个姑娘。至于她为什么要叫扬……"

我没有使用录音机。因为我们经常见面，我与玛丽·杜律，我们避免直接谈论工厂。同样，也避免直接谈论找工作：我们不会每天上午都对某个人反复谈论同样的，不管怎样都是一些没有前景的问题。关于她那天跟我讲述的故事，我征得了她的同意，予以说明：

"当然可以，您想能让谁感到难堪呢？"

这是过道尽头的最后一间房子，与其他教室一样大，同样都有一些安装在衣帽钩上方的横向玻璃窗朝着过道，只有成年人能够看到里面，小学生是看不见里面的。但这间房子被一些粗劣的隔板隔成了三间，一个会议室和一个办公室，另外在入口处还有一个杂用间，里面放了咖啡机和复印机，当然还有那块很大的布告牌，上面列出了本省所有的招聘岗位，没有分类：这可能令人精神振作（每次我都拍照存档）。一般情况下，我们可以独占会议室。

"那么，扬？"

一些梯形白桌集中放在房间的中央，靠墙的是一些椅子，还有一台老式的电脑，一些纸箱。玛丽·杜律，我再次见到她时看到的还是她的背影。她看着窗外远处的楼房，一些清晰的矮小立方体，本该将它们立在草丛中的，她好像在自言自语，好像对我作的笔记毫无兴趣似的。我喜欢这样的时刻：就好像只有这种静止的、没有对视的举动，才能够从正面触及要谈的事件和时间，名字和脸庞似的。她的一件旧皮外套斜放在椅子上，还有一个杂色的布包，她每时每刻都在里面搜寻，却从来没有从里面掏出她希望拿给我看、并硬说她放在里面的信件、照片。当玛丽·杜律说话时，我感觉自己好像在奔跑，将词句、图像、事实收集起来，并且要飞快地将之分类，以便使她缓缓重温的故事能够对我也具有意义。

"我们是在工厂相识的，你想，我们志趣相投，我们一起去看电影，一起去食堂，就这样，像姐妹。我们真的分不开了。是不是扬都不重要，重要的是发生的那些事情，她是怎样表达的。然后她走了，搬家了……她按响了门铃，我给她开了门，我看到她提了一个很大的袋子：这个包是怎么回事，扬？我跟你学学我是怎样问她的，她又是怎样讲述的……

扬：玛丽，小玛丽（她常常这么叫我），我是来你家过夜的。可能要两三个晚上，如果这让你为难的话，你就告诉我，我可以去别处试试。这只是帮一个忙，玛丽你能帮我这个忙吗……

我：住下吧：你知道的，你当然可以。（我还能怎么回答……）

扬：再也不可能了。留下，我做不到。你听我解释。"

玛丽·杜律停顿了一会儿，我利用这片刻工夫补上我落下的笔记。她，她在想什么，是不是又有一些别的事情闪现在她的脑海中，我不知道。她又像是自言自语起来。

"不用解释，我说。我不会问你的。我非常清楚她要对我讲她的男伴：她还会说什么呢，扬，如果不是她的男伴？

扬：当他在家，而我工作的时候，那还行。这事开始是一天晚上，他对我说他们不再聘用他了，说不用临时工了。之前临时工的任务一个接着一个，没有间断过，挣得还不错。他告诉我说他在等待下一个任务，说那些家伙很快会给他打电话的。

我：你住那个小卧室，我就来收拾一下，只有我妈妈来时才会用到它，小卧室。真的，我的小卧室一直空着，没有用。

扬：每当我下班回来，他便对我讲述，说他去了哪里，他做了些什么。职业介绍所，临时工作介绍处。勾划登在报纸上的广告。下午

200

他就看电视。这比去咖啡馆要好，比去购物要强，他开玩笑说。"

玛丽·杜律有时给我做一些补充说明，好像我应当有一张详细的图解似的：

"我妈妈，现在，她每年不是来两次？最多两次，如果我坚持的话。"

她在窗边停顿了一会儿，然后故事继续：

"至于楼下的邻居，我对扬说，你知道，那些吵闹的人，他们走了。楼下现在是空的。而她，她无论如何要对我讲述。在这种情况下，我能怎么做呢：任她去吧。我就装得好像是非常注意听她讲似的。你的男朋友呢？我问她……

扬：他一直都相信他们。他们有我的联系方式，他们知道在哪里能找到我，他总是这样对我说。他就在长沙发上打发日子等待着。一个月过去了。然后又是一个月。他领他的失业津贴，而我，我还领我的工资。"

停顿，再次补充说明：

"因为，尽管工资不高，但仍属于独立自主的问题。然后，一下子，就好像一条在施工的街道一样：没有了柏油马路，除了污泥和挡板，人们甚至不知道路通向哪里。要我说失业就跟这一样……"

她又转向了树木和对面的楼房，接着说道：

"你谈到工资。在大宇，我们领的从来都是最低工资，仅此而已。女工在有资格领取工龄补助金之前被辞退。之前是一千一百到一千二百欧元，而现在我们每月只有八百五十欧元，只能领取八个月：倒计时。那些有孩子的人，即使加上家庭补助金，也是入不敷出。扬，她继续说着：

原先每当我下班回到家，还是很开心的。他给我倒上一杯茶，或是咖啡。家里也很干净。而现在，他对我说：有咖啡，你可以去热一热。家务，我明白。你，玛丽，你对此就没有什么反应吗？"

而我说：

当然有，我当然有反应。这让我很难受。我吃了几个月的镇静剂。"

故事又开始了：

"扬：我非常明白，他白天不再出去。夜晚，他在床上翻来翻去，翻来翻去。一天晚上，他对我说：我妨碍你休息了，你该很累了，我睡到长沙发上去。很烦躁，你明白的，他说，很烦躁。上午，他睡觉，电视一直开着，没开声音。我按了按遥控器上的红按钮，然后我走了。从此，每天晚上都是这样。

我抓住她的包收起来，包很重——很重，你的包。扬，你把你的东西全都拿来了？

扬：当我回到家里，他只提一句咖啡。然后，到了晚上，他说我该休息了，说他还待在长沙发上。但已经六个星期了，我能对他说什么？早上，我用吸尘器吸尘，做点儿吃的，而他在那里，一动不动。我来帮你，他对我说。或是，他一边看着账簿一边说：只要像这样下去，我们就能挺过去。还有，我把再就业的补助金存进了存折，把存折藏起来了。

我：你们吵架了。是这样的，最后总是会吵架的。（我随口说了些废话。她需要倾诉，这对她有好处，这才是重要的。）

扬：车要检修了，要换一些零件，每次总是要花上十来分钟才能发动。但我不打算换掉它。我对他说：你总可以去弄一下汽车吧？六个星期了。如果他睡下了，他就翻个身，什么话也不说。如果是坐着，拿着报纸或是书，他就会从长沙发上转过身来问我：电视，它的声音不太大吧？电视没有妨碍你吧？"

玛丽突然转过身去。我们听见隔壁房间里再安置办公室的那个姑娘在打电话。

"不，不过你明白吗？"

如果她的好友扬真的是这样说的，如果说她，玛丽，将她脑海里的场景，扬和她未婚夫的对话，重新演绎了一遍，那么我能想象出什么样的场景。还能是什么呢？不就是像在被秋

203

季平静地染成了橙红色的城市里，在我们谈话的三楼阳台上，嵌入一幕荒诞的戏剧吗。从这套公寓到另一套公寓，布景应该都是一样的，三个人物同台演出。而我们这些人，如果要坐着听他们表演的话，只需推开这里的会议桌，放上一个长沙发、一个包作布景就行了……

"电视机，我再也不能看那个东西了"，玛丽·杜律解说道。

"我看得太多了，电视机。我每天抱着，用两只胳膊，摆弄着它们。当我看到电视机时，我看到的是电动螺丝刀在它的橡皮圈顶端旋转，然后橡皮圈升了上来，这时你抓住夹钳进行铆接并将电线固定在机架上。我们看到过多少台电视机从我们的鼻子下面滑过啊？住在我家楼下搬走了的那家人，他们吵闹倒没什么，他们挺友好的。当他们搬走的时候，我问他们说：卡车上还有地方吗？我把我的电视机给你们，你们想要吗……他们把它装上了车。然后，他的老婆对我说什么？不是谢谢，而是：我们还有地方……啊，让您见笑了……"

她向我转过身来，又看着停车场那一边的楼房，然后才重新讲述起来。

"和扬，我们几乎是面对面地在流水线上工作。应当告诉您：干包装的，只是一些临时工。雇佣你干一天，干三天，有的时候只是一

204

个下午。甚至没有时间认识那些人。而那个在身后盯着的女工头，比别的工头更糟。至于她是怎样得到这个岗位的，有很多讲法。而我们，我们几乎看不见她们，那些在包装线上工作的女孩们。她们往纸箱里装填聚苯乙烯小球，呼吸这东西不知道对身体有没有伤害。聚苯乙烯这个东西我们贮存有几个立方米。然后纸箱来到转盘上，电视机水平地滑进去，装了电视机的纸箱直立起来，你就往里面添补上连接线、遥控器、保修手册和使用说明书，然后检查纸箱是否正常装订。第一年，装订是手工操作。三年后，你的手跟象皮一样，像巫婆：掌心长出一些球状物将你的手指弯成了钩子。"

而我，又一次，一边将黑色笔记本上的笔记誊写在电脑上，一边本能地按下了键盘上的3字键，开引号和闭引号的键……

"就这样，她，我的好友扬，现在住在了我家。但她谈论的，总是她的男人，事情是怎样发生的，她为什么出走……最后好吧，我们对此进行了讨论，我试图要她正确认识正确对待，她不是一个讨人厌的姑娘……

扬：家里简直成了动物园，我对克利斯托夫说。只差挂上一块'笼中有野兽'的牌子了……"

她对我解释道：

"他的名字是克利斯托夫，最初她总是称他为克利斯托菲，但您想还能怎样呢，这些称谓很难长久的，她也常称他为'我丈夫'，但他从来就不是她丈夫。"

还有这个故事：

"扬：去看电影吧，进城去吧，看你的朋友去吧，我不会拦着你的，谁拦着你了，他对我说……我回答说，你和我，再也不能一起生活了吗？于是今天上午，他看见了我的包，他以为我是想卖掉一些旧东西……好主意，开始时他这样说，这能清理掉一些东西。要清理掉的，是我，我走吧。然后我走进了过道，他是不是还说了些别的什么，我没听见。

住两天，三天，她说过，我的好友扬：可她待了足足有两个星期……我妈妈，她每次来，从来都住不到一个星期，她没有这样打扰过我。最后，她终于在梅斯找到了一份工作，是在一个超市，我想。她又鼓起了勇气，设法摆脱了困境。她先是住旅馆，然后租了一套公寓，她又重新振奋起来。我认为她没有再见过他，她的克利斯托夫。为什么她不给我一点儿她的消息呢，一个简单的道谢，一张明信片？我不是要求什么。只是如果她这样做的话会让我感到高兴。是的，如此而已。不过我能理解。希望与过去的一切告别，开始新的生活，大概又有了新的问题，也许又有了新的男友，这样挺好。对我，她跟我说得太多了，可能现在这让她感到有些尴尬；可是作为朋友，如果不起这种作用，还算什么朋友啊……

而我，一直待在这里，问着自己是否应当这样做。

现在甚至不再有人来按门铃。她把她的包留在了我家。一个装着东西的包，很重。我不敢打开它。我先是把它放在我家的过道里，后来我又把它放进了我的壁橱。她会不会在哪一天来取她的包？"

这一次，玛丽·杜律拿起了她身后的皮外套（就这个季节来说，这件皮外套过于单薄了），沿着贴有招聘信息的隔墙走了，没跟我说再见（她第一次这样做的时候，我感到很惊奇，后来就不了，她就是这样的人：不愿意说长道短，不愿意拖延时间）。

不管怎样，我清楚地听见隔壁再安置办公室里的姑娘处理完了她的事务，拿起了她的那套钥匙。已经是中午了，她想走了。

戏剧：失业和私生活，手提包

　　两位女演员被笼罩在一道非常阴暗的光束

下，走在搭建的道路上，地面坑坑洼洼的。在弗洛朗热的栈桥剧院里，第一次演出的时候，我坐在后面，我听出了玛丽的声音，她的笑声。这么说演出很成功，或者仅仅是镜像效应，看出了我们为演出设计的部分而做出的反应？

撒莱：这是什么，这个手提包？

亚大：我来你家过夜。我可能要住两三个晚上，如果这让你为难的话，你就告诉我，我可以去别处试试，这只是帮一个忙，你能帮我这个忙吗？

撒莱：住下吧：你知道的，你当然可以。

亚大：再也不可能了。我不能再待在那里。我来向你解释。

撒莱：没必要解释。我不会问你的。

亚大：当他在家，而我工作的时候，那还可能。这事开始是在一天晚上，他对我说他们不再聘用他了，说不用临时工了。之前临时工的任务一个接着一个，没有间断过，这工作挣的还不错。他告诉我说他在等待下一次任务，说那些人很快会给他打电话的。

撒莱：你住那个小卧室，我来收拾一下，只有我妈妈来时才会用到它，小卧室。

亚大：每当我下班回来，他便会对我讲述，他去了哪里，做了些什么。职业介绍所，临时工作介绍处。勾划登在报纸上的广告。下午他就看电视。这比去咖啡馆要好，比去购物强，他开玩笑说。

撒莱：我妈妈，现在，她每年是不是来两次？最多两次，如果我坚持的话。至于楼下的邻居，你知道，那些很吵闹的人，他们走了。现在，楼下空着。

亚大：然后他就待在长沙发上，整天待在那里。他一直相信这一点：他们有我的联系方式，他们知道在哪里能找到我。一个月，然后又是一个月。他领他的失业津贴，而我，我有我的工资。

撒莱：你谈到工资。我从来只有最低工资，仅此而已。在有资格领取工龄补助金之前就被辞退了。

亚大：原先，每当我下班回来，还是很开心。他给我倒上一杯茶，或是咖啡。家里也很干净。而现在，他对我说：有咖啡，你可以去把它热一热。家务，我明白的。你，你对此就没有什么反应吗？

撒莱：这让我很难受。我吃了几个月的镇静剂。

亚大：是那个意大利女人，我很同情她。她给我打电话，向我讲述。她在电话里哭了起来。在电话里，我能怎么做？这比她在你面前哭还要糟糕。

撒莱：我一直开着电话自动回话机，只有当我妈妈来电话时，我才接电话。

亚大：他白天不再出去。夜晚，他在床上翻来翻去，翻来翻去。一天晚上，他对我说：我妨碍你休息了，你该很累了，我睡到长沙发上去吧。很烦躁，你明白的，他说，很烦躁。上午，他睡觉，电视一直开着，没开声音。我按了遥控器上的红按钮，然后我就走了。从此，每天晚上都是这样。

撒莱：它很重，你的包，你把你的东西都拿来了？

亚大：每当我回到家里，他只提一句咖啡。然后，到了晚上，他说的话是我该休息了，他说他还睡在长沙发上。但是已经六个星期了，我能对他说什么？早上，我用吸尘器吸尘，做点儿吃的，而他在那里，一动不动。我来帮你，他对我说。或者看着账簿说：只要像这样下去，我们就能挺过去。还有，我把再就业的补助金存进了存折，把存折藏起来了。

撒莱：你们吵架了。是这样的，到最后总是会吵架的……

亚大：车要检修了，要换一些零件，每次都要花上十多分钟才能把车子发动起来，但我不打算换掉它。我对他说：你总可以去弄一下汽车吧？

撒莱：如果是你用车的话，那么它就是你的，汽车。顺便问一句，你把它停在哪里了？是楼下那辆红车吗？

亚大：六个星期了。如果他睡着，那他就翻个身，什么话也不说。如果他坐着，拿着报纸或是书，他就会从长沙发上转过身来问我：电视的声音不吵吧，没有妨碍你吧？

撒莱：我，我再也不能看到那个东西了，电视机。我看得太多了，电视机。每天我用两只胳膊抱着，摆弄它们。每当我看到电视机时，我看到的是电动螺丝刀在它的橡皮圈顶端旋转，然后橡皮圈升上来，这时你抓住夹钳进行铆接并将电线固定到机架上。我们看到过多少台电视机从我们的鼻子底下滑过啊？住在楼下搬走了的那家人，他们吵闹倒没什么，他们挺友好的。当他们搬走时，我问他们：卡车上还有地方吗？我把电视机给你们，你们想要吗？他们把它装上了车。然后，他的老婆对我说什么？不是谢谢，而是：我们还有地方……

亚大：家里简直成了动物园，我对他说，只差挂上一块"笼中有野兽"的牌子。他却对我说：你看电影去吧，进城去吧，看你的朋友们去吧，我不会拦着你的，谁拦着你了……你和我，我说，再也不能一起生活了吗？他没有回答。这事发生在上周。今天上午，他看见了我的包，他以为我是想卖掉一些旧东西……好主意，他说，这能清理掉一些东西。要清理掉的，是我，我走吧。然后我走进了过道。他是不是还说了些别的什么，我没听见。

撒莱： 住两天，三天，你说过。可能还要更久。我妈妈，她每次来，从来都住不到一个星期。你的包里都有些什么，你要用的东西都带上了吗？什么东西这么重啊，你的包……

培训和再安置的大闹剧：Isocel 的倒闭

奥德艾·K，第二次旅行，2003 年 6 月，后续。

"工作，那得看看。啊是的，他们给你推荐了一些工作。我，为我推荐的是展销员这个工作。周六，去超市。只是应应急，他们对我说，先干几个星期，然后再去干别的事情。在这期间，我挣得的钱正好让我没有资格领取失业救济金。在统计的数字中又减少了一个失业者。是干什么？我问。女推销员，是这么说的，就跟女探监人似的①。每周六，在超市，

---

① "女推销员"一词原文中用的是"visiteuse"，这个词也有"女探监人"的意思。

我见过那些人，那些女推销员：穿着阿尔萨斯的服装，端着一个不锈钢托盘，托盘里放着一些小块小块的香肠，供人们品尝，要你买腌酸菜，奖金根据销售额而定。不，您看我会去把自己打扮成那个样子吗？我对职业介绍所的那个姑娘说。"

奥德艾·K对我谈起了另一个姐妹，她的丈夫辞掉了他在索拉克钢铁公司的工作，以便夫妻二人接管他岳父的酒吧：报纸专为他们登了一篇文章"成功转型"，说明他们每日都做特色菜，还有企业助建补助金，看，这就是未来。

然后奥德艾·K停下来问我："您听说过Isocel吗？"

没有，我没有听说过Isocel，这是第一次听说。

"转岗的原则是，选择一个事务所，然后事务所会获取一笔政府的佣金。按照被解雇的劳动者人数收取定额的佣金，还有一半按重新找到工作的人数比例收取，这是合理的。企业委员会有选择事务所的监督权。我们和西尔维亚去了梅斯，我是副手，作为陪同。一位身上散发着须后水气味、像是商务代表的先生，用很礼貌的语言向我们介绍了他的工作业绩。他们已经获得了省政府和地区的同意，我们为什么要反对呢？"

她曾经这样表达过："那些人，就像殡仪人员：在不需要跟他们打交道之前人们是不会了解的……"

她又说：

"只是，让我们感到奇怪的，是那个女秘书的表情。她绷着脸，一副不愿意过问此事的样子，神情严肃地看着我们……我们心想：好吧，这个傲慢的女人，她看到我们是女工，就对我们做样子，好像在说，您确定您擦过自己的鞋子了吗？她递给我们要签字的文件，好像我们会弄脏这些文件似的，嘴唇向前稍稍撇了撇……我们心想：不奇怪，跟这么一个男的一起工作，她可能养成了某种神经质的恶癖……啊对，我们很快就从云端掉到地上了。事务所领取了支票，第二天你瞧：鉴于司法清算，停止偿付。大宇的钱，我们的钱，就这样被扔进了资产负债表里。到这时我们才明白，那个姑娘，她是想提醒我们：在签字前你们要问问清楚。而我们，我们没有明白，我们没有领悟她的意思……"

我很惊奇报纸上对此竟没有披露任何信息。不过大宇这个案例相当敏感，将 Isocel 的倒闭遮盖过去了。

"这就是 Isocel 的故事：我们，大宇人，在这个地区很久以来没有任何人（拔佳公司除外）像我们这样遭人议论，当人们弄到一笔转岗补助金时，就遇到了骗子……"

我第一次来的时候，那栋从前是维克多·雨果小学，现在给了那些协会的大楼楼下，底层的大门上还合法地挂有 Isocel 的信箱，但没有人开信箱取信。邮递员来了，可 Isocel 的邮箱被透明胶带封上了。他带来的寄给转岗事务所的函件中，如果碰巧有推荐工作的信件，就无法送到收件人手中了。几个星期以后，成立了另外一个事务所。我用自己的小数码相机拍摄，被废弃了的信箱以及玻璃门上挂的一系列指示牌：摩泽尔应变管理中心，侧楼 B 栋，三楼，21 号门。缝纫针织，11 室，二楼，周二 14 点至 17 点。体操协会，28 号办公室，三楼。大宇再安置办公室 Isocel，B 入口，三楼……

"这个负责替我们找工作的事务所，他们自己也要找工作了。"奥德艾·K 又说，"这真是滑稽，不是吗？"

访谈奥德艾·K，续：在阿内维尔①工作

"但我，我不像那位姐妹，我没有这样的

---

① 阿内维尔（Amnéville），摩泽尔省的一个市镇。

一位公公，有酒吧留给我，还附带他收藏的标有尚皮涅勒①商标的整套啤酒杯……"

这是我与奥德艾·K 最早的一场谈话，然后又有了许多其他的谈话。

"上周，转岗事务所的那个姑娘给了我一份乘坐有篷马车在默兹河边度假的广告单：您请我去度假？我问她。总之，这是个好主意。我可以带上我的两个女儿吗？

"不是，这仍然是为了给我打气。只需要有个好主意，她对我说，一匹马，一顶简简单单的车篷，有了这些就可以谋生了。就这样，创造一份工作，她对我说……而我，这身擦玻璃的清洁工白色长裤我已经穿了三天了，因为我不能拒绝任何工作。在面包店里，早上六点，你要用刮板擦拭玻璃橱窗，而你甚至没有权利得到一个免费的羊角面包。我只要求离我住的地方至少超出五公里远：我不能整天什么事儿也不干……

"她很正直，我认为她是真心想帮助我们。她说要重新找到工作，得一个一个来。我通过一个儿子在马术中心工作的朋友，见了勒克莱尔超市的经理。经理下楼来到厅廊里，在商品售后接待处接见了我，而不是在他的办公

① 尚皮涅勒（Champigneulles），阿尔登省的一个市镇。

216

室。他拿了我的简历，问上面是否贴有我的照片，是否填写了我的爱好。我禁不住笑了：是的，上面有我的照片，也填写了我的爱好。然后，他对我说的是：当一个城市一下子有两百五十个顾客没有了工作的时候，那么肯定不是招聘的最好时机，当然……她亲切地问我们：不过是什么原因使得你们不愿意搬家呢？因为我曾对她谈到过南方，说过那边找工作可能要容易一些。

"还有阿内维尔赌场：在大酒店做临时工，这个行。有时候，他们中午十二点给你打电话要你十三点去干活。有个女工没有去，来了一个旅游团，有些房间要打扫，要吸尘，要换床单，要把浴室擦干净。但不是说他们会雇佣你。阿内维尔这个名字让您觉得好笑？可它的名字就是这样，很远地方的人都知道它。温泉浴、水、大自然：当你到达的时候，你可以在一些很大的广告牌上看到这些。而赌场，就是为了好好地刮钱。老虎机，我试过一次（没有第二次了），300%的收益大家共享，法国150多个赌场中排名第五，270台老虎机与电动扑克机。

"这个我非常熟悉，因为在所有的房间里总是能看到宣传册，玩轮盘赌和二十一点（这个，我不会玩）的大赌场，晚上是高蒙电影院，连这里的那些小青年在周六晚上都去那里，昂巴西迪厅，不容错过的夜晚，一个很美丽的名称，不是吗？

"还有什么来着，星光灿烂的阵容：国际摇滚明星、法国歌唱家，音乐歌舞剧、魔术演出、体育比赛、室内超级越野赛等各类舞台艺术的巨头接连到来。那里临时雇佣些小青年来维持秩序。但他们的摇滚明星，应该是已经有点儿过气了：阿达莫的演出，农业信贷银行安排了一个旅行大客车组织我们去观看。声援被辞退的工人，落款是您的本地分行经理，不过这至少是好意……

"阿内维尔，在这里，是参照物。还有动物园：我一个女友的儿子为了护送动物，每两个月要到非洲去一个星期，健康证书，海关手续，带上他只是为了这些文件。您不知道在洛林，有一些这样关于河马的工作吗？然后他们在德国和其他地方又卖掉他们的小动物。但是得喜欢这一行才行。对我来说，要是蛇的话，您可别要我去碰它。

"而瓦勒比蓝精灵公园，您见过那些广告牌吗？它们可够大的……在原来的阿贡当热①钢铁厂。他们大大的'8'字过山车，我得说

---

① 阿贡当热（Hagondange），摩泽尔省的一个市镇。

218

不那么让人放心，但给人感觉很刺激。有乘大浮轮穿过瀑布的冒险游戏，把您弹射到三十多米高空的弹射器，两秒半之内落到底的五十五米高塔，一些孩子们玩的旋转木马，还有印第安那·琼斯风格的节目，我不向您宣传这些了。我们有两个姐妹被那里雇用了，两个电焊女工。因为有拨给企业的再安置工作的津贴，这个时期雇佣劳工的费用不会太高。我不知道她们是不是要穿上蓝精灵的服装在快餐店里为客人上牛排薯条，两个姐妹，两个电焊女工……您说，一个地区，为了在困境中生存下去，就应当变成这个样子吗？充当别人的娱乐工具？"

下午，我们开车去看了这些地方。她带我去的，就在附近。我们刚离开一个城市就看见了另一个城市。是地底下的铁矿，将这些城市拉近了。来这里工作的，有意大利人，有波兰人。

"上次，"奥德艾·K 告诉我，"她给我的建议，是去宠物店替工，有一个姐妹休产假去了。我该怎么做，答应吗？——您现在正在气头上，不能向您提任何建议，她是这样回答我的……"

我沉默不语，她开着车。

"如果说我从来就受不了狗，那是我的错吗？"

戏剧片段六：培训和再安置工作的大闹剧

撒莱：最让我恼火的就是：每两个星期被召见一次。我们是犯了错误还是怎么的。人家让你等上一个小时就是为了让你明白他们根本没有办法改变你目前的处境。

洗拉：你化了妆，你？只是为了来这里，这太浪费了。以前有领导管我们。女孩们仍然嘴唇上抹着口红，总是描眼线。

撒莱：那时这些东西我们伸手可得，在衣袋里或是在小桌子上，还有一面小镜子。你有什么不满的？那是有自信的表现。

洗拉：我有时甚至穿着短裙和高跟鞋来上班。其他的姐妹穿着牛仔裤和篮球鞋，或是坡跟草编鞋。她们对我有些意见。可能大家喜欢舒适，但是我，我喜欢显得跟别人不一样。

撒莱：不管穿什么，都要罩上工作服。

洗拉：在应聘的那天，他们给了我一件工作服，那是我的第一件工作服。每天八个小时要罩在这个袋子里，然后每年可以领两次，挑选自己的尺寸：A、B、C、D，四种而不是五种。我们有四百人，只有两种颜色可供选择：深紫红色或深紫黑色。我宁愿要深紫红色的，而你，喜欢深紫黑色。

撒莱：据说，电烙铁喷溅的铁渣会烧坏衣服。

洗拉：我，我可不会烧坏自己。没有人会烧坏自己。然后到了夏天，姐妹们都光着胳膊。工作服都挂在椅背上。

撒莱：西尔维亚她不化妆。

拿玛：每当人们谈起西尔维亚的时候，我就感到害怕。我特别喜欢周一，姐妹们都重新做了发型。有时候开开玩笑。可现在，我们怎么打扮啊。你认为我在家里经常穿我的这些高跟鞋吗？

撒莱：我可不会让别人看我的笑话。即使是去历德超市，我也要穿戴像样。算了吧，工作。跟我说说你的生活。

亚大：我回答：出生日期和地点，社会保险号，初始学历，第一份工作，住在什么地方，未婚，没有孩子，有一辆车。然后工厂，工厂，工厂……

撒莱：请正确填写您的简历①。您在找工作？请把您的简历写得简单一些。要用英语填写。关于职业生涯的忠告，永远用英语。你认为这样写好吗，说你来自工厂？给我讲述一下你的生活吧，你把一切都搞砸了，应当写得更

---

① 原文为英语：Rightsizing your resume。

简短一些更具体一些。

亚大：第二次机会？

撒莱：要想成功，首先要曾经成功过。

拿玛：那我，我来回答：早晨起床，晚上睡觉，中午吃饭，每个月去看一次电影，喜欢到乡村去度假和在香料煎鸡。我比她回答得要好，我得到了工作而她没有。

撒莱：如果我说：市场萧条导致企业效益不好，针对这种状况，应当采取提高生产率的措施来应对，而提高生产率则需要经历痛苦但对于企业生存却是必要的裁员才能办到，你们怎么看？

拿玛：这就意味着：我们要被解雇。这是升级考试的第二轮，我参加过。

撒莱：我查一下削减规模。①

拿玛：来吧，再说一遍好吗？

撒莱：第一次面试可以，第二次面试还行，第三次面试你被淘汰了。谢谢，我们会给您写信的。我查一下削减规模，意思是我要解雇人，但更礼貌一些。你只要明白就行了。

亚大、拿玛：我们还有其他机会，我们再申请。

撒莱：如果我说，人员的技能水平非常低

①　原文为法式英语：check le downsizing。

下：这一点对公司的竞争力很不利，何况对那些受到劳资计划威胁的工薪人员来说同样很不利呢？

亚大：为此我们正在接受培训。我们在接受培训以便提高自己的技术水平，使自己具有竞力。

撒莱：竞争力。

亚大：竞争力。

拿玛：注意这不是没有用的。此外，既然我们在一起……没有工作，那么我们就装作有工作吧。

亚大：愉快地接受培训的女工不会失业。

撒莱：如果我说，建立在企业内外各个部门之间相互商议基础上的革新尝试使人们能够预防即将到来的冲击呢？

亚大：头脑健康，身体健康。善于自我激励，撰写自己的简历，学习自我介绍，再加上一点儿基本素养。

拿玛：那么，你很不愉快吗？人家没有按劳付酬给你吗？

亚大：就像停车计时器：往伫立在街道边的机器放点钱，就可以在停在路边……每两个钟头抽支烟休息一下，请到阳台上去，不要让烟头落到下面，下面是托儿所，谢谢。再加上一点儿心理学：要有乐观的态度，失业就不会威胁到你。

　　拿玛：那么玩乐透吧。我的面包店老板在二十年间总是买同一个号码，她的出生日期和她面包店成立的日子：二十七，它会给我带来好运，它是我的吉利数字。嗯，她最后赢了一大笔钱。

　　亚大：她用这笔钱做了什么？

　　拿玛：什么也没做，她用这笔钱，什么也没做。我想他们去度了假，乘船游览岛屿。他们感到烦闷。"此外，面包也不好吃。"她说。然后他们重新经营起了他们的小店。"我们还能做什么别的呢，毕竟我们还没到退休的年龄。"他们买了一两套公寓，出租。但这里，出租带来的收益……

　　亚大：如果你有钱了，你，你是知道要用它来做什么的。我看得出，到那时，你会拥有游泳池、露天晒台、门口停放的汽车……

　　拿玛：有时，我会想：一幢带花园的洋房，高大的围墙。厨房朝着花园。

　　亚大：我曾到你家吃过饭，我还记得你系着蓝色的围裙，手里拿着切菜刀在我们面前挥舞，你那天做了鸡肉。

　　拿玛：只要是乡下一个安静的地方就行。

　　洗拉：一个实在的社会里，财富应该轮着来。为什么他们给我们安排烹调课？

224

撒莱：当你没有多少钱的时候，学习均衡饮食。平衡和自信，培养对集体成就的兴趣。

洗拉：接受社会救济的人。一些讲究卫生的课程……被当成有精神障碍的人对待。

撒莱：卫生和预算辅导。

拿玛："如果你的丈夫有辆摩托车，这个花费可能会有点儿贵，"她，相关人士，在咖啡馆对我说："再加上，你们已经有了狗……"

洗拉：你申请的是什么，是技能培训还是走向就业？

撒莱：技能培训的第一阶段：技能定向。经过一年的职业资格培训后进入第二阶段：走向就业。

拿玛：我已经与伙伴们在一起了。

亚大：起先，他们建议我学习缝纫和家政。她对我说："您知道，这是有用的，在日常生活中。"我学了秘书入门和会计学入门，但还需要补习法语和数学，我放弃了。

洗拉：这并不是不可补救的。如果想再工作，就应当去找。来吧，找工作吧……

亚大：到哪儿去找？找什么工作？

洗拉：管它哪儿，管它什么工作。一直往前找，到处找，给自己找到一份工作。

拿玛：如果没有工作呢？

洗拉：在火车站我们接待了一列招聘火

车，它绕着法国转了一圈，在我们这里停留了三天，向 15225 个失业者群发了邮件，最终选了 25 个人。老板们，享受你们的激情吧。创建你们的企业吧，制造工作吧，这非常容易并且不需要什么手续。寻找吧！而那些失败主义者，从名单上被划去了，这使得统计数字又回升了。

撒莱：分类，安排，清点——这要两天，要三天，五个月，六十种职业，我临时工作的最高纪录：一个下午，定期合同，刚说完就结束了。

亚大：清洗面包店的门窗玻璃，这可以：可是他们甚至不提供免费的羊角面包。

撒莱：在职业介绍所，他们说：给垃圾分类，您在经过的每辆卡车上都画上一个叉。"这做什么用？"我问。"我们好做统计。"可是这得大清早就起床，这能帮助人们遵守作息时间。而我说："非常感谢，可我喜欢睡懒觉。"

拿玛：他们提供的工作够多的了，人家累得筋疲力尽了。那些五十来岁的女人们，已经劳损过度。而他们，他们却说："我们有这个权利。"

亚大：你在工厂的那些年，什么东西是属于你的？没有任何东西属于你。当我对职业介绍所的人说这些的时候，他们对我说："去邮

226

局吧，从电话号码簿上把所有您可能会喜欢去工作的地址都抄录下来，这足以证明您的诚意了。"

亚大：病了两个月，在门诊所有人对你说："啊，对你们大宇人，我们是不会为难你们的，再给你开三个星期的病假吧……"我们这样令别人怜悯吗？

洗拉：我应聘去做市场销售……

拿玛：在居民小区中挨家挨户推销：那些蒸锅和清扫瓷砖的东西，如果大家都没钱也没工作的话你卖给谁？

洗拉：十个解除压力的方法。多功能厅，每周四下午六点至七点，欢迎参加，免费，有教师授课。

撒莱：开始时你说不，但从擦门窗玻璃到做家务，你并不完全是为了钱，而是为了不要待在家里。

洗拉：消除压力的第一课：不要跟别人去比谁更不幸。不要关注别人的不幸。如果你愿意的话，用手搂一搂他们的肩，必要的话请吻吻他们，但要看看远处的地平线，继续干自己的工作……

亚大：我知道在周六，超市需要一些女展销员。要化装：扮成典型的阿尔萨斯人，推销即食的地方特色菜。我对此做好了准备。超市

227

挨着工厂，于是我绕道，步行，以免看到工厂。那人很客气地接待了我。不是在办公室，他好歹是个主管，就在入口处，在收银台那里。四百个顾客正减少花销，在一个像我们这样的城市里，他对我说，难道是增加人手的时候吗。还是填一张表吧，我们会留下来。我填写了我的姓名、地址，电话号码写得较大一些，还写了我曾经干过的工作，甚至写了我的兴趣爱好，还在"您会说英语吗"上面确认。要交一张照片，我犹豫了一下，我没有交照片。

撒莱：他们派我去养老院。我去了。他们对我说的是："这并不容易，您知道，来照顾我们这些可爱的老人。所有活儿都得干，您明白我的意思吗：全部的活儿。"因此他们更愿意要年轻人，他们没有什么偏见。我的女儿，她想做的就是这个：获取社会保健职业学校的毕业证书。我一回到家就往中学打了个电话：她应该做别的工作，我的女儿。

拿玛：那个老罗伯特，你还记得他吗，那个老罗伯特？

撒莱：他不叫罗伯特，他叫阿菲德。

亚大：大家都叫他罗伯特。他，他说，来法国这么久了，我就有权起个法国名字了。

拿玛：他在流水线的最后一道工序，手拿橡胶锤。每台电视机来到最后一道工序时，他就在上面敲一下，每一面都敲一下：我们，我们管他叫主教。"哎，主教，它受洗礼了吗，你的电视机？"他大笑起来。"只有在电视机厂你才有这样的工作。"他说。我对他说："这一台，你不要敲得太重了，我没有把螺栓拧紧。今天是周一。""别担心，我的美人儿，我只是摸摸它们。"他回答道。你想象得到，总是同样的图像测试卡，受到锤子敲打后就会轻轻跳动，但不厉害，防故障保险。他干这个工作干了五年，罗伯特。

撒莱：阿菲德。

洗拉：消除压力的第一课，谁去了？我一个人。好吧，请相信这一点，它简直让我好多了。消除压力的第二课：发泄。对着墙摔盘子。这并不贵，这样做有好处。并且要叫喊：并不一定要对着某个人吼叫，做这个的时候，可以是独自一个人，可以把门都关好，但要发泄，让怨气远离你。

拿玛：我还能干什么别的事情？昨天他说。他的一个儿子有病，另一个儿子在领低保，他女儿在家里。那栋高层楼房的最后一层楼梯房，四楼，他们全家都住在那里。

洗拉：消除压力，注意看一件你喜欢的物品，集中精力看它，然后慢慢呼吸，默默地念叨你在这件物品上看到的优点。其余的一概不

229

予理睬。

拿玛：我从来就没有喜欢过工作。我总是宁愿什么也不干。

撒莱：你一生都在服务。

洗拉：消除压力，与人友好地交谈，对他们微笑。不要马上说话，先让别人说，听他们说。或是跳舞。来一段你喜欢的乐曲，左脚画个小圈，右脚画个叉，然后你换着做，我给你们做一遍，用韩语，大宇人的语言，来喊口令：Ap Dû Set Nê①……你们试试吧？然后你加一些复杂的动作，用来消除压力真是妙极了：你要知道，不然你会冒酸气？这可不好，冒酸气。要用双臂，在空中，伸长! Ap Dû Set Nê!

对就业的展望：宠物坟场

我在七月中旬又来了一次。夏季和后来说是酷暑的盛夏好像减慢了脚步，小城市好像更加空荡荡的了。或者是在休假，孩子们在草地上嬉戏，大人们则摆弄着他们破旧汽车的引擎盖。

我去了贝尔特朗热、义朗热、尼尔旺热、克尼唐热、埃尔让热和塞黑芒热，这些城镇名

---

① 韩语，意为：1，2，3，4……。

230

称那古老的结尾，在荷尔德林的图宾根城也能听得到。盖朗热，法梅克的人们曾对我多次提到过（从盖朗热到尼尔旺热，只有十二公里，上面所有的城市都位于这两个城市之间），因为工厂的一些女工居住在那里，住在分成块的地皮上修建起来的住宅里。我看到了指示牌。天气很好，我停了下来，走进宠物坟场。

于康热那些锈迹斑斑的高炉在地平线上，好像一些在行进中正休息片刻的古怪巨人。宠物坟场，是一些由推土机弄出来的高低错落的地面：从前，这里弄得很平整，现在，把它弄成这个样子，从这些高低起伏落差达一人高的每个地方，都只能看得见自己身边的情景。

可能从锈迹斑斑的高炉顶上可以看见这里的全景？这里种下的树木，还在人工支柱的支撑下，生长得非常缓慢，过多的铅和汞侵袭了土壤。一条金属线将小块小块的草地与蜿蜒在坟茔之中弯弯曲曲的小径分隔开来。有的地方，留下了几簇野草，花儿便在其间生长出来。据说，为钢铁厂运送煤炭的驳船将特有的植物群以及一些十分珍稀的热带或亚洲植物引入了芳兹河流域：人们向您介绍日本的蓼属植物和高加索的牛防风，同时请您想象，它们是通过什么途径，在这里汇合，来到这个古老的工厂林立的地区。

这里可以自由进入。我注意到那些保安，他们和看守大宇（现在是蒂森发克房伯）大门的那些保安是同一家公司的。"危机管理是现代企业管理和安全职责所无法回避的构成要素：安保，一个特殊的职业！"安保是一个正在膨胀的市场。从贴在再安置办公室墙上的文件中，我看到一个插入的广告，特别说明妇女也可以加入这个行业，特别是如果她们接受了"警犬训练官"的培训，并且自己也拥有一只调教好了的狗：利韦登那个年轻女保安的面容又出现在我的眼前，那个带着一只高大黑色守门犬的柔弱姑娘，当我去倒闭的罐头食品厂拍照的时候，她命令我限时离开。

"悼念之径"的创始人宁愿求助于保安公司的特定服务也不愿自己雇佣两个警卫。而守在入口岗亭里的那两个年轻人，穿着一身配有深色肩章的蓝色制服，也显得更加正式一些。他们的两辆非常普通的轻便摩托车靠着大门停放着。

这里的告示是用三种文字写就的，临近卢森堡、德国和比利时，可以宣称自己是国际宠物坟场。场地不值什么钱，后面，坟场还在扩大。可价格，从几乎白送急速攀升到相当高的水平，就此敦促您为了纪念性投资选择最上等的墓室。40公斤以下的宠物，一次性支付39

欧元，便可以进行火化并"直接送到坟场"。用加倍的价格便可以买到一个"土坑"，再加几个欧便可以得到一块"个性化刻字的大理石名牌"，或是"一年期续租的墓地"。最后，是加上定冠词的选购项目，就像大餐馆里的菜单一样："杨木棺材"或是"陶瓷或金属骨灰瓮"。在法国，尸体不能够葬在公墓之外，但骨灰，怎么做都是合法的，甚至将之放置在您的衣柜里也行，布告上是这么说的，句尾还标上了一个很大的惊叹号：人们可以在宠物的地下墓室里放置自己或是配偶的骨灰瓮："与您的宠物一起安息长眠吧！"尽管费用显得与其所占的空间有点儿不成比例。表格没有详细说明是否需要死者生前同意长眠于其宠物之间，还是由其配偶在其死后做决定就行。

在场地的中心，耸立着一座仿希腊式的建筑，周围的碑文都是用荷尔德林的语言写成："Timo, wir sind 12 Jahre durch dick und dünn gegangen, und du warst für uns immer da! Wir werden dich nie vergessen, du bleibst in unserem, Herzen!"① 蒂莫，还有迪克西、米莎、

---

① 德语，意为：蒂莫，我们在风雨中一起走过了 12 年，你一直陪伴在我们身边！我们永远不会忘记你，你永远活在我们心中！

里基、金和蒂娜，都越过了国界以得到花费更少的安息。而这里，不管是不是狗，人们全都慷慨接待：兔子和豚鼠的照片加插在价目表中来吸引您。他们鼓励客户们购买住宅门牌，用"四十乘四十大小，花岗岩胶合粉"做成，也可以安放一个自己选定的小雕像，或是购买一个"青葱翠绿、鲜花簇簇和小片水面的空间，不用混凝土也不用沥青，每只动物仅用一块石头标记，上面另饰一支玫瑰"。在商会，主管公司（这一次的称号是"娱趣动物公墓"，用了娱趣这个词）是以提供七个就业岗位的条件登记入册的。

超越戏剧的梦幻：消沉的女友

九月份，我回到了法梅克的旅行家酒店，住在十号房间。我是二楼唯一的客人。从窗户望出去，远处的楼房灯火通明。灯光缓慢地变动着，有些房间灯光熄灭了，电视机或同步或不同步地闪烁着。在我所看到的那些公寓中，还有多少大宇人的声音，还有多少大宇人挥动的手臂？我的脑海里闪现出剧场的一些简短的片段。在我的脑海中，只有一个画面，背景空无一物。一个空空如也的房间，里面一个女人一动不动地坐着。门开了（我房间的门开了），女演员走了进来。剧场，不过是一间被取掉了隔墙的卧室，我想。坐在那里的一动不动沉默不语的女人，是戏剧中的人物还是演员，戏剧要表现的正是这种模棱两可。此外，如果另外三位女演员轮流上场，上前跟那个一动不动的人物说话，那么台词要一致吗？戏剧的秘诀，就在于创作得很快，但是必须准确明了，因为戏剧很脆弱，不可能再回头进行修改。这完全取决于人们在自己经历的那个瞬间的构建（我想起了隔壁房间里的一段音乐声）。白天人们曾对我谈起过那个女人，她把汽车停在超市前，把三个孩子留在汽车里，对他们说她要去买点儿东西，只需要几分钟，可是从此就再也没有回来。第二天，我去了宠物坟场。

撒莱：你真好，能来看我。

亚大：我知道你生病了。我对自己说：我给她打电话。我乘公共汽车路过，看见了停靠站，便对自己说：我下车，去她家看看她。可能你会需要什么东西，可能我可以帮你去采购。你有需要的吗，我可以帮你去买一些新鲜水果、咖啡，你需要的东西。不可能总是什么事都考虑得很周全。不舒服的时候，并不总是有力气穿衣，出门——这很奇怪，朋友病了待在家里，而我们却在继续做自己的事情，就像平时那样忙碌着。可是怎么了，脚下好像地面在摇晃，在浮动。突然间我想，我为什么要这样，我完全知道那个朋友她正病着——你看过医生了吧，医生怎么说，他给你开药方了吗，你想要我去药店吗，医生他给你开了什么药？真漂亮，你家，这些地毯，这些东西，但是光线太暗了：你不开窗？你走走路，看看书：这让我放心，否则你真的会生病的。要是我一个人，像这样，我是撑不住的。我会打开电视，到最后，不管发不发烧，不管情绪怎样，我都会打打电话，或是出去遛个弯。我家离车站不远。到你家这路公交车，下午没那么多趟。你，你是社交动物，我妈妈对我说，什么事都不做是不行的，至少要换换空气，换换想法，不是因为没有工作，说到底我们从前总是笑话那些人，那些总是请病假的姐妹们：我们，总是肩并肩，手牵着手。即使头痛或是支气管发炎，我们也更愿意跟姐妹们在一起……我，我不知道为什么，西尔维亚。

撒莱：你真好，能来看我。

拿玛：我开车路过，我对自己说：我去试试，上去看看。我知道，我非常清楚：我们并不是那么需要有人按门铃，我们看着电话，等待着电话自动回话机传出声音。我对自己说：

可能她会让我待在楼道里不给我开门，但这是她的权利，至少她知道她可以找我，至少她知道我在这里——我给你买了三支花。我对自己说：我按响门铃，然后我把花儿放在她的门口，她会明白的。有时候我们希望能这样躺下来，关上百叶窗，什么也听不见什么也不知道，像个孩子似的自言自语，相信将双手遮住双眼世界就会消失：不，不是这样的，我们不是为此来到这个世界上的。我数一二三，重新开始：数数的时候，慢慢地数，就像孩子们一样，二，二又四分之一，二又二分之一，二又四分之三，永远数不到三。我对自己说，她没有生病，而是突然间有了个洞，如果大家在一起就好了，那么大家就会手拉着手，擦去过道上的脏东西，清除发票信件，然后到外面去：景色很美，不是吗，从你的五楼望出去，我们就这样跨过你的阳台，飘浮在云彩中，为什么不呢：我开车路过，在红灯前看见了你住的楼房，我对自己说我向右转，我要去她家按门铃，你会跟我说话，我已经买了鲜花，不，这并非偶然。我对自己说：如果她不再出门，那是因为她不想让别人打扰她，仅此而已。此外所有的人，在脑海里的某个角落，都会有这种疲惫感，都会想，好吧我停下来，我不干了，随它去吧，碰到红灯我就把车撂在一边，我从此什么都不干了……

撒莱：你真好，能来看我。

洗拉：我想告诉你一些消息。开收音机、电视机都是白费劲，得到的都只是那些互相拷贝来拷贝去的消息，不管怎样都与我们没有任何关系。没有任何事情是我们亲眼所见，没有任何消息能让我们知道我们是谁。我们在这里做什么——你不开电视机，你至少听广播吧？我骑上自行车，我对自己说：我去借给她几张唱片，电影不好，那是人们面前的一堵墙，播放的是别人的生活，而音乐，它在你的脑海里，于是人们会思考，人们会摆脱烦恼。你知道，不，你不知道，因为你不再出门，我们经常嘲笑的那个女的，会计科的，那个总是核实我们工作时间的那个女的。她也被赶走了，被解雇了：她把车停在超市前，对她的三个孩子说她去买点儿东西，说她只去一会儿，然后再也没有人见到过她：已经五天了。这是怎么回事，她去了哪里？一个女人独自走了没有对任何人留下只言片语。她没有像西尔维亚那样做：你也很喜欢西尔维亚，不是吗？有一些文章，给，我还给你带来了报纸。可能你不想看，如果你不想看你就不看，这没关系，这是我的，我看过了，我把它带给你，仅此而已，我不想强迫你也不想烦扰你，有些人肩上的负

238

担更难更重。总之我们在开始时不相信你，我们对自己说她有些夸张了，这是她的性格，她看问题太悲观了，她的观念过时了：毕竟我们在生产电视机，而世界需要电视机。世界就是一部完整的电视。电视机到处放置，当人们买了一台新电视机的时候，就把旧的放到另一间房子里去，而我们就生产电视机，这挺美好不是吗：底座显像管木质外壳然后包装纸箱保护罩使用指南保修手册检查……他们招聘了十来个小伙子来拆卸，临时工，你明白：从前的制造经理，成了大搬迁的搬运工人——好像他们要拍卖大量的东西，他们招聘了保安，甚至当他们清空了垃圾箱后，保安们还在注意不让人们在路过时带走任何东西，垃圾箱里的一些莫名其妙的东西：传真机、复印机和一些不知道是什么玩意儿的东西。注意，那些东西都是半坏不坏的。就这样，他们聘用了我邻居的丈夫，然后她丈夫告诉她："你的朋友，根据她在罢工期间的表现，当她拿着简历去任何一个地方申请工作时，人家肯定都会，啊是的，都会十分礼貌地接待她说：没有什么适合您的工作，我可爱的女士。一旦有了，我们会写信给您的。"我，骑着我的自行车，对自己说：她可以为此感到自豪，我的这位朋友，她应当相信这一点，我的这位朋友。

寓言式的训教，一个发现

我有点儿空闲时间，我想近距离去看看。

在城镇号码簿中，我抄录下五个申报的犬类活动场所：都都·米克、克尼什、卡特帕特、当第·道格、埃斯特蒂克·希安，以及一个志愿者协会：爱心多多，它提供为猫狗梳洗的特别服务以便筹集资金用于动物事业（"城市卫生空间倡议"）。

我再次从大宇门前驶过，朝前疾驶。我经过从前的市镇中心和教堂，离开了城市。刚刚转过弯，就看见一个从前的工人花园，一块长方形的带状土地，被修整成了犬类训教场地，里面设置了一些供跳跃和攀爬的障碍物。

这里说是每周六上午开放，但我在这里从来没见到过一个人。然而，在入口处，有一张用图钉钉着的小告示，标明 1500 欧元（是大宇人月平均工资的 1.5 倍）可以买到一只被警察总队宣布为能力不足的动物：

"犬类训教治安中心出售下列名单中的狗。它们被撤出警犬驯养计划，因为它们不具备警犬的素质。"

训教章程的笺头字体漂亮，双面展开，用

图钉钉着。我把它拍了下来以便日后传到我的电脑里去：

"为了训狗成功应遵循的原则：

"训教应基于在开发动物的本能和摒除偶然出现的行为及已养成的旧习惯。对场境和人狗之间接触的判断应基于狗的反应和行为能力，而不是基于人类的反应和行为能力。

"不应当欺骗狗。动物不喜欢受辱，它们生性是有自尊心的。在所有涉及其生存的事情上，狗都应当依附于训狗员。训狗员有义务关心狗的一切需要，并要尽可能地做到最好。至于训狗员，他也应当依附于狗，从而创建一种相互依存的情感。"

我的工作，就是通过书写说明人与人之间的关系及事件。空空如也的大宇是一个谜，因而我要寻找那些留有痕迹和记忆的事情并记录下来，好像城里的每个重大事件都参与进那幅壁画，而且像拼图游戏里那样作为紧密相连和必不可少的部分对之进行补充，融于其中。

"动物应当始终明白，听到某些词意味着（此处用了复数变位①）要做某些事情。狗应当明白，训练结束时，会发生什么事情。比

---

① 按照法语语法，这里的动词 signifier（意味着）应用单数变位，而告示上却用了复数，作者在此作了纠正。

如，如果训练追捕的话，它就应当找到所追捕的人。

"应当总是用同样的词语、同样的声调、并以同样的节奏发出命令。饲养这个词不仅仅意味着照料，还意味着教养、训练。对于一部分人来说，狗能够学会的东西是没有极限的。只要具有想象力，搭配激励，狗可以变得非常有用。"

当然，在我拍下用图钉钉在驯养场玻璃板下双面展开的训教章程时，我绝没有想到要将它搬到我的书中来（我只有一个低档的小数码相机，但它有一个按键，上面带有一朵小花的符号，表示可以近距离拍照）。令我感兴趣的，不是狗，而是它们与工厂、与领导者的相似之处：我写的不是事，主要是关系。而我寻找的那些迹象，破译了这些关系产生的缘由，主导着这些关系的摆杆。

"应当在狗狗完成动作之后立即给予奖励或惩罚。在别的时候而不是在紧接着它犯错误之后对它进行惩罚是残忍的，这不属于训教范围，因为这样狗狗无法将其错误和惩罚联系起来。狗一次只能想到一件事情，因此一次只能就一件事情来对它进行训教。

"训狗员应当给予狗必要的时间来履行下达给它的命令。要求立即服从会在动物的头脑

242

中造成混乱。

"训狗员应当表现出极大的耐心。狗不是人。狗作为狗可能比训狗员作为人能更好地完成其任务。

"重要的是要记住狗不能提问题，也不能明白所有对它说的事情。它只熟悉训狗员教它的那些词、命令和名字。

"训狗员应当首要考虑他的狗。训狗员应当总是和蔼可亲的。训狗员在并不确切知道该怎样训导狗，在头脑里对每个训导阶段不是非常清楚之前，不应当尝试教狗做某件事情。"

用于训练狗的障碍物，训练它们跳跃的树篱、车轮和秋千都是用黄色和红色的塑料制成的，在训练场中央还有一个铺了沙子的区域是用来训练格斗的，在顶里面还有一个木棚。第二天，在回来时，我看到那里有很多人：一辆带拖斗的车，在拖斗里，是一些带栅栏的出入装置。两个人正在车旁讨论，我减速慢行，但是看到他们盯着我的样子，我不敢停车：我不能肯定我是否真的有什么事要与他们交谈，而我也不习惯为了上前与人攀谈，而去冒充别的什么身份。

"训狗员在夜晚离开狗狗时，永远不应当让狗感到茫然不知所措。在对它说'晚安'之前，应当用肯定的语气告诉它当日的训教结束，并且明确地告诉它，它战胜了困难，获得了成功。

"当训狗员生气或不能控制自己的情绪时，他不应当惩罚狗。在训狗时他不应当发怒。如果他这样做了，狗就会不大尊重他了。

"训狗员不应当在狗的后面追着去抓它，应当是狗走向训狗员或是跟着训狗员。训狗员不应当哄骗狗然后对它施以惩罚。动物会让他因为愚弄了它而感到后悔的。训狗员不应当嘲笑狗，他不应当不停地给它下达命令，也不应当不停地叫喊来激怒它。

"团队要成功必须让成员建立联系。训狗员和他的狗之间存在的这种联系是一种相互依存的意识：没有这个意识，就没有高效的团队。如果训狗员与狗在一起工作的动机是为了有一份职业收入或是为了获得声誉的话，那么这种联系就会存在裂痕。如果训狗员不爱他的狗，动物会感觉到这一点并且对它的主人也会持有同样的情感；因此，他与它之间也就不会存在亲密的联系。"

在社会生活的一定时期内传播、使用和堆积的词汇和句子是否显示了这个社会的特点？那些研究已经消逝的世界的考古学家们不得不相信这一点，因为他们就是在遗迹之上重建对整个社会的理解。就像我们相信将查克·贝里的录音放入到宇宙探测器送往宇宙边界是有用的，如果重建我们的城市时，只有一份俱乐部犬类训教章程，我们会是怎样的形象？这份文件的最后一段，我一个字也不愿意改：

"当我们的朋友弃我们而去时，狗却始终忠实于我们。当我们的钱财散尽，当我们失去名望声誉时，它却像太阳永远照耀在天空那般忠诚地向我们奉献它的情感。它就像一位王子一样守候着可怜主人的睡眠。如果噩运落在主人身上使他在这个世界上没有了朋友没有了住所，忠实的狗儿不会要求别的更大的恩惠，只求能够陪伴他，保护他免遭危险并与他的敌人作斗争。当大限来临时，当死神带走了它的主人并将之躯体弃于冰冷的泥土中时，其他人继续赶他们的路又有什么关系，在墓旁，人们会看到那高贵的动物将头搁在爪子中间，目光忧伤而又凝重，忠实而又真诚，直至死去。"

这些朴实的文本在多大程度上反映了生产它们的人群的某种状态？它们在这里消除了这群人的恐惧还是表露了对他者的想法态度？有什么理由利用贴在一个小工业城市出口处的一扇铁栅栏下面的打字稿，设想这些话说明了一些人与另一些人的关系，把同样的词句当作社会关系奇怪共鸣的隐喻？然而每个女工就是这样谈论"主管"的，特别是韩国领导教给主管用来监督女工工作的方法：双手背在后面走向她们，非常靠近她们但又让人无可指摘，并从她们的脸一直打量到她们的脖子。

斗狗：一份法梅克警察总队的报告

《外交、国防和武装力量委员会下发关于警察总队在城市周边地区作用的信息报告》

在对大宇的调查过程中，我通过互联网得知这份报告的存在。他们想监测穷人，于是建立了一个相应的警察局。法梅克，还有瓦兹省的茹伊-勒-姆蒂耶和图卢兹附近的布拉尼亚克曾受到警察总队的彻查。这份信息报告可以公开查阅，我只需给一个当参议员的朋友的秘书处发一封电子邮件就可以收到这份信息报告：这份报告中什么都有，日常工作记录，与当地官员的会谈。这是难以接触的现实的绝妙显微镜……

这份研究证实了在法梅克和于康热这两个贫困城市，出现了血腥的斗狗活动，一种在当时甚至已经不再是暗中进行的赌博活动。我自己没有见到过，但这里有一篇由一个还不到十三岁的初中生写的文章：

"有一些青少年到居民区的空地上来斗

246

狗，就在大家都去购物的那个超市旁边。那些罗威纳犬大开杀戒。到处都是血。"

对欣赏这种场面的那些人来说，这跟斗牛一样有趣。

"年轻人赌钱。当他们的狗输了的时候，他们就相互争吵相互辱骂。孩子们看着这个场面，听着各种各样骂人的话。我知道的最肥最凶的狗是戈利阿特和蒂唐，但它们不参加战斗。"

这些为了杀戮而养狗的都是些什么人？白天，你只能遇到那些牵着尾巴和耳朵都被烙铁截去了一截的看门狗的人，还有一些人牵着一些矮壮的小狗，狗的主人们不得不将它们阉割。在上议院的调查报告中记录着，警察总队为了找到这些狗搜查了地窖：一些狗可能从未见过白日，只见过灰暗的围墙，围墙里有一天会冒出跟它们同血统同重量的同类，獠牙上挂着口水。报告甚至详细列举了查封的兴奋剂产品，让动物们吞食，就像给自行车运动员或足球运动员服用一样。

我具有长期组织写作工坊的实践经验。在南锡，就在这个冬天，在上列夫城高处一排排房屋中的一所中学里，我为国家戏剧中心组织了一次写作工坊。但在法梅克，我却想独自进行我的调查。我对这些文章的产生并没有出什么力。那个男孩说他将来想当兽医，"给生病的动物治病"。另一篇文章，这一次是一个女孩写的，来自法梅克"重点教育地区"的同一所中学：

"就在高中前面，两个十八岁以上的人打了另一个同龄的男孩，然后他们就跑掉了。他们丢下这个受了伤的男孩，任他躺在公路上。说什么只要大家脸上都能保持微笑，生活就会变得非常美好。在我们这个街区，人们有的时候很好斗。最近，在我家这个街区，一辆轿车被偷了。一些青少年经常在我家楼下为一些偷来的物品争斗。"

狗也是她自己小天地的一部分："为了在休息的时间里有些事干，我找到了一些有趣的消遣。我有一只黑色的小卷毛狗，当我外出上街时，我总是带着它。我们就待在我家门口。"

在写作工坊的工作经历中，因某个句子而引起的沉默（当这句话为你定义整个空间的时候），总是让我赞叹不已或是让我感动（但我再次强调，我没有出任何力），这个句子也是这样："我们就待在我家门口。"

八公里开外，在高速公路弗洛朗热的出口，我将车停在了"法国首家""动物快车"停车场，这里创建了二十三个工作岗位，其中四个借助政府补助金优先提供给前大宇的女职

248

工（这是从工商就业协会的一名主管那里得到的信息：一个是会计工作，一个是直销工作，还有两个岗位是地面保洁）。"从比雄犬到罗威纳犬，从杰克罗素梗到纽芬兰犬"，从停车场的入口处起，就打着广告，还有标语："五百只幼犬常年供应"。标价：棕色可卡犬375欧元，大麦町犬450欧元，一直到英国斗牛犬1150欧元。

我喜欢配套的宠物小窝：塑料的小窝可以立体地仿造人类客厅进行布置，有沙发、电视，后墙上还有假壁炉。或是背景为乡村和森林的宠物地毯。或是嵌有食钵，放有狗食的搁板和玩具，防跳蚤的项圈，还有防吠叫的功能，在声音接收器激活时会释放电流。

这里也卖金鱼和宠物鼠（5欧元一只，这毕竟比英国斗牛犬要便宜多了）。

您被告知，根据最新立法，这里提供的狗狗都在三个月以上，而从前只要满了八周就可以。它们一来到这里，人们便给它们纹身，然后在皮下植入一个电子芯片，记有出生日期和籍贯，以及疫苗接种记录等：这对我们自己来说是太方便了，我想，用几个兆字节，就可以保存正在书写的文章。

"宠物的益处"：在陈列架上，有一些红黄蓝黑四色套版包了塑料膜的宣传小插页，上面是一个身着白大褂的医生，挂着一个听诊器，非常显眼，还有一篇用大号字体写就的文章，内容是关于狗有益于"抵御当代生活的负面影响——压力"。根本没有提及正在进行的起诉超市母公司的诉讼案件，涉及到警方查获的波兰或斯洛伐克的卡车，卡车上的幼犬只有六个星期或是两个月大，被关在窄小的笼子里饲养长大，然后带着兽医（其中一个在奥尔良被逮捕，一个在梅斯，他们邮寄正式盖章的空白证明，包括年龄和狗的来源）开具的证明书，被分别送往城市边缘的动物买卖市场。

二十公里开外的"宠物空间"也一样，就在刚开张的欧尚超市欧洲中心店，正好位于蒙-圣-马尔丹的大宇上面，俯瞰着被大火烧毁的楼房废墟，而另一栋仍然在封禁。

"周六下午人们来超市不再仅仅是推着购物小车购物，而是在服装店和快餐店之间，在与朋友一起享受自助餐或是在商务会谈之间度过一段时光……最现代化的大型超市，在坚定创新的理念之下，遵循愉快交易的原则。从停车场的入口起，我就被楼房的现代风格所震惊，超市在高地上就像一艘倨傲的大型客轮，船首高翘着。商业长廊的取光来自天空中的舷窗，长廊容纳的五十个商店一字排开朝向山谷。就在已经废弃的原大宇工厂和霍尼韦尔工厂的上面。一眼就能从远处看见这座美丽协调而又光彩夺目的建筑。惊叹比比皆是!"

我在小山丘上拍照的那一天,一位神气十足的老先生,穿着工厂里工人们穿的那种蓝色工装裤,在遛狗,走向我。老先生看着我正在看的景物,不无笑意地说道:

"很美,对吧?"

带着当地人特有的那种自豪之情。

回顾金宇中,大宇的创始人

法梅克,热拉尔蒂娜·鲁,2003 年 9 月,第二次拜访。

"是这样,您回来看热拉尔蒂娜。请进吧。不过您打电话是对的。这些天,我常常要去带孙子。瞧,在照片上。我的儿媳妇又上班了。在目前的情况下,产假不会延长,奶奶们万岁。那么,您想要我给您谈谈金宇中先生吗?好吧,我就来给您谈谈金宇中先生吧。

"您先好好喝杯咖啡吧。您的书有进展吗,您的书?我去把装有文件的文件夹再搬出来。给,拿住了,挺重的。自从您来过以后我就没有动过它。那是什么时候,第一次是在九月份,第二次是十月份:一个冬天,这么快就过去了。我料到您会再来的。已经有眉目了吧，您的工作？那些姐妹们，她们现在在哪里，在做什么？另一种生活，另一条道路，有的时候，还是把糟糕的过去忘掉比较好。您认为大家现在还在起劲儿地谈论我们吗？您认为大家还记得它，还记得大宇吗？

"我的剪刀都准备好了，但再也没有什么要裁剪，要张贴的了。

"您要了解他，金宇中先生。

"从前，我们姐妹中谁会听说过他呢？对我们来说，韩国人长得都一个样。请注意，我并不是对这个国家的人有看法。有些人会说到处的老板都是一样的。要说就是那时还没有习惯，我们有时很难把他们这一个人和那一个人区别开来，而他们也是这样看我们的。工厂里有三个韩国人，定期轮换，还没熟悉这个人，又换了一个。翻译非常和蔼可亲：他们是一些年轻人，来这儿学习。而有的时候，我们觉得他们有一点儿在调和矛盾，他们并不回答我们提出的问题。但如果我们坚持，他们还是会回答的。他们回答得很好，只是那不是我们期望得到的答复。对不起，我要坐下来。咖啡来了。我很累。累，您知道。来吧，翻一翻，那个作了黄色记号的。因为，怎么说呢，我们是在中途了解到的。我们发现的时候就好像脚踩进了一个坑里。于是我们停了下来，仔细观察着，然后必然会回看。请注意，我们并没有因此知道得更多。

"噢，第一点，当时这个先生的年龄与我现在的年龄一样。您看，我现在也需要戴老花镜了。但是，对我，人们不会用一些这样的句子来描述：'银灰色的头发点缀着一个光光的前额，大大的眼镜遮盖了脸庞，这个男人的精力出奇地旺盛。'

"我们谈论工厂的领导们，就像从前谈论那些高级军事将领一样（我父亲曾是一个军人）：'尽管身体衰弱健康受到损害，金宇中，大宇的总裁和创始人，韩国第二大财阀，一直坚持到最后一刻。继八月银行控制大宇的十二个子公司之后，金宇中离开了他在希尔顿酒店（这个酒店是他的）顶层的复式公寓，住到了工厂宿舍一套简陋的套间里。'

"我们知道那些细枝末节的时候它们已经开始消失：请看看我墙上的这幅梵·高的向日葵。我很喜欢它，我的向日葵。您觉得我可以凭此跟金宇中先生交流吗？'他卖掉了他的艺术收藏品并拿出了他个人的部分资产（十亿美元的集团股份）给债权人作为保证金。但在六十三岁这个年龄，很多人都想说在我身后，哪管它洪水滔天！可是金宇中却想拯救曾

经跻身于全球二十五强企业之列的集团。'

"那是 1999 年，我在大宇工作已经五年了，很少关心我们实际上是在为谁工作。这是我们的错吗？他们派来的这些先生不跟我们说话，甚至没有想到要学习我们的语言，只是通过翻译跟我们的主管交谈，然后很快被其他人取代或是调到集团别的工厂去了。集团广告直接寄到我们家里：大宇，数字化梦想，或是大宇，生活更容易……"

我告诉热拉尔蒂娜有人已经告诉过我这些标语了，我在集团的文件中也找到了这些标语，被翻译成了十九种文字。

"他们本来也想我们早晨开着大宇的车上班，交叉路口的挖掘机是大宇的挖掘机，我们用大宇的电视机，高保真音响组合，还有我们维莱尔的伙伴们在北部高地生产的微波炉……

"领着别人参观完之后呢？

"我们对于大宇只有零散的印象。些微的神秘没有什么危害。我们属于一个奇迹，我们登上了一辆大冒险的火车，领头的是那位圣诞老人，他懂得的东西不比一本语法书或数学书里的东西更多，但既然火车冲进了雾霭之中，人们便接受了这个传奇：'他穿着跟员工们一样的灰色夹克衫和长裤，跟他们一起到食堂吃饭，每夜只睡四个小时。他做总结并制订计划。某天，他在利比亚试图说服卡扎菲，第二天又到了波兰，出现在大宇汽车位于东欧的活动中心。金总裁，就像他的国人称呼他的那样，在他的军团中努力打拼.'

"他在那时写了一本书，好像在他的国家获得了成功。书里写了他自己的亲身经历，还给所有那些怀有诚意的人们提出了一些忠告。他们让人给我们翻译了其中的一些片断，印成烫金边的小册子，作为假期赠品进行发放，但是只发给主管和工长。我手头上曾有一本，可惜的是我没能把它保留下来。那本书的书名叫做'每条街上都铺砌着金子'。您在《圣经》中也会看到这句话：'他们的梦想就是走进镶满珍珠的大门并走在铺砌着金子的街道上，穿着纤细的白色亚麻衣服'，奇怪吧，不是吗？

"不管怎么说，金总裁，他将这概括为一句话：我到哪里都能闻到金钱的气味。我们的新老板就这样说的，而我，我非常愿意相信，但我没有这个嗅觉。他说在他的一生中，他从未休息过一天，除了去参加他儿子的葬礼，为什么不呢。

"请注意，在这里，对此说法有另一个版本，这让人对他是否具有说真话的能力表示怀疑：'他确认在他的一生中只休过半天假，是为了参加他女儿的婚礼……'

"他一向擅长道德颂歌，请读这一段：'我认为一个领导者应当总是具有奉献精神。如果他关心的只是他的家庭，他的朋友，他的兴趣爱好，享受生活，那么他就只能达到一个中等水平。但如果他能够牺牲他的家庭和他的朋友，并将他的精力全部放在工作上，那就不一样了，他就能更好更快地进步。永远不要松懈。'

"而他的企业家角色来自'上天的委任'。抱歉插一句：我们克服了重重困难，刚刚成立了工会。我们对他们说，在这里，在洛林，连天空也是铁的颜色，是我们双手的那种黑色（我是矿工的女儿，很多人都会这样对你说），我们提醒他们不要忽视了这一点。

"他的童年十分艰辛，在朝鲜战争期间以及刚结束的日子里：他走街串巷卖报纸，然后替代他身为战俘的父亲去当教师，甚至还当过业余拳击手。他当时的念头，就是在当地的市场上收购人造丝织物，然后想方设法将之卖给美国进口商。据说当时他的妻子背上绑着他的儿子在推销。说他总是不经预约就去见那些进口商，而成功获得接见的概率是百分之五十。

"这位先生没有自吹自擂，当时那里确实在搞独裁。朴正熙，您知道吗，还有政变，在军人的卵翼之下，向来能够使得一些人快速上升。在金子铺砌的街道上，街角处很难看不到鲜血的痕迹。

"大宇，始于 1967 年：那一年，对您来说是什么，披头士乐队，是吗？您写了一本关于披头士乐队的书，好像。好像朴正熙，独裁者，是金总裁当中学教师的父亲的学生，当时造船厂抵制独裁。那个时候，金总裁正大胆地从事缝纫机用针的生产制造，他答应接管造船厂，但以获得国家贷款来资助他所从事的一切经营活动为条件。朴正熙于 1979 年被谋杀，这为他赢得了时间……在他的靠山死了以后，他转向去国外发展：极为安全。在南非生产电视机，在罗马尼亚生产汽车，在利比亚生产机械和轮船：这位先生，他想建立一个'环绕世界的大宇'。

"大体上说，就是在全球，大宇帝国的太阳永不落。

"但所有这一切运转靠的是空头支票、欠账和非法交易。因贿赂而起的诉讼案件，当我们在这里甚感荣幸地接待这位先生的时候，大家可能还不知道？

"1996 年，当他到法国时，他宣称：我投资的所有项目都是成功的……请看这篇新闻简报，日期是那一年的，这是我一个女友的女儿在大学给我们找到的：'过于庞大会垮台？'副标题是：'大宇的负债等于其流动资金的五倍……'可是没有一个人对此感到担心。

　"可是，那些上层人物也不知道这一点吗？如果说连我们都能看到这些东西，他们难道就不知道这个情况?

　"当他到达时，接待他的是红地毯、政府援助、宣告和采访：'我们在隆维的工厂将会为我们在欧洲销售获得巨大优势。如果这个尝试成功，我们就要使我们的产品多样化，向家用电器发展。法国人具有良好的技术基础，但在市场推广领域还有待发展。'

　"这要上溯到八十年代，不好意思，您需要了解这个细节。韩国希望开通一条特快列车的铁路线，为了奥运会，大家知道。从首尔到釜山，我，我不知道那是哪里。法国有它的高速列车要出售，洛朗·法比尤斯的第一次出访，当时他是法国总理。德国人的西门子公司、日本人的新干线都参加了角逐，最后是阿尔斯通拿下了合同：八十亿美元。请想一想，这对我们来说意味着什么，后来……

　"雅克·希拉克，当时的政府总理，在1986年的出访，与金总裁的第一次会晤，这里有照片，您看，四只手握在一起。1985年，在那一年，人们在这里大肆宣传'欧洲是发展的新中心'这个观念，包括卢森堡和比利时。啊，这一点，那些议员们对于词汇，他们是擅长的。在这类句子中，您总是可以加上'外国投资者'的字样，因为如果不是这样的话，就显示不出其重要性来。

"然后金总裁到了法国。1987年在维莱尔-拉-蒙达涅创建了微波炉厂，布鲁塞尔投资33%。他当时许诺要建五个工厂，提供1500多个就业岗位。所以是互惠互利。但这一点，亲爱的先生，您在报纸上什么也看不到。金宇中的脑海里只有一个目的，那就是为他自己弄到一个非韩国的护照。这想必没有引起希拉克先生的怀疑？

"请等一下，我马上就找到了。在这里。1987年4月7日的《政府公报》。请注意，那时大宇建立的唯一的一个工厂，是维莱尔的微波炉厂，80个就业岗位。由菲利普·塞甘，社会事务部部长，在1987年4月2日签署的法令——我还要戴上眼镜，字写得太小了——因其为法兰西民族所作出的杰出贡献，特给予金宇中、他的妻子金贞、他的两个孩子善勇和善协以法国国籍。

"直接的后果就是：法国无法引渡他自己的公民。金宇中，我们再也无法将他打发回他的国家，即使韩国要求也不行，如今这一条仍然有效。

"您真的以为他们，希拉克先生和塞甘先

生，没有觉察到这一点吗？他们又不是刚冒头，您以为他们这样做事先并没有进行调查吗？跟金总裁在一起的，还有另外一位先生，人们称之为裴博士。奇怪的裴博士，裴成勋，看，他的照片，在这儿。和蔼的微笑，不是吗？我们自己翻译的：他当时在麻省理工学院做了一些演讲，随你怎么讲，关于'坦克战略'的经营概念。这是他发明的一个东西，就是这么写的：据说他在大宇运用的就是'坦克战略'的经营概念。

"然后，在金总裁时代终结时，他在韩国的电讯部干了两年，负责移动网络设施。现在，根据他的说法，他是经济学教授和商务顾问。从邻居的女儿那里，我知道了这些。请看：裴博士，在当时的每篇文章里，他们都称他为'亲法派'，对他的老板都很客气，金宇中并没有被要求学习法语。

"是他，这个'说法语、热情而又有教养'的裴博士，在1993年被工业部部长热拉尔·隆盖接见，为了之后的业务：在蒙-圣-马尔丹建造第三个工厂，生产电视机显像管。热拉尔·隆盖确信：'你们的决定证明了电子工业不会被逐出欧洲经济共同体。'据说危机来自日本，而裴博士与"日本的冷漠"不一样，隆盖先生这么说的，是这样写的。

"她什么都留着呢，热拉尔蒂娜（热拉尔蒂娜说）。

"不好意思，我要再坐一下。我上个月开始化疗，就是因为这个原因我不想要你上周过来，那时我在家，但是在休息。现在好些了，但得慢慢来，您明白吗？看吧，看吧，别着急。请注意那些细枝末节。细小的事情在时间的进程中并不起眼，然后，当人们过一段时间再来看这些事情的时候，它们对人却大有启发。就像我的胃部疼痛一样，我对医生说我的胃疼，于是没有人想到要去检查更远的地方，那是因为肝脏不疼。然后，某一天，有个医生想到要检查远一点儿的地方：胃疼是因为它的后面长了一个肿瘤在刺激它……

"1993 年，金总裁的新目标，是法国的汤姆森多媒体集团①，它正等着被收购，在寻找合作伙伴。裴博士和金总裁已经做了一些准备工作。《工厂新闻》，1993 年：'爱德蒙·德·罗斯柴尔德金融公司与大宇合作，重返赛场并购汤姆森多媒体集团，并为拉加代尔②奉上韩

---

① 法国最大的国家企业，全球第四大的消费类电子生产商。

② 由法国著名企业家让·拉加代尔创建的一家集媒体、机械制造、航空航天和电讯为一身的综合性公司。公司下辖一个出版公司、一个卫星公司和一个宇航公司。

国人……'

"汤姆森不想要他们，更喜欢阿尔卡特①。于是他们使出了大手腕，瞧：'大宇承诺在洛林投资总计二十亿法郎。作为交换，政府承诺补助六亿法郎。要知道在亚洲一个组装单位的收支平衡点为每年一百万台电视机，而蒙–圣–马尔丹每年却只能生产五十万台，这个承诺显得过于大胆了……'

"啊，数字的舞蹈：将这些钞票摆在桌上对我们来说有什么意义，到每个月底我们只能领到那么几个钱。

"汤姆森的领导层竭尽所能地表示反对：'在企业里，韩国被看作低级的电子组装方，而他们的公司却要向未来挺进。几年以来，阿兰·普雷斯达，汤姆森多媒体集团的总经理，已经将生产基地向东欧国家和墨西哥转移，并将研究开发转向了数字领域……'

"您开始明白了吗？没有？好吧，那么我来跟您解释。

"拉加代尔向金总裁推荐阳狮集团②的负

---

① 即法国阿尔卡特通信公司，创建于 1898 年，总部设在法国巴黎，是电信系统和设备以及相关的电缆和部件领域的世界领导者。

② 法国最大的广告与传播集团，创建于 1926 年，总部位于法国巴黎。

责人莫里斯·莱维。但金总裁感到麻烦，在韩国的官司可能会引起轰动。这时又是裴博士出面：他在蒙帕纳斯街区的一套公寓里接待了客人。这儿有一些照片，还有我从《房屋和花园》上仔细剪下来的一篇文章（多媒体图书馆的文章，别去告发）。可以看到他出席了阿兰·马德兰①和热拉尔·隆盖召集的政治集会，我们甚至因他的出席而感到非常荣幸。而拉加代尔先生提到共同收购万能公司②……

"啊，万能公司：那是一段美好的回忆，我们曾组织了一个代表团去那里参观，她们非常热情地接待了我们。我在一个家庭里生活了三天，现在成了我的家庭。而万能和大宇，是一个样，什么也没有留下。

"看这个，裴博士宣布：'将大宇和汤姆森多媒体联合起来，成立一个具有 5000 个就业岗位的电子中心……'等等。看这里，我手上的，是时间表，我做的时间表，是我，热

① 阿兰·马德兰（Alain Madelin, 1946—），法国政治家，曾任法国财政部部长，2002 年曾参加总统竞选，并为总统竞选候选人，2006 年宣布退出政坛。

② 万能公司，原是法国一家家电公司，成立于 1937 年，2001 年企业重组后，万能公司成为法国赛博集团（一个以发明世界上第一个高压锅而著称的小家电企业集团，创始于 1857 年）的一个子品牌。

拉尔蒂娜做的：1995 年 11 月，金宇中在首尔因于 1989 年至 1993 年间向南韩总统卢泰愚行贿而被判入狱两年半。

"1996 年 1 月，金宇中因他'对民族经济作出的贡献'而被缓刑，事实上是因为他支持了新总统金大中的竞选活动。啊，我们对韩国的故事已经习以为常了，一个难得安静下来的国家。对金宇中来说相当重大的决定，是在诉讼期间，他竟大胆地定居在利比亚，将大宇的指挥权交给了他的副手，并声明自己今后只是'名誉总裁和巡回大使'，这大概使他有点儿难受，您不认为吗？但'巡回大使'，这实际上可以证明他的收入不菲，甚至还增加了。

"但是，当 1996 年 5 月 28 日，总理阿兰·朱佩先生在授予金总裁法国荣誉司令勋位时，他们怎么会不知道这一切呢？啊，是因为你们不知道？

"请看这里，阿兰·朱佩赞誉金宇中的讲话，关于'一个杰出企业家的活力和想象力'的长篇大论，您没注意到什么吗？对阿兰·朱佩来说，金总裁是韩国人，没有一处提及刚刚授予的法国国籍……还有这里，这是一位叫作鲁莱的先生，法国汤姆森无线电公司的负责人，他谈到了在随后的几天里与裴博士和金总裁进行的一次新的会谈：'当我看到他们到来时，两个人都佩戴着红色的勋带，我就明白事情有些麻烦……'鲁莱先生自己就是荣誉骑士勋位获得者，他很懂得这一套：在朱佩授予金总裁荣誉司令勋位的同时，热拉尔·隆盖突然将裴博士提升为法国荣誉军官勋位……

"1996年6月，所有报纸都转载了阿兰·朱佩在电视上发表的那篇著名声明：'汤姆森多媒体公司，在资产重新整合后，价值只有象征性的一法郎，因为在目前的情况下，它一钱不值：只有债务……'内阁许多部门都提出了警告，反对那些'企图暗中破坏行动计划的人'……好，这引起了一些反响，人们发现存在一个私营化委员会，这个委员会不愿意认可政府的选择，最后，朱佩先生被人暗中使坏，但并没有阻碍他重新活跃起来。

"而我们，整个大宇，不如说也很高兴：那事没有成功，那些交易。在汤姆森，都是些什么人，不就是像我们这样的姐妹们？是我们的手，我们的胳膊，我们的生命，来出这象征性的一个法郎吗？大宇没能把汤姆森这条大鱼拖回来，而从那一天起，我们便注定没救了，只是我们不知道而已：诱饵没有起作用，大宇继续拿政府的津贴。不过在他们的脑海里，肯定已经制定了关厂的规划。

"我们最后把他给忘了，金总裁。每个国

家都会有一些品行不端的老板，并且这个走了那个来：在我们这里，曾有几个好典型，没有什么值得教训别人的。是韩国人他们自己提醒我们，让我们想起了这个事。1999年9月，法国荣誉司令勋章的获得者、拥有法国国籍的金宇中先生，在韩国被指控虚报其集团资产320亿美元，从而导致破产。在韩国的破产引起的后果可不像洛林大宇数千人遭辞退这么简单，而是三十倍于此。并且，在盗用的320亿中，整整20亿的现金扎扎实实地装进了他个人的口袋。据说他躲藏了两年，说是得到了韩国总统的同意，因为他为国家作出了忠实的贡献。就让他继续住在酒店里吧，在法兰克福，在意大利，在利比亚，然后作为奥马尔·巴希尔①总统的经济学顾问，成了苏丹的官方客人。就这样，苏丹很远，这个国家的总统名叫奥马尔·巴希尔。请看这篇文章。2001年3月，国际刑警组织将他列入全球特级通缉犯名单。国际刑警组织的总部在哪里？在巴黎。那个时候金宇中住在哪里？在巴黎。法国国籍给他帮了忙，因为韩国向国际刑警组织提出请

---

① 奥马尔·巴希尔（Omar Al-Bashir，1944—），苏丹军事领导人、政治家，曾任救国革命指挥委员会主席，1989年担任苏丹第七任总统。

求，要求法国将这位先生引渡给他们，可是在法国，不会引渡法国籍公民。

"当时我们看到，他们来到洛林，韩国工人代表团来这里找寻他们的老板。因为他们有一个勇敢的工会。我们在这里接待了他们，他们和低声向主管传达指令的那些人不一样。然后他们去了尼斯，我们这里的一个人陪同他们去了那里：金宇中在尼斯有一幢房子，比这里的那些房子要漂亮得多，请相信我。看这些照片……甚至都上了电视。房门是关着的，它总是关着的，在圣-巴比隆格街 269 号。他们在门上系了一条饰带，还有一个小牌子：大宇工人的产业。多漂亮。只是一个举动而已……

"请翻过这几页，我留了一些空页给后续的文章。我的女儿在商会为我剪文章，她在那里做清洁，而那个在读大学的小邻居，每两周回来看她父母的时候，她就给我留下一个信封，里面装着她在互联网上找到的东西。但最近几个星期，扫描、检查、化疗，我要整理的是这些东西。这没多少，与原来相比：人们不像原来那样经常地谈论大宇了。人们知道那是汽车品牌，可人们忘记了工厂。据说，像我这样有这种病的妇女，在被辞退的人中占的比例更大，是吧？可那里的大夫却说，对他们来说，所有的病人都一样。我知道的就这些了。

"最后一篇文章，在这里，您看，《解放报》，2003 年 3 月 13 日。《解放报》，有时他们真让我感到恼火，但我还是读给您听：'这并不妨碍被国际刑警通缉的大富豪继续与法国保持极好的关系。事实上，金在 1 月 30 日得到了一个社会保险账号，被《解放报》发现了。可能是为了领取一份工资，因为他今后将作为顾问工程师在一个法国企业里工作。'

"好了，您会告诉我，所有这些资料能为您提供什么结论，是不是？再来看看年老的热拉尔蒂娜，哪怕只是为了来喝一杯咖啡。您会再来让我高兴吧？"

工厂里的戏剧（想象）

在我最初的戏剧梦想中，我会安排一些公交车将观众从南锡、梅斯或蒂永尔送到芳兹河谷，送到大宇在维莱尔或在法梅克那空空如也的厂房里。人们一到工厂里，便在光线昏暗的大厅里自由地走动，玻璃窗朝向这些办公场所：领导们的办公室、长长的自助餐厅、通道，都被打着强光。那些为搬运和停放机器而标出的标记还在地上。我在这里看到过的那些须知也都还在墙上，还有灭火器、通风口和所有工业生产所需要的细小物品。然后关闭大厅的灯光，女演员们，拿着高频送话扩音器，就在观众中间走动着，声音通过安装在四个角落的扬声器在整个大厅里回响，而一个普通的追光灯照着她，随着她变动方位照亮她一件一件看向的工厂的物品：门、框饰、几何图形。女演员们一个接一个地说着台词：

"对于在 2003 年 1 月的《东部共和报》上看到的：'在收到他们的辞退函后，他们已经与设在市中心养老院内的再安置小组进行了联系'，

"对于在一次官方会谈文件中看到加上了引号的非常罕见这个措词（非常，副词表示足够地、充分地）：'对于工会提出的二十四个月这一条件，政府当局只同意了在领取六个月的补助后可以再次申请为期四个月的补助，补助的上限为先前工资的 65%。国家认为，在再安置方面做的努力已经是非常罕见了'，

"对于大宇工厂在辞退员工前几个月发表的一些声明中提到的：'由于需要减少库存，产量和人员数量之间的差距约计在百来个人，理论上的差距并不意味着这些员工将被辞退'，

"工人一方的回答是：'马上召集员工代表大会，并对继续掌有内部警戒权进行表决，同时提议成立一个联合工会'，

"对于读到的'洽谈因税务中心被占领而中断一天之后，默尔特-摩泽尔省的省长昨天同意恢复与劳资双方全体代表和地方行政单位的代表就大宇劳资计划融资问题的洽谈'，没有任何别的证据可以证明在地税局那些昏暗的办公室里，占领者和被占领者之间发生了什么，而这个'劳资双方代表'的称谓就好像是在说，应当不惜一切代价，首先把一切都划入一个既定的框框里，

　　"对于看到的什么都不能抗拒'盈利'这个词的统治法则，人们因此而利用它，好像所有的人对此只能表态同意：'五月，总经理解释说某些微波炉的生产不再盈利，说在洛林，大宇每生产一个微波炉就要亏损 8 欧元，而在中国，每生产同一个型号的微波炉却能盈利 1 欧元……中国是一个了不起的竞争对手，'工会女代表补充道：'我们在一本小册子上看到了他们在中国生产的东西，是些超级精细的产品，美观实用。而这里，好像很久之前大宇就任我们自生自灭了'，

　　"对于'劳资计划预案'这个奇怪的概念，

　　"对于这个不抱幻想的结论：'这些螺丝钉工厂没有了政府的资助便维持不下去'，

　　"或是诸如此类的报告：'工会甚至拒绝

270

就大宇实行每周工作三十五个小时的方案进行谈判，以免企业再次接受对工人不起任何作用的补助金'，

"对于又一次读到这个盛气凌人的不予任何评论的固有措词：'以企业非常委员会的名义宣布，由于经济的原因计划解雇全体员工即229个员工，大宇企业委员会的女代表作了详细的解释，而领导部门却不予任何评论'，

"对于在男女工人的能力方面上用了水平这个词，当集团的第一个战略计划是为了尽可能少地花费，只雇用那些最不可靠的或是技能资格最低的劳动力时：'顾问指出，员工的技能水平极其低下：这一点对企业的竞争力很不利，对受到劳资计划威胁的员工们同样也很不利'，

"对于水平这同一个词，如果将之用在那些高层身上时：'目前负责劳资计划的部际领导主张开通多种渠道，例如制定一个经济变化观测表，作为监测长期（七年）经济形势的工具，然后制定一个能够分析判断中期（一到两年）经济变化的统计表，最后，为了振兴脆弱的就业市场，建议以预防的方式，建立永久转型的区域性平台'，

"对于劳损过度这个阴性复数形容词：'我们付出的已经够多的了，我们累垮了。很

多人都已经五十来岁，劳损过度。我们非常清楚，在本地区，没有任何工作可做了。这是一个重大的损失，应当补偿我们'，

"对于继续窥视暗地里的钱，完全不把劳资计划和托盘大火放在眼里的财政局：'大宇的母公司已经承诺向银行支付 1500 万欧元的保证金以撤销对企业账目实行的保全查封'，

"对于最审慎的那个句子，'两年内继续享有医疗互助保险权益'，但两年很快会过去，

"对于那些负责公共利益的人如此泰然给予的官僚主义的答复：'（……）今天上午宣布为因去工业化而遭受损失的地区设立一个新的政府机构'，

"对于同一天在两个复合句中看到意为可变动的、危急的、恐慌的这两个词——变化莫测、束手无策：'现在该怎样找到工作，我们束手无策：人们记得我们来自那个发生了火灾的公司，来自那个曾想污染河流的公司'，然后'罢工者们的态度主要体现在笼罩工厂周围变化莫测的气氛'，

"对于依法设立而又合法保留的清算人这个职业：'清算人通报了最新财务信息，所剩无几的流动资金，勉强能够抵偿当前的债务，如果没有一个地方行政单位愿意接手，或者说

主要是不能接手的话，那么这笔超法律规定的赔款融资便无法得到保证'，

"对于在五月继大宇倒闭之后记录下来的这些思考：'我们，工人们，我们就像在一个漏斗里，脑袋被卡在瓶颈。这可不好。到处都在解雇工人。劳动节，很快就要将它改名为失业节了'，

"对于在随后的那个月份里，在梅斯就业办事处听到的类似的答复：'市场不景气'，

"对于在官方的表达方式中总是列举一系列数字，让人头晕目眩捉摸不定（这与在 Iso-cel 转岗事务所倒闭损失的钱款有关系吗?）：'政府当局准备从现在起投入六百万欧元用于转岗、培训和设立专门处理被辞退员工个案的再安置小组'，

"对于工龄这个词，人们虔诚地希望能纳入考量：'但愿全体工会会员要求的高达三万欧元的超法律规定的失业津贴外加每年 750 欧元的工龄津贴能够得到支付'，

"对于那些简单明了而又人道但局外人不一定会马上想得到的事情：'联合工会还要求将上百个被辞退的外籍员工的居留证延长至十年——而不是现在的一年'，

"对于词句天真的效果，在一场大火中希望烟消云散了：'在那场吞噬了一半厂房的大

火之后，库存的显像管以及原材料全部被烧毁。对于蒙-圣-马尔丹的居民和工厂的员工们来说，打击是巨大的，他们看到最后一丝希望化成了灰烬'，

"对于那些玩忽职守或是观念陈旧、思想僵化的人们：'商事法庭将从周一开始开会讨论火灾对正在进行中的破产管理程序的影响'。"

然后一阵短暂的沉默，一切重又笼罩在黑暗之中，女演员们消失了。接着，慢慢地，在四面墙壁那白色的背景上，依次出现了维莱尔大宇和法梅克大宇五百个女工的巨大头像，有时是一个头像投放十次，有时是十个不同的头像一个接一个地岔开，围绕着大厅旋转，有时这些头像又重新出现，有时非常快地被别的头像所取代，有时又长时间地停留在一个地方。

没有音乐。沉默。

一些二十到五十岁的妇女，五百个头像。

戏剧片段七：穿越工厂

我曾向导演提议安排相当于动作戏的情景片段，这时可以向剧院的墙壁上投放一些画面：在四位女演员的周围，是空空如也的工厂

（或者，为什么不呢，是这些女演员们在工厂里的画面），接着是一连串的画面，包括示威游行、工厂的日常生产、流水线上的作业和更衣间里的情景，葬礼、乘车旅行、友好的关系。

撒莱：是怎样在一起的？

亚大：流水线。总之，他们说是生产线。在你面前有一面镜子，不是玻璃镜子，而是铁镜子。你看着电视机的后部，而你的双手则开始安装线路系统和接线柱。我们三人都坐在我们的凳子上，如果我们中的某个人朝着她的面前说话，并不引人注意，而其他两个人却能听见。你，你来回走动，不停地移动着，推着你的小推车。有的时候，我们开开玩笑。

撒莱：是怎样在一起的？

拿玛：随后，在更衣间里。我们关上门，一阵寂静。下一班的人又要开始工作了。和姐妹们一起，我不知道，是种放松吧。我们脱下工作服，工作服下面是全裸着的或几乎是全裸着的。瞧：只在这一瞬间彼此显露一下羸弱而又美丽的身躯，然后我们又继续我们的世俗生活，战斗的生活，每人都穿上自己的夹克衫自己的外套，站在更衣间那面嵌在铁门里的小镜子面前，我们给嘴唇和眼睛补好妆，就完成了。

撒莱：是怎样在一起的？

洗拉：你，双臂交叉在胸前，主管要你继续或重新开始工作，而你却一动不动。你只是待在那儿，一动不动。然后你意识到她将视线转了开去，因为旁边的伙伴们，她们也都双臂交叉在胸前。好了，大家罢工了。

撒莱：我们在过道中走着，我们起草了一份通告，将它张贴在布告栏上。我们叫来了B线上的人，我们站在食堂中央，大声地诉说为什么我们觉得受够了。在大宇的八年里有多少次了，现在你该怎样发泄你的愤怒？你站在宿舍的楼梯中央，你在城市那空无一人的广场上向前走着，你叫喊吗？现在是怎样在一起的？

亚大：好一阵子。在工厂的那个夜里，万籁俱寂，阿伊莎在给我们煮茶，其他的姐妹带来了糕点，大家互相展示照片，互相讲述一些在正常情况下绝不会说的事情。而我们四个人，你还记得吗，我们决定要去看看这个工厂所有我们不曾去过的地方，仓库，办公室，储藏室。你们看，一切都是空空的，现在。

撒莱：是怎样在一起的？

洗拉：有人在工厂门前烧起了火，是他们，男人们，他们拿来了一些木板和旧轮胎，一个姐妹甚至派了她的丈夫和另一个男人去超市给我们买沙拉。我现在还记得他的表情：这是一个颠倒的世界，好像在告诉我们说……

拿玛：开玩笑。他们也拿来了一些甜点和

276

酒，他说：我代表邮局的兄弟们，用的都是我们的私房钱。后来当我们停止罢工以后，大家都去了我家。你，还有你，还有你。那是在夜里，大家站在阳台上看着这座城市，我们非常想唱歌，大家一起唱。最后我们唱了一支不怎么样的歌，就是这支歌，是四个声调：现代化生活，现代化生活，现代化生活……

撒莱：西尔维亚的葬礼。天下着雨。教堂里，人少得可怜。工厂的一些姐妹们，几个家人。我眼前又浮现出她的妈妈，牵着她的孩子。一个两岁的孩子，懂得什么。然后是墓地，我们四个人是怎样又一次碰在了一起。大家上了我的车，不知道该去哪儿。

洗拉：我对你说：开车吧，管它去哪儿，只要开起来就行。

拿玛：我原来不知道她是孚日省的人，西尔维亚。那自然要去那儿了。在高速公路上，我们看见了南锡，于是好了，我们到了南锡，街上好多的人，人声鼎沸，我们去了一家酒吧，成了外来人。也是这样，大家在一起。你说你要去买些东西，然后去看你姐姐，于是你就一个人走了，我们三个人留了下来，什么也没说就回来了。

亚大：我很长时间没有见她了，我的姐姐。她不想跟我谈这些事，只是到了第二天早上送我上火车时才说：你没有工作了，是吗？大宇完了，这是他们在电视上说的，你到那边去做什么呢？你在那边怎么办呢？你一个人在那边。

撒莱：是怎样在一起的？

拿玛：碰到了，就这样。那里，转岗办公室，当你去看招聘广告的时候，交谈的时候就会碰到。你好吗？

洗拉：还好。

拿玛：你有工作了吗？

洗拉：工作会有的。

拿玛：你要坚持下去，你会坚持下去的。

洗拉：尽力吧，我会尽力的。

亚大：在学校门口，那些女人放下孩子，自己并不下车，然后就把车开走了。而你知道，其他的姐妹们都跟你一样。有时间，有很多的时间，你是多么自豪地说：至少每天中午我能看到我的儿子，我不会让他去吃食堂的。

洗拉：细细地算账，乐此不疲。交了房租付了账单以后，每周还剩下多少，有多少钱买香烟，有没有钱去看电影。还有什么别的呢，还有什么更好的呢？我，我喜欢摇滚乐，我喜欢旅游，我马上就要满三十岁了，可是却没有人问问我有什么看法。

撒莱：你怎样发泄你的愤怒？

278

拿玛：示威游行，你还记得吗？手挽着手，在大街上四人并排而行。得到部长的接见后走出来，外面全是警察。我，我本来是不敢去的，但是你，因为你去了……

撒莱：在他那个年龄，我本来可以雇个保姆照看他的。我对他说：来吧，小鬼，推我还是打我，这就是你的职业，不是吗？

亚大：你不必刺激他的，甚至激怒他？

撒莱：大家在一起，你不知道你在做什么。你这样做是因为你和整个团队在一起。如果说你走在前面，那是因为事情就是这样发生的，就这样。那是什么，不就是一个人对另一个人实行肢体暴力吗？说到底，那就是打架。他保护谁，这个乳臭未干的警察，戴着他的头盔拿着他的盾牌，来对付大宇的女工们？他知道他是在对一个姑娘动武吗，体型跟他的女友一样的姑娘，如果他明白这一点那就好了。

洗拉：就是这样在一起的，这就是发生在我们身上的事情。每个人在自己的家里，或是在街上，或是在干着无关紧要的工作，而这些不时地出现在你的脑海里。在脑海中你不停地说着说着，你想起那空空如也的办公室，那个被扣留的家伙，还有示威游行和一起到火车站乘车去巴黎请愿的情景。

拿玛：艰难的时刻也是美好的时刻，处于困境中的女工们异常团结……

洗拉：你知道的，你非常清楚，全完了，这不是真的吧。一些幻影。工厂里再也没有一个人，厂子被拍卖，连墙壁也被拍卖。城里，什么也没有了。不时地出现在你脑海里的，是与姐妹们的交谈，我们重塑的世界。但是你瞧，你认为她们在那儿，你认为重塑了二十次，那么试着来摸摸她吧，你看：你用手来摸摸她的全身，她不存在。试试，也来试试我。

亚大：我把手放在她的皮肤上，我看着我的手：非常白。我再次触摸她的皮肤，再次看着我的手：又变成了原先那样。在脑海里，突然，一阵寂静。我对她说：说话，再说说话。那个夜里，我梦见了西尔维亚。

撒莱：是怎样在一起的？

拿玛：什么也没有，什么也没有了。

洗拉：快逃吧，保住你还剩下的东西，他们留给你的东西，保住它！

飞机上，从飞机上看法梅克

2004 年的 1 月，我乘飞机去日本。和两百个旅客挤在一个座舱里，我感到从未有过的孤独。让·艾什诺兹在头天见面时曾向我断言，这种被动的孤独感，一贯是理清思路的好机会，是思考那些使人产生这种孤独感的事物所具有的意义的好机会（总之，他是这么对我说的）。我试了一下，我作了一点儿努力，但在由此导致的缺乏条理的内心独白面前，我没有坚持很久，于是我便没再去管它，将自己蜷成一团，四肢麻木。

2004年1月23日这一天，按规定配送的温热餐饮，即使你不戴耳机也不断闪现在你面前的二流电影，太阳贴着白雪皑皑的西伯利亚凹凸不平的广袤疆域升起，这不同寻常的景致令人目眩神迷，将我这空闲的十四个小时分割成了几段。碰巧，旁边的座位没有人，它便成了我的附座。破晓之前，机组人员发出了将舷窗的塑料遮板摇上去的指令。我又要了一杯黑咖啡，现在下面那纷杂的疆域在橘黄色的太阳圆盘下面似乎无边无际（一条我叫不上来名字的河流，在屏幕上有一个闪烁着的小黑点显示着你在地球上方慢慢飞过的曲线）。最后我从包里拿出了手提电脑，找到那座工业小城的五十五张航拍系列照片再次细看起来，就好像在那里，在那嘈杂的人群中，在那繁忙的日子里，我还没来得及仔细地看过它们似的。

可能在飞机上真的存在着一种特有的魔力，它使人们的视觉产生了突变，在这种突变中，人们所看到的一切突然成了一个结构整体：人造的建筑物就像江河和山峦之间的一个玩具，大城市紧紧地吸附在它周边起伏地形上的方式，揭示了这样一个真理：人类世界依附且扎根于孕育着它的自然环境，并根据自然的轮廓来勾勒出自己横直弯曲的线条，来组建城市，并将其从外观上进行划分。

然后飞机离地面越来越近，那些外观和色彩变成了细微的运动和光线的游戏，轿车和卡车们像昆虫般进行着缓慢的直线运动。然而再次下降时，那些细节突然代替了整体：你的眼里只看到某条街道，或是某条桥下的运河。你感到速度加快了，原因很简单，因为你靠得更近了：视觉那有限的反应速度，增强了我们现在对花园和大楼底部的感知。然后就是城市里典型的机场周边。又一次，除了被蚕食的土地，几个几何图形的信号，再也看不到别的什么了。接着腰部突然遭遇碰撞，这表示着陆了（在座椅靠背的小屏幕上，一个位于飞机机头里的摄影机，让您觉得好像是自己在驾驶着这架巨大的 747 客机似的）。日本：耸立着一片岩石密布的荒山，光秃秃的山顶覆盖着积雪，大海被一条闪烁着金属光泽的狭窄光环所环绕，该是日本的城市了。

我通过一个朋友，朱利安·贝内多，《洛

林共和报》的记者，得到了这套航拍照片，条件是只能作为个人使用。整个城市都被装在了一张薄薄的亮闪闪的小 CD 盘上（对我来说它就代表日本）。现在，在我的手提电脑上，它接连不断地闪现着，充斥着整个屏幕，几乎就像是自己在大街小巷里走来走去。这座城市突然被你揭开了盖子，一件玩具，一个微缩模型。需要这种隔绝，这种在飞机上那封闭的空间和时间里被动地呆滞静坐，来将你与下面那个世界的时间彻底隔绝吗？难道这样悬浮在空荡荡的西伯利亚上空给身体带来的感觉能增加事物的可信度，再次看到这个小城市的航拍图片时，会把它当成真实的图像来浏览吗？

在我的包里还有为旅行准备的乔治·佩雷克的《空间物种》。我会在三天后和东京早稻田大学的学生们一起，以此书为蓝本开展工作。飞机沉睡时，在小夜灯下，我又读了佩雷克记录下来的他对城市的一些看法。我不明白的是，当他连最不可能（他的用词）的所能建构的形式表达都破译了出来（"用尽可能准确的词语，描绘星罗棋布的街道下面纵横交错的排水管道，立体交叉的地铁线路，庞大而又深藏不露的地下管道"），并琢磨在城市里行驶和行走这两个词之间的差别，而且随后他还用了两页的篇幅绝妙地描写了他所感受到的在

某个陌生城市里那种常见的失真感，开头是
"从机场班车总站到他的宾馆"的路程。（在
七十年代，人们还用这种新词来描写那些新的
大型机场吗?）当飞机开始下降时，面对着突
然冒出来的城市，或者相反，经空中航线离开
这个城市时对它投去的最后一瞥，佩雷克，他
的情感是如此的强烈，但是他对这一时刻却什
么也没说。令人钦佩而又慷慨大方的佩雷克，
并不提及他自己的感觉，却在唤起我们的感
知："旅行的诧异和失望。幻想着征服距离、
抹杀时间。差得远呢。"

离于康热的高炉那持久不变的侧影是如此
之远，离法梅克大宇工厂那蓝色的墙壁是如此
之远，我在熟悉的电脑屏幕上搜寻到的这些照
片，与呈现的一切如此之远，城市还是可感知
的吗?

照片一，圆形广场：广场上的这个白色柱
子，是用来纪念什么的？我曾乘车从那里经
过，但从未在那里停留过。几条街道呈放射状
伸展开去。那五幢狭小的房子，每幢后面加了
一个走廊（或是锌制屋顶），在五小块纵向的
土地上，一块种了蔬菜，其他几块长着草。另
一边，是有着锯齿形屋顶的砖厂，大门朝着伸
展开去的另一条街道。圆形广场周围几条人行
横道线的线条非常清晰，还有一条自行车道。

在画面上那个汽车修理库的三角楣上，甚至可以清晰地看到皇冠汽车的铭牌。

照片二，住宅区：两栋七层楼的楼房，各有四个楼梯间，从宅地的南端一直延伸到北端。在两排楼房之间，三栋造型相同的楼房与它们平行，但每栋只有三个楼梯间。长长的停车场，长着稀稀拉拉的几棵树，但在草地之中，一条"之"字形的小路将楼与楼连接起来，还有人们横穿草坪抄近路踩出来的灰白色印迹。一块长方形的空地里可以看到为孩子们踢足球留出来的场地。我熟悉这个住宅区，曾经常步行穿越这里（我采访过的奥德艾·K就住在这里）但是对这里玩乐高一般的土地规划没多大印象。周围，三栋相同的六层楼房就像几个中间点缀着一些蓝色图案的灰白色小砖头，全都朝着同一条对角线排列：新近建造的楼房宽度，是上一代楼房的 1.5 倍，并且十分清爽整洁。稍远处是停车场。同一个地方，但照片是从西南方向稍高一些的角度拍摄的：那些又老又窄的楼房被框在了主体框架和一些蓝白色的小圆点内，所有的建筑都好像在平坦的旷野上滑行并慢慢地朝着主干公路遁去似的（远处，是椭圆形弯道的接合处）。

照片三，土地划分。省级或市镇级公路沿着田野伸展。田野上，轮作的各种农作物，五颜六色，或近似矩形或略似梯形，点缀着大地。这使人对这些小块土地的规模有了一个明确的概念，能够毫不费力地看出，在那些现有的小块区域的边界，坐落在其外的一小片一小片的房屋很明显地就延伸到这里为止了。从高处看到，每一小块区域都保留着它最初建造时的特征，被推土机平掉了的玉米地中街道设计成随意的图案，椭圆或曲线形（在照片的右部，一小片区域一分为二，一边是还露着灰色混凝土块的新房屋，另一边是一些空无一物的小块土地，在那条圆圆的灰色环形小径周围，被整平了的地面呈淡灰褐色）。有一小块区域，房顶全是石板瓦，花园里已经长得很高的树篱将房屋掩盖在一片暗绿色之中，而另一片区域的树篱只是再现了土地册上的图案而已，位于中心的那一小块区域，甚至还没有栅栏。照片背景的左边，可以看到超市的明显标志：建筑面积与停车场面积相等。

照片四、五、六，体育场：我们的城市开展户外运动的地方。这里，是田径运动场，有环绕运动场的红色跑道，有投掷铅球的空地，有进行跳跃运动的扇形场地：甚至用不着参加这些运动，单凭念书时的回忆就足以辨认判断出来。操场中间修剪过的草坪上有一些纵横交错的线条，因为要在这里打橄榄球和踢足球。

一片片被蚕食的小块区域，其分布就像一张区域用地统计表。一幢凸肚圆顶的楼房旁边设了几个网球场，一座天桥跨越绿树成荫的街道，直通中学后部的栅栏门。第二个综合运动场，嵌在了三面看台之中。草坪保养得很好，割草机所过之处都留下了笔直的阔条纹。西面看台大概是最先建造的，略显狭小，颜色衰褪。对面那个被罩在神气的挡雨板下的看台，大概是与超市的赞助同时到位。然后又补建了水泥露天阶梯座位。再过去，两排杨树将手球场和另一些网球场（四个，但都是露天的）隔开，一条蜿蜒细长的小径：中学生们要在这里做耐力训练。再过去是人工池塘，一个人工开辟的半岛建造在一条土路上，还可以看见小划艇的白色轮廓线，就在一幢金字塔形屋顶的楼房边上。两旁植有树木的公路环绕着小岛，还有一些野餐场地：这里提供与之相匹配的享乐。

照片七、八、九，我找寻着小学、初中和高中。这很容易，它们与所有包括楼房或住宅区的地带都相邻。学校的院子与平房教室（或两层，最多三层）一样呈长方形，并且都很整洁。初中很容易辨识出来，因为在全国，国民教育的建筑都是一样的：带顶棚的操场，院子，食堂，锅炉房，加上职工住房，还有院子里地上的标记，以及各层楼房排列相同的窗户。墓地也能辨认出来，呈灰黑色斑点状，旧区奇形怪状，离教堂不是那么远，沿着公路延伸，逐渐扩充成了椭圆状。往下走扩建的区域呈方格状，在尽头，还有一小块未开发的部分。照片右侧，出现了工厂，看得见天纳克仓库那长长的屋顶，还有挂着招牌的蓝色大字（招牌上的字母看不清，但可以看到招牌就在那儿）。平地上，是街道、住宅区和零售商店（一辆送货卡车停在面包店前，还有停在超市停车场上的轿车）。在更高一些的地方，人们更容易注意到聚集人流的城市空间：绿化、蜿蜒透迤的人工林荫小道隐约可见，因为是在冬天；而私人花园却像是在提防着偷窥的目光和擅自闯入者。在城市中心，绕着几条弯弯曲曲的街道，好像忘了还存在一座水上城堡，以前建的（上世纪三十年代初，热衷于混凝土的年代?），主楼老旧，房子奇形怪状，竖着几个矫揉造作的塔楼。领地的墙垣早已无影无踪，只有几棵大树残留下来，环绕着领地，还有台阶下的草坪。

乔治·佩雷克在他《空间物种》这本书的结尾处这样说道："我希望有一些这样的场所：稳定，静止，未经触碰，几乎不可触碰，持久不变，根深蒂固；作为参照物，作为出发点，作为发源地。"我们将这些地方提供给将要在如今的城市里接替我们的人了吗？2004年1月23日的这个上午，我从飞机上凝视的这片土地似乎无限空荡，既没有城市也没有人。飞机在又一条银线上飞过，一条结了冰的河流，可我并不知道它叫什么名字。

新一代的职业：在呼叫中心工作

　　一幢乳白色大楼，带有一个圆形广场，这是市里专门修建的。这让人渐渐明白，楼房与工厂的区别就在于，不用修建供卡车进出的标准化入口。此外，自然光线虽然受欢迎，必须经过过滤和调暗。当人们因旅行、担保或随便什么管理方面或服务方面的问题拨打以08开首的电话时，他们并不一定要知道接电话的人在什么地方，他的周围有些什么。

　　再一次，我的小数码相机录下了大量供等候接待的来访者阅读的广告："今天的客户，在每一次交互时，都要求能够在任何一个通讯频道上，以及在世界上的任何地方，都能得到均质的服务和协助。一个企业的客户服务质量，常常成为他们区别于其竞争对手的因素，成为他们是否成功的关键所在。服务中心的系列产品可以使企业发展客户，与客户建立稳定的联系，并向他们提供均质的、高质量的服务，同时通过提高生产率来降低自己的成本。这样，企业可以通过在我们呼叫中心建立的所有客户联系网点进行管理，通过同步服务、协调联系来提高客户的满意度。"

呼叫中心不能随便出入，不会有人告诉你说：穿过院子，然后往右，您会看到楼梯，然后上楼……你得留下身份证，才会得到一个出入牌，然后你希望会见的那个人得到通知后会亲自来接你。

在位于话务员大厅前面的小房间里，一块镶了红边的白板上，贴着一条工作口号："要想表达准确，需要头脑，要想听懂表达，则需要智慧"。我对玛尔蒂娜·S说，对此不会有什么争议，可能不仅适用于呼叫中心。她回答我说，在这里，人们对她们说话常常就像是在对猴子说话一样。一周工作七天，每天工作二十四小时。我们不得不拆除一切，包括这个房间，要来这里，得爬一个建在房子外面的楼梯，是铁制的，不怕风吹雨打，房屋面积计算得很精确，刚刚够工会用来办公，还配备了一个警卫来看守我们，不管谁离开岗位十分钟，或是牺牲自己的休息时间来这里咨询自身的权利，都会被他记下名字。

玛尔蒂娜·S没在大宇工作过。但当女工

们想与她们的老对手、两个主要的工会组织决裂的时候，是她帮助女工们创立了自己的工会组织。当西尔维亚参加代表选举时，她曾跟随在其左右。她们两人关系非常亲密，人们常常对我提起她。我要见她是理所当然的。

"就是一个工厂，与另一个工厂没什么不一样的？一个铁皮盒子，一些人在里面。还有，在那里，他们有机器；而在我们这里，是电话和电脑。还有，电话，是我们的人造器官（在这里，在姐妹们中，大家都这样称呼它，人造器官），我们戴着飞行员式的头盔，鼻孔下面挂着一个小话筒。而楼层的领导操作间，却是玻璃阳台朝着大厅：有女性领导吗？而在这里只有女性。好像成功的秘诀，就企业的竞争观念而言，就是心理学。男人，他们主要负责维修，此外他们人手并不多：一个被称为薄皮，另一个被叫作螺丝刀，因为他的体型……帮我找一下薄皮……可以吗？"

她的手机响了，我看着发给新来的求职者们填写的求职申请表："作为客户联系执行部的一员，您是客户直接的对话者，因此承担着让客户满意的责任。作为我们企业真正的使者：您应当口齿伶俐，具有出色的沟通能力，能够与团队合作，接受有弹性的工作时间，顶得住压力，不论在接入还是在呼出时都能进行积极的交流……"

"那么，您在写西尔维亚的事情……

"以这种方式来开始我们对大宇的讨论，并不一定好，不是吗？工会那些人，他们会给您提意见的……她有头脑，西尔维亚，她有话直说，就像人们说的那样。

"她总是嘲笑我们这里。她常说她很喜欢她们做的工作。在那里，尽管她们承受了很大的压力，但至少，在流水作业线的尽头有产品，纸箱子里装着电视机，包装得很好，随时可以交付。而你们这里，你们卖什么，卖弄话语，她常对我说……然而这里也需要抗争。开始时，我们每个人的工作面积只有 3.6 平方米，十个职员配一个督察员。经过斗争，我们得到了整个大厅，每个职员 5.8 平方米。请注意：这意味着削减了公共空间，过道……不过我们手肘相撞的情况减少了。

"一切都被记录下来：每个职员每天通话的次数，跟每个客户交谈的平均时间，没有客户就记两次来电之间的间隔时间，还有你是不是在电话铃响第三遍而不是第二遍时才拿起听筒（不是响铃，而是呼叫信号。你晚上开车回家，它还在你的眼前一闪一闪的，那个橘黄色的小灯）。

"姐妹们，八小时之后，她们都累垮了。

292

看不到脸，但有什么比声音更具有存在感？老年人讲话太慢，这时便想替他们说完他们想要说的话。而有些人则无论如何也要告诉你问题是怎样产生的，又是为了什么。还有一些人开玩笑，就好像我们从早到晚都在想开玩笑似的。我们看不见他们，但我们可以勾勒出每个人的轮廓，头发、鼻子，眼神……在这期间，你的手指，就在键盘上噼噼啪啪地敲打着：要输入姓名、档案信息，核实信用卡，然后点击PCA，客户信息自动检测，在此基础上，你才知道该怎样进行下一步。上面（女督察员，我们称为上面，上面的人），她们在另一条线上听着，无目的地，她们有着同样的屏幕：如果谁没有向客户推荐新的套餐和新的旅行，那她第二天将会被召见。"

在崭新的米色楼房里，每个人，从自己的位置都可以综观室内全景。下层那些单人的工作岗位，黑色的办公桌，所谓的人体工程学的椅子，电脑屏幕和他们的背影，带话筒的耳机凸起在头发上面；上层的长廊里仍然是屏幕，以及一些同样的背影。但这里的女士却忙着监督前面提到的那些人。那些被欢快地标明为休息室，或吸烟室，或咖啡室的厅室，好像标牌上这种随意表明了工厂里人们相互间的关系非常亲密似的。在这里，每个人都有自己的作息时间，下午快结束时是一个高峰时刻，夜间有值勤，每人都可以根据自己的意愿安排一刻钟或半个钟头来休息。所有这些需要不停地进行协商，玛尔蒂娜·S告诉我说，因为他们呼叫中心的特点，是去帮助别人，帮助那些工作负担过重的人，"有时也会碰到一些处于罢工之中感觉压力过大的人"。

在电脑屏幕上，挂着客户提供的产品和数据。"对每个新客户在非呼叫时间的培训安排，也可以进行协商。开始时他们想给我们放到休息桌里面……"

由于我不知道休息桌是什么意思，她便向我解释起来。她的手指同时按着电脑键盘上的Alt和Enter两个键：在挂断上一个电话后，铃声便处于暂停等候状态："让人休息一下"。他们本来想将这段时间延长至四十秒而不是现在的三十秒，那些在一天的工作中，能够在个人的计算机上，将这段时间降至平均为二十秒的女话务员，将获得一笔奖金。

"您看，对西尔维亚来说，全部的问题就在于：当人们在日常生活中遭遇到了不公正的待遇时，是否也可以用不公正的做法来进行回击？我们有时候一直说到凌晨三点。我总是对她说：随它去吧……

"你呀，真是个电话女孩，她总是这样说

294

我……

"事实上，这是一个立场问题。即使是一个非常小的工厂，也是一个群体。您把一些人挤成一堆，就像拍一张班级合影……当出了什么事的时候，人们都感觉得到。特别是在他们那里，在大宇，巨额的金钱不远处就是政治，总是这种故事……

"而对于那些工作在流水作业线上的姐妹们来说，没有任何改变。问题是什么？劳累，精神紧张，背疼，手指肿了。大家坚持着，顶住压力，保持沉默。大家不知道什么时候就会崩溃。可是一旦崩溃，怎么对您说呢：就像一块旧布，一块磨损了的旧布，您会拿它来当抹布。要用力一扯才会破。而最旧的布这样是扯不烂的。

"而对我们，在工会，他们就是想这样用力地将我们一下子撕烂。他们一旦这样做了，接下来就无法预料了。

"每个姐妹，还有那些女工代表，大家心里都有一个晴雨表。我们知道自己的身份地位。对某些姐妹来说，是一种向您问好的方式。当您进来时，谈话便中断了。大家组织了一个酒会，可您却不在受邀请之列。您得先自己搞明白这意味着什么，不要等到别人来跟你说。要不然，在知道事情的前因后果之前总是说‘不’的话，你这个人就太呆板了。

"在工厂，生活并不是那么的艰难，并不是像您想要让人们相信的那么悲惨。您知道，我们不怎么写东西。也不是，我们写传单。这也算写东西吧。你看，大冷天，你提前二十分钟守在那里，将传单通过汽车的窗玻璃散发给每个人，您会认为这样做过于激进了。

"我有西尔维亚写的一张纸条，仅此一张。那是在联合会上，那位国家的大领导（显然，肯定不会是个妇女）正在对我们作演讲：我们说不……就这样说，言辞可能有点儿太生硬，这是我们工会的用词。西尔维亚，她草草地写了几句，我认为她是写给她自己的。而我，我想看看她写的是什么，便从她手里把这张纸拿了过来，就这样，在会上。后来，不知道怎么搞的，这张纸就留在我的文件袋里了。而现在，当然，我对这上面写的东西与以前的理解不同了。看，就是那张黄色的纸片，放在那些照片的下面。"

我看了，大概是我能看到的西尔维亚·F写的唯一的字句了：

"不。反抗有时甚至在你的大脑还未证实之前就突然表现在身体上。我听到自己内心那个持久不变的不字，这就是我个性的基石。"

玛尔蒂娜·S来到我身后：

"您看，问号，她没有把它放在句子的后面。在下面，她把它放在了下面。"

我回答说这就像娜塔丽·萨洛特的手法，很美，并简单地告诉了她娜塔丽·萨洛特是谁，为什么我认为她是一个非常重要的作家。

我看着那些照片。一些悬挂的横幅。几件着彩色滑雪运动衫的人，一个扬声器。然后是另一张，从当地报纸上剪下来的，照片上西尔维亚坐在一张桌子前，面前摆着麦克风（一次城镇会议），她在讲话。

"事态紧张时，应当有所准备。我们在拒绝，这种拒绝甚至不需要辩解。当群众行动起来时，他们是默默无闻的。而当你走进领导办公室的时候，你不知道会有多少姐妹跟在你的身后，有多少姐妹会一直支持你。只需要一个动作。那个家伙拿起电话，你从他手里夺下电话，好了，这便开始了。有了这个微不足道的小动作，现在你推着他的肩膀，让他坐到椅子上面。他面色苍白，而你则对姐妹们说，好了，我们扣押人了，要某某去给联合会打电话，另一个去给其他工厂打电话，要第三个去给媒体打电话，我们在这里轮流守着他……那么显然，你不再是独自一个人了。大家在一起，没有人回避你。相反，你在人群中间穿过，大家都轻轻地碰碰你，跟你握握手。但在

297

这一刻你没有办法知道自己做的是否正确。没有办法知道你是不是用同样的方式回击了你所遭受的攻击，而有的时候会让你受折磨。"

能否举一些例子？

"你撕掉了一张贴在员工布告栏上的海报，因为你不喜欢它。而一个姐妹对你说可能应当撕的是另一张，可那张上面的内容你喜欢，只是因为她的看法不同而已。此外，不管怎样，她们都有资格对此进行评价。或者你发出了某份公告，表明了某种态度而没有告诉其他人，因为你认为你自己不会成功。你发表了宣言，以全体女工的名义，尽管你是一个人。有的时候，是行得通的，确实需要一个人作出牺牲。可有的时候，你却错了，而且如果你跟好几个人进行讨论的话，那么不是这个就是那个可能会提出异议。但这没有任何意义：如果人们的行动都是理想的，那就什么事情也干不成，所有的女工都非常清楚这一点。所以总得有人站出来。"

在工厂的罢工运动之后，她是否又见过西尔维亚？

"她投身于再安置工作。她每天上午都去那儿。人们对她说：您，拿上您的简历，要想找到一个工作用不着等到明天……差一点儿她就成了，去索拉克。可是，她没有被录用并不是因为那些老板不要她，而是因为工会。理由很简单，那些先生们女士们，要他们接受一个不是来自他们自己企业的女工代表，这让他们感到不爽。您感到惊讶？我们的故事可不一定感人。那是一个上午，她去了那里。显然，在那里，她又见到了姐妹们。由于那时我当代表，我们通了电话：我们是不是斗争得不够？我们是不是没有做出我们应做的努力？这就是困扰着她的问题。有一次她说：好像她们被解雇责任在我。"

她真的这样想吗，玛尔蒂娜·S？

"我去她家看过她。她不再打电话了，不告诉别人她的情况。在她家里，窗帘都是拉上的，没有白天。这不像她的性格。你抑郁了？我开玩笑地问道，还是怎么了？她避开问题：谢谢你，来看我。她什么也没说。她站在那里，拿出一根香烟。不像是觉得我打扰了她，不，相反，我能肯定，她很高兴见到我。从前，我们笑话那些总是请病假的人：在厂里，即使头痛或是支气管发炎，我们也宁愿跟姐妹们待在一起。她给我倒了茶（在工厂或是在办公室，她更喜欢喝咖啡，难道这也是一个征兆吗？）。她想知道我怎么样，我的孩子们怎么样，特别是我的大女儿怎么样，她见过她好几次，她也反复跟我说，她绝不，她绝对不会来这里来呼叫中心工作的。下一个周二也是这样，下下个周二也是这样：由于总是我找她说话，我便对自己说下一次可能该她打电话了。然后你看，我就再也没有见到她了。

"我始终不明白为什么，西尔维亚。"

这句话，我知道我会原原本本地将它一个字一个字地抄录下来的。

逃离：白色工厂

我刚刚参观了离大宇几公里远的一个石灰厂，在一个非常寒冷的日子。默兹河曾经在田间自由流淌。运河两岸，在冻成了极硬的冰面上，火车飞驰其上，车窗里数十次地出现了高炉，因为巴黎－南锡的老干线从工厂中心穿过，工厂为了装车方便而建在了铁道线上。

世纪之初的两个高炉，它们是在混凝土刚刚问世时建立起来的，当时人们认为一切皆有可能，炉顶比底部要宽大许多，还配有一些小窝棚和通往天空的舷梯。而石灰厂的顶部，我的向导对我解释说，就是七千米长的吊式运输机。石灰那白色的粉尘覆盖了一切，甚至将车辆本身都变成了这片一统白色天地中经过雕刻的草样。但这里只有发动机、料槽、热气。当然，横向的高炉慢慢地旋转着，炉壁周围的空气因此而颤动。人们为了让火焰保持在1200度，往高炉里添加在方圆一百公里的范围内回收的废旧轮胎和废料（但不用动物的骨粉，人们对我们解释说：动物的骨粉会送到水泥厂去焚烧，在我们城市里的建筑中，就有动物的骨粉，但动物骨粉对石灰不适用）。人们在山丘上开采白垩，一个采掘面经过一百五十年的采掘后还呈全白色。碎石机立在一些极像佛教庙宇的圆顶下，白垩落进长长的滚筒里，被轧成颗粒很大的粉末，变成了石灰。

是这种白色的覆盖层将这个工厂变成了一幅示意图吗？从火车上看，会以为这里荒无人烟，然而一百七十个人在这里每周七天，每天三班倒，每班八小时地工作着。应当将这个工厂（铁色景致）纳入某部影片中。以这个理由我们得到了接待，让我们戴着施工用的安全帽爬上五十年代的高炉的梯子，竖着的倒数第二个高炉，现在我俯瞰着默兹广袤的原野上，天际边，矗立着大宇。

这是一个艰苦的行当，噪音大危险大。为溅上石灰的人预备着紧急淋浴，眼睛烧伤的问题仍然会出现，尽管有各种防范措施，这些都是徒劳的：这里的人们还是用铲子、镐头和焊接机，与高炉、碎石机和输送机奋战。他们在这个白色的世界里显得是那么的动人：男人们身穿连裤工作服，面容罩在头盔里。只有少数几个妇女在这里工作，这个古老的领域是属于男人们的。我对这里有个现代化的控制室感到惊奇。只有一个男人，看起来似乎无所事事，却在监看着许多监控屏和监控灯。石灰用于最现代化的钢铁精炼和处理：被出口到德国。石灰作为防水材料被用于新的东欧线高铁的路堤中：它增加了路堤的柔韧性和坚固性，一份巨大的订单。石灰与我们的书籍和纸张也有关系：在复印或印刷中，加入极少量极细的石灰，可以使得书籍的纸张（书籍本身）具有如今的快速印刷中必要的颗粒度和光滑度。石灰还可以清除工厂烟囱里的烟垢，在污水处理中发挥作用。索尔西①工厂高效益地运行着，而石灰制造这个非常古老的行业就这样穿行在现代最高层次的技术领域之间。

大宇电子缺乏的就是这个吗？这里的工作保留了它一直以来的特性：对身体造成的危险，艰辛的体力劳动，以及人们之间的争斗，以便屈从于物质。我知道西尔维亚从前的一个朋友在这里工作，但我只知道他的名字而不知道他的姓，我原以为可能会有人告诉我他的踪

---

① 索尔西（Sorcy），法国默兹省的一个市镇。

迹，但只有名字不行。在这个庞大的天地中，在这幅示意图中，温度高达 1200 度的高炉嵌在默兹那严寒的空气中，景色变得单一。是的，工作的基本理念深深植入在这幅图景之中：从大地中开掘、捣碎、研磨，将这种覆盖我们的粉末用于我们的城市，我们的火车，我们制造汽车的钢铁，甚至这本书的纸张。

而这些男人们，白天黑夜轮班推着手推车，操纵着控制装置、电子监控装置，他们付出的艰辛，使他们免遭大宇的那些姐妹们所遭受的噩运：明天还会需要石灰。

戏剧，尾声：未来

弗洛朗热栈桥剧院，2004 年 3 月。

撒莱： 坐在这个办公室里，头埋在双手中。有些时候，感觉这里好像没有人似的，办公室里，空无一人。只想着：明天，又是新的一天。

亚大： 我在超市的停车场和商场的长廊里散发广告单。我走着，我递出广告单，有的人接过，有的人不接。而我，我已经忘记了这一切，广告单，商业中心。我注视着人们的面孔，我还是挺高兴的。

洗拉：那是一个协会，他们要我去整理文件和做清洁。面试在五楼。一进门我就发现对面就是工厂：几个极小的黑色身影，爬在最高处，那是几个男人在拆卸招牌。

拿玛：有些时候，我整天待在卧室里，到厨房去一去又回来，脑袋抵着墙。然后，我出门，在大街上一直向前走。

洗拉：从高处看城市，楼房就像一些平静的立方体，圆形广场上的卡车就像一些慢慢蠕动的大昆虫。通向工厂的道路，一条林荫道，空空如也。停车场，一个蓝灰色的长方形。周六，城市有些场所毫无生气。

撒莱：我的脑海中又浮现出那些手势，那些微笑。我的肩膀上还感觉得到好友搭放在我工作服上的手。

拿玛：我曾经想过作出回应。我去了邮局，在一些信封上贴了邮票。在那些求职信上贴邮票花了我不少钱，可是人家却可能不会给你回信。

亚大：那位女士穿着带有花卉图案的绿色尼龙工作服，红布长裙，手上提着购物篮，而面包径直从篮子里掉了出来。这位母亲推着残疾的儿子，一个三十来岁的汉子，他非常高兴地坐在轮椅里，因为他在笑。母亲推着他，将他们买来的那包巨大的成人纸尿裤放在他的双膝上，在挤满汽车的公路上穿行。

洗拉：一辆吊车在蔚蓝的天空中慢慢地旋转着。远处胶合板厂的上空升起一缕白烟。一辆翻斗车开进了新墓地。

亚大：几个老年人拿着一颗巨大的绿卷心菜在超市的收银处前面等着，这是他们购买的唯一的一件物品。那个深褐色皮肤的姑娘买了几件打折的玫瑰色小上衣。孩子们为了口香糖的问题叫喊着，而他们的父亲却看着别处。保安队那个高个子黑人来跟我要了一份广告单，好像这是他工作范围内的事情似的。

拿玛：在信号灯的人行道前，我寻思着是否要冲过去，不管灯里的小红人。但最终我还是决定等候，因为我再也没有什么着急的事情要办了。

洗拉：于康热那些生了锈的高炉的剪影，就像一头非常古老的怪兽，出现在原野尽头：好像是说要拆掉它们的话花费过于昂贵。现在它们充当了我们的方位标。我们的工厂是蓝色的：工厂标志上的最后三个字母最先被拆卸。人们从空中将我们拿掉了。

撒莱：背靠着门，犹豫着。回想你是怎样站到椅子上，怎样对姐妹们讲话，然后大家怎样走了起来，她们是怎样推着你……

亚大：有时，面对着周围的事物，会有一种存在感：红色门的楼梯间，绿色门的楼梯间，双色楼房和用铝板替代玻璃的公共汽车站台。稍远处，是在篮球场周围安装的一个很大的黄色立方体无顶铁丝网，三个年幼的黑人男孩在那里跳着跑着，其中一个穿着一件几乎是闪着荧光的蓝色运动衫。

拿玛：这么小的城市如此大的场地，新街区随时准备扩建，壮大。而现在：要将它缩小吗？塑料袋和废纸随风飞舞。一个姑娘在散发广告单，而我，我想：我宁愿这个中午什么也不吃也不会做这个姑娘二十分钟后会做的事情：偷偷地把她那捆没有发完的广告单扔进垃圾箱里，然后去领取她那份少得可怜的报酬。

亚大：仅仅为了一份微薄的报酬。可那些开进勒克莱尔超市停车场的汽车甚至连停都不停，没有人将车窗摇下来接受我递送过去的广告单……最后，我看见一个垃圾箱，就偷偷地把剩下的广告单扔了进去。

撒莱：你想着那些面孔，感觉自己心中住着很多人。

洗拉：天空中，标识牌狭窄的框架上已经没有了厂名。现在，几个黑色的身影正在拆卸标识牌的骨架。院子里，一个长方形的窟窿被一道金属栅栏和红白相间的塑料带围了起来，塑料带在风中飞舞着。后面，一道铁栅栏，还有楼房里所有那些被遗弃的、从阳台上掉下来的东西，横在铁栅栏和墙壁之间。一辆被拆卸了的轿车，一个被漆成全白色的变压器。停车场中央的那个窟窿就像是要把什么人埋在里面似的。就在这个时候，两个孩子叫喊着从幼儿园里跑了出来，在课间休息的铃声响起之前就扑向了红绿色的塑料秋千。我的额头抵着窗玻璃，时间不多了。

拿玛：一条水泥长凳，根本不能坐。酒吧里，男人们已经喝起了白葡萄酒。买彩票的柜前排起了长队。面包店里的香味扑鼻。而我，我在想我的朋友西尔维亚。再见，西尔维亚。

撒莱：从椅子上站起来，离开桌子，强制自己穿上衣服，出门，买一张火车票，开上自己的车，靠赊账过日子或是在一个陌生的城市里三天内将所有的钱财都挥霍一空，不再回去，出走……然而我并没有这样做。

洗拉：一辆黄色的卡车，车上装有一个可伸缩的悬臂。卡车被固定在四个脚状铁柱上，四个轮子离开了地面。悬臂一直伸展到标识牌框架下那些黑色小身影的上方。他们拉紧了吊索，把最后一批螺栓拉了出来。标识牌在空中来回晃荡了一阵，然后被他们放置在卡车里，卡车开走了。而我，好像还能看见大楼顶上标识牌的影子似的。对面的大楼里，透过一扇开着的落地窗，一台电视机发出灰色的光泽。我们生产的电视机，我想。

西尔维亚，尾声：乘长途客车旅行

一次匿名采访。

小说可以用假名字，但我讨厌这种做法。她在尼尔旺格的艾昂热接待了我。先是在一个地方工会的办公室，然后在广场上的一个酒吧，另一次是在她家。我的眼前还浮现着她的面庞，耳边还回响着她的声音，我听到的是洛林老话的语音语调。不过我尊重她的要求。

她对我谈了那次乘长途客车的旅行。她们这样说的，"长途客车旅行"，这个主意出自西尔维亚。她们曾在一起工作。要知道是些什么人："只有一些姐妹们。"这很容易办到，召集了五十来个姐妹，主要是想出门去玩一玩，不带孩子，也不带丈夫，就是姐妹们乘长途客车游玩五天。

"大家一定会玩得很开心，不管怎样，大家是这么想的。然后，我们以企业委员会的名义，给旅行社打电话，很容易就得到了优惠价。"

她们传签了一张表格，每人在上面写上自

己想去的地方。很多人写了"太阳"。甚至还有"小岛"。但小岛不是乘长途客车就能去的，并且价钱也不在她们能够花费的范围内，姐妹们，大家每月的收入不到七千法郎。

"五十来个人协调五天的空闲时间出游，进行这样的安排已经足够困难的了。我们看了蔚蓝海岸，看了巴塞罗那，中途会经过达利博物馆。

"我们把所有的广告单和宣传册放在一个大信封里，让大家传阅里面的材料，每个人看过后就在自己的名字前做上记号。这用去了一些时间。最后，在晚上，当其他的人在看电视或是已经睡下了的时候，你在厨房里，想象着这一切，就已经有点像旅游了。巴塞罗那是因为它的那些博物馆，大家犹豫着，它有很多博物馆。此外嘛，这个城市，怎么说呢，有很多活动。所有的那些广告册都在讲夜生活，讲节庆日，那好吧，巴塞罗那最受欢迎。您知道，那些建筑简直叫人不可思议。而这里，我们的有点儿中规中矩，在这个工厂林立的地区。"

然后出现了一个非常有趣的玩笑：旅行社也提供了一些去英国旅游的广告册，而对姐妹们来说，那里只有雨，没有什么异国情调。

"我们还是让大家传阅这个信封，怎么说呢，这是一些信息。太阳的问题，这离我们的想法相去甚远。不过，在穿过芒什海峡的海底隧道后，我们可以再次乘客车，沿着海岸一直抵达博格诺里吉斯①，我们可以在博格诺里吉斯住一晚上，他们说那里是英国阳光最充足的城市。第二天，我们可以去参观牛津，然后到伦敦待两天。"

是西尔维亚提议的：

"为什么不呢，英国，我们了解英国的什么呢？那里的人做任何事情都跟别人不一样。"

有几个姐妹已经去过那里，但已经是很久以前的事了，还是孩童的时候，跟家里人一起去的。对她们来说，那不如说是一些美好的回忆，想看看自从她们从学校毕业以后，那里现在变成了什么样子。另一些姐妹们说不，因为饮食的问题，好像那里的吃食不怎么样。

"那是偏见，"西尔维亚说，"我们可以去吃印度餐或中餐，如果需要的话。

"在曼彻斯特，有一个劳动妇女博物馆，而我们，大家都想去参观一下劳动妇女历史博物馆。伊芙琳把我们大家都逗笑了，因为她丈夫认为到曼彻斯特去一天很好，因为那里有一

---

① 博格诺里吉斯（Bognor Regis），英国西萨塞克斯郡阿朗的一个民政教区和海边度假地，位于英格兰南岸。

个很有名的足球俱乐部：你要向巴特兹①问好。好了，不要再问我到英国的旅游怎样，它是由玩笑引起的，后来却变成了一件认真的事情。去那里，去那个陌生的城市，不是像去斯特拉斯堡或是卢森堡或是巴黎，在那些地方我们简直就是一群到处闲逛的穷人。

"长途客车公司已经向我们承诺派两个女司机，并且其中的一个我们认识，她原是大宇的女工。为了拿到大型客车的驾照，她可吃了不少苦头：费用很高，公共交通驾照，加上健康检查和所有那些花费。还有因为你是个女人面对的言论。而如今，不错，皮埃莱特她长胖了十公斤，她还在生活。"

我还记得那阵沉默，那几个月里我经历了多少次像这样的沉默啊。她又说了起来：

"姐妹们同意了，预定了长途客车，定下了日期。但就在这个时候厂里开始了技术停产，第二条生产线停止作业，并宣布了初步的劳资计划。直到那时大家还认为旅游能够成行。当工厂被占领之后，这事就完了。我们从未实现那个乘长途客车旅游的计划。我去不了英国了，而西尔维亚，她是多么期待这次旅行啊。西尔维亚死了。"

---

① 巴特兹（Barthez，1971—），法国足球门将。

让所有的问题都处于开放的状态吧。除了作者所做的调查之外，本文没有作任何其他的介绍。

鸣　谢

　　这个项目的调查、报道、演出是在与作坊剧院①、南锡国家戏剧中心主任夏尔·托尔吉曼的合作中产生和展开的。他在博马舍基金会和芳兹河谷共同体②的大力支持下，将大宇搬上了舞台，并在 2004 年 7 月阿维尼翁戏剧节上首次公演。我要感谢那些 2003 年我在洛林期间接受我访谈的人们，特别是那些本书引用了她们的讲话或提到了她们的女士们。我还要感谢万桑·波德里耶和阿维尼翁戏剧节的全体工作人员，最后还要感谢女演员们：克里斯蒂娜·布里歇、朱莉·毕罗、萨米拉·塞迪拉和

---

　　① 作坊剧院（Théatre de la Manufacture），位于法国南锡市。剧院前身是一个香烟手工作坊，在这里诞生了国际戏剧会演剧院，后又演变为洛林喜剧院，1987 年成为国家戏剧中心。

　　② 芳兹河谷共同体（la communauté d'agglomération du Val de Fensch），摩泽尔省一个多市镇共同体组织。

阿涅斯·苏尔迪龙,她们同意与夏尔·托尔吉曼、他的团队和我自己来共分享这次探索。感谢丹尼斯·罗伯特和帕斯卡尔·洛朗允许我们复制他们的影片《清泉事件》中一幅用来描绘一位大宇工人的图像。谨以此书纪念西尔维亚·F。